EMILIA SCHILLING

Sommerglück und Blütenzauber

W0233052

GOLDMANN

Lesen erleben

Buch

Mit ihrer Leidenschaft für Blumen verzaubert die Wiener Floristin Rita frisch Verliebte und Brautpaare gleichermaßen. Ihr eigenes Liebesglück lässt jedoch auf sich warten. Um bei einer Hochzeit nicht am Singletisch platziert zu werden, kündigt Rita an, in Begleitung zu erscheinen. Doch wo soll sie diese Begleitung so schnell finden? Als sie den charmanten Marcel kennenlernt, scheint ihr Leben endlich perfekt. Doch schon bald muss sie feststellen, dass Marcel etwas vor ihr verbirgt. Und dann zieht auch noch Rene, der chaotische Freund ihres Bruders, vorübergehend in ihre Wohnung ...

Informationen zu Emilia Schilling sowie zu weiteren Titeln der Autorin finden Sie am Ende des Buches.

Emilia Schilling

* * *

Sommerglück
und Blütenzauber

* * *

Roman

GOLDMANN

Sollte diese Publikation Links auf Webseiten Dritter enthalten,
so übernehmen wir für deren Inhalte keine Haftung, da wir uns
diese nicht zu eigen machen, sondern lediglich auf deren Stand
zum Zeitpunkt der Erstveröffentlichung verweisen.

 Dieses Buch ist auch als E-Book erhältlich

Verlagsgruppe Random House FSC® N001967

2. Auflage
Originalausgabe Juni 2018
Copyright © 2018 by Emilia Schilling
Die Veröffentlichung dieses Werkes erfolgt auf Vermittlung
der literarischen Agentur Peter Molden, Köln.
Copyright © dieser Ausgabe 2018 by Wilhelm Goldmann Verlag, München,
in der Verlagsgruppe Random House GmbH,
Neumarkter Str. 28, 81673 München
Umschlaggestaltung: UNO Werbeagentur München
Umschlagfoto: FinePic®, München
Redaktion: Karin Ballauff
BH · Herstellung: kw
Satz: Buch-Werkstatt GmbH, Bad Aibling
Druck und Bindung: GGP Media GmbH, Pößneck
Printed in Germany
ISBN: 978-3-442-48564-2
www.goldmann-verlag.de

Besuchen Sie den Goldmann Verlag im Netz

Inhalt

*** Brautmyrte ***

Der immergrüne, weitverzweigte Strauch kann eine Höhe von bis zu 5 Meter erreichen. Von Mai bis August zieren etwa 3 cm große, weiße Blüten die Brautmyrte.

Schon die Griechen und Römer verwendeten die Myrte als Brautschmuck. Der Brauch, einen Zweig aus dem Brautstrauß in die Erde einsetzen und bewurzeln zu lassen, fand später auch im deutschsprachigen Raum Anwendung.

1736 erhielt die Erzherzogin Maria Theresia vom osmanischen Sultan zu ihrer Vermählung ein Myrtenbäumchen, das noch heute in der Orangerie im Schlosspark Schönbrunn aufbewahrt und gepflegt wird.

»Schwesterherz, ich brauche Blumen.«

»Dir auch einen guten Morgen, Clemens«, sage ich, ohne aufzusehen. Stattdessen widme ich mich den gelben, orangen und roten Gladiolen, die in einem mit Wasser gefüllten Zinkkübel auf dem Verkaufstresen stehen. An den unteren Enden blühen bereits die farbenfrohen, trichterförmigen Blüten, und nach oben hin reihen sich die Knospen, deren bunte Spitzen sich bald öffnen werden. Zumindest, wenn ich ein bisschen nachhelfe. Deshalb knipse ich die obersten Knospen vorsichtig mit einer Gartenschwere weg. Das ist ein alter Trick, den ich schon als kleines Mädchen von meiner Mutter gelernt habe.

»Vielleicht Rosen oder Nelken.«

»Ich kann mich nicht erinnern, wann du zuletzt hier gewesen bist.«

Nicht, dass ich ihn hier öfters zu Gesicht bekommen wollte. *Ritas Blütenzauber* ist ganz und gar mein Reich. Es genügt, dass ich mir ein Stockwerk darüber eine Wohnung mit meinem Bruder teilen muss.

Ich schiebe den Grünschnitt zusammen und lasse ihn in einen Korb fallen, der direkt unter der Arbeitsfläche bereitsteht.

»Komm schon, Rita. Gib mir irgendetwas Nettes. In Rot oder Pink oder was weiß ich.«

Clemens seufzt und lehnt sich an den Tresen, als wäre es eine Bar, an der er herumlungern könnte.

Ich werfe einen flüchtigen Blick hinüber zu meiner Großmutter, die gerade auf der anderen Seite des Geschäfts eine Kundin berät, ehe ich meinen Bruder von dem Tresen wegschiebe.

»Letztens hast du noch gesagt, ich verkaufe hier überteuertes Unkraut«, zische ich leise, damit nur er mich hören kann.

»Das war doch bloß ein Spaß«, verteidigt Clemens sich grinsend. »Ich sag das auch nie wieder, versprochen! Bitte, ich muss gleich zu Conny und will ihr einen kleinen Strauß mitbringen.«

»Also gut.«

Als hoffnungslose Romantikerin kann ich es keinem Mann abschlagen, eine Frau mit hübschen Blumen zu überraschen. Selbst meinem Bruder nicht, der seit langer Zeit endlich mal wieder eine feste Freundin hat, auch wenn ich Conny erst einmal getroffen habe. Ich zeige auf die Gladiolen und frage, ob sie für ihn in Frage kommen.

»Was bedeuten sie?«, will Clemens wissen, obwohl er sonst keinen großen Wert auf die Symbolik der Blumen legt.

Mich hingegen hat die Blumensprache schon als Kind fasziniert. Damals, als meine Mutter das Geschäft noch führte und ich jeden Tag nach der Schule zu ihr kam, um ihr zu helfen. Die Symbolik der Blumen ist in den vergangenen zweihundert Jahren beinahe gänzlich in Vergessenheit geraten. Nur selten kommen Kunden, die sich dafür interessieren und entsprechend ihre Wahl treffen.

»Unsere Liebe lohnt allen Kampf des Lebens«, erkläre ich und lächle automatisch, als ich diese Worte ausspreche. Mir gefallen Gladiolen, da sie durch ihre hervorstechende Größe einem Blumenstrauß eine enorme Wirkung geben können. Ich überlege, sie mit weißen Margeriten und etwas Bindegrün optimal zur Geltung zu bringen, doch Clemens wiegt den Kopf skeptisch hin und her.

»Das ist nicht gerade passend«, sagt er nachdenklich. Als ob die Frau, die er trifft, sich mit der Blumensprache so gut auskennen würde! »Was hättest du noch zur Auswahl?«

»Lass uns mal schauen.«

Ich nehme den Zinkkübel und stelle die Gladiolen auf dem Weg zu den anderen Schnittblumen auf ihren Platz zurück. »Hast du heute einen Urlaubstag?«, frage ich, während ich vorsichtig verschiedenfarbige Ranunkeln aus einem Kübel ziehe.

»Jep«, antwortet Clemens nur knapp und deutet dann auf die Blumen. »Wofür stehen die?«

»Ranunkeln sagen der Beschenkten, dass sie zauberhaft ist«, erkläre ich und greife zu weißen Windröschen, die den Strauß abrunden sollen. »Wegen des Spiels heute Abend?«

Clemens sieht mich fragend an.

»Hast du einen Urlaubstag wegen des Eishockeyspiels heute Abend? Klara und ich kommen übrigens auch.«

»Cool. Dann könnt ihr ja auch zu Parkers Party kommen, die er zum Saisonabschluss bei sich schmeißt.«

»Mal schauen«, antworte ich, auch wenn ich schon jetzt weiß, dass meine beste Freundin und ich bestimmt nicht hingehen werden. Ich kann mir etwas Besseres vorstellen, als meinen Freitagabend mit einer Horde betrunkener Eishockeyspieler zu verbringen, von denen einer mein Bruder ist.

»Aber eigentlich habe ich mir heute freigenommen, um mit Conny Schluss zu machen«, erklärt Clemens trocken. »Deshalb sind Blumen, die sagen, Conny sei zauberhaft, nicht ideal.«

Ich halte inne und sehe ihn an, den zur Hälfte fertig zusammengestellten Strauß fest in der Hand.

»Du willst mit ihr Schluss machen?«, frage ich verdattert. »Ihr seid doch noch keine vier Wochen zusammen!«

»Ich vermisse mein Single-Dasein«, antwortet Clemens mit einem Schulterzucken.

Ich vermisse sein Single-Dasein allerdings gar nicht. Wie viele Frauen habe ich in den letzten Monaten an einem Samstag- oder Sonntagmorgen durch unsere Wohnung huschen gesehen? Manche von ihnen haben sich wenigstens bemüht, möglichst unauffällig zu verschwinden, ohne sich noch einem peinlichen Gespräch mit Clemens oder seiner kleinen Schwester stellen zu müssen. Doch andere hatten keinen Genierer und haben sich gelassen an unserem Kühlschrank bedient, das Bad belegt und doch tatsächlich geglaubt, noch den restlichen Tag bei uns verbringen zu können. Keine Einzige von ihnen habe ich ein zweites Mal gesehen.

Frustriert stecke ich Windrosen und Ranunkeln wieder in die Kübel zurück.

»Hast du nicht etwas, das so viel sagt wie ›Du bist wirklich nett, aber ich will lieber meinen Spaß haben, als an dich gebunden zu sein‹?«

Ich starre Clemens einen Moment lang an, ehe ich seufze und an die Seite des Verkaufsraums gehe, wo die Topfblumen auf einer Anrichte aufgereiht stehen. Am hinteren Ende habe ich Kakteen arrangiert, von denen ich einen nehme und demonstrativ in die Höhe halte.

»Wie wäre es damit?«

»Ein Kaktus?« Clemens zieht überrascht seine Brauen hoch. »Und der sagt das aus?«

Zum Teufel mit der Blumensprache, wenn Clemens sie nur dafür nutzt, um einer netten, jungen Frau den Laufpass zu geben.

»Nein, aber wenn sie dir den nachwirft, tut es wenigstens richtig weh.«

Nach Clemens' langem Betteln und Flehen ringe ich mich schließlich dazu durch, ihm einen kleinen, aber persönlichen Strauß zu binden. Anemonen, Iris, Nelken, Zierquitte und Kamille. Ein Strauß, der in Conny keine falschen Hoffnungen wecken soll und dennoch hübsch ist.

»Ich fahre nachher zu Charlie und Daniel«, sage ich, während ich die Blumen mit einem lilafarbenen Papier umwickle, das den Schriftzug *Ritas Blütenzauber* trägt. »Wir besprechen das Blumenarrangement für ihre Hochzeit.«

Daniel ist ein Jugendfreund meines Bruders, der das Eppensteiner Hotel in der Innenstadt leitet und dort, genauer gesagt in der Patisserie, seine jetzige Verlobte Charlie kennengelernt hat.

»Ich hab vorgestern eine Einladung bekommen«, sagt Clemens und greift nach dem verpackten Blumenstrauß. Dann will er sich auch schon umdrehen und mein Geschäft verlassen.

»Das macht 22 Euro«, rufe ich ihm nach.

»Was?«

»22 Euro«, wiederhole ich unnachgiebig. »Du glaubst doch wohl nicht, ich gebe dir umsonst Blumen, damit du Frauen abservieren kannst.«

Kurze Zeit später haben Clemens und auch die andere Kundin mein Geschäft verlassen. Ich binde meine Schürze ab und hänge sie über den Haken an der Wand. Dann wende ich mich meiner Großmutter zu, die die Bromelien mit destilliertem Wasser besprüht.

»Ich muss jetzt los. In einer Viertelstunde kommt Erik, okay?«

Erik ist ein junger Verkäufer, der uns seit einem Jahr hier unterstützt. Da meine Großmutter nicht mehr die Jüngste ist, brauche ich jemanden, der ihre Aufgaben übernimmt, wenn sie sich früher oder später in den wohlverdienten Ruhestand begibt. Und auch wenn sie bislang nicht ans Aufhören denkt, ist eine dritte Kraft für uns beide eine Erleichterung.

»Mach dir keine Sorgen und grüß die beiden von mir.«

Im Vorbeigehen tätschelt sie großmütterlich meinen Arm.

Ich verschwinde kurz in den hinteren Bereich, um meine Handtasche zu holen und einen Blick in den Spiegel zu werfen. Eigentlich lege ich nicht viel Wert auf Make-up, aber ich liebe das Gefühl von Lippenstift auf meinem Mund. Meine Mutter hatte die gleichen, vollen Lippen wie ich und trug immer einen dezenten Lippenstift. Clemens hasste es, wenn sie ihm einen Kuss auf die Wange gab und dadurch einen roten Abdruck hinterließ.

Mittlerweile kann ich an keiner Drogerie vorbeigehen, ohne einen Abstecher in die Kosmetikabteilung zu machen. Ich habe eine Schwäche für Lippenstifte mit blumigen Namen. *Red Peach, Wilde Pfingstrose, Süße Kirschblüte, Hibiskusrot, Sweet William.* Gezielt suche ich nach solchen Namen. Heute fische ich *Poppy Flower* aus meiner Tasche, in der bestimmt eine Handvoll Lippenstifte verstreut sind.

»Vergiss deinen Mantel nicht! Draußen geht ein kühler Wind.«

Wie immer beherzige ich den Ratschlag meiner Oma und schnappe mir meinen taillierten Wollmantel, den ich im Herbst gekauft habe.

Obwohl die Aprilsonne vereinzelt die dicke Wolkenschicht durchbricht, spüre ich sofort den kalten Wind auf den Wangen. Ich stelle den Kragen meines Mantels hoch und schiebe meine langen braunen Haare darunter, damit der Wind sie nicht zu sehr zerzaust. Von *Ritas Blütenzauber,* das am Ende der Mariahilfer Straße liegt, bin ich zu Fuß in einer knappen Viertelstunde im Eppensteiner Hotel. Wie üblich ist vormittags auf der Mariahilfer Straße, Wiens größter Einkaufsstraße, noch nicht viel los. Aber nachmittags und samstags tummeln sich hier unbeschreiblich viele Menschen, vor allem in dem Abschnitt der Fußgängerzone.

Hier zu wohnen und zu arbeiten hat seine Vorteile. Nicht nur die vielen verschiedenen Geschäfte, sondern auch die kurze Distanz zur Innenstadt und die gute Infrastruktur sind einzigartig.

Doch was mir am meisten bedeutet, sind die vielen Erinnerungen, die an diesem Ort hängen. Jeden Tag nach der Schule habe ich im hinteren Teil des Geschäfts meine Hausaufgaben gemacht. Im Frühjahr zwischen den duftenden Hyazinthen, im Winter in einem Meer aus Weihnachtssternen. Erst wenn ich fertig war, durfte ich meiner Mutter helfen, die Kränze und Sträuße zu binden, die Topfblumen zu pflegen und die Weihnachtssterne mit Glitzerspray zu verzieren. Manchmal nahm meine Mutter mich auch mit in die Gärtnereien außerhalb Wiens. Sie zeigte mir, worauf man bei der Auswahl von Schnittblumen und Jungpflanzen achten muss. Sie brachte mir alles bei: die unterschiedlichsten Pflanzenarten, deren richtige Pflege und auch die einzigartigen Bedeutungen der Blumen.

Weder mein Vater noch mein älterer Bruder Clemens können mit dieser Leidenschaft etwas anfangen. Ihrer Meinung nach muss ein echter Mann keine Wildrose von einer Kulturrose unterscheiden können. Für sie gibt es nur die Differenzierungen zwischen Blumen und Unkraut, und selbst da haben sie keine klare Grenze.

Nach dem frühen Tod meiner Mutter vor zehn Jahren verlor ich meine engste Bezugsperson, mit der ich meine Leidenschaft für die Flora teilte und von der ich alles gelernt habe, was ich heute weiß und kann. Schnell fasste ich den Entschluss, ihr mühselig aufgebautes Geschäft weiterzuführen. Mit siebzehn brach ich gegen den Willen meines Vaters kurzerhand die Schule ab und machte eine Ausbildung zur Floristin. Während meine Großmutter den Laden weiterführte, arbeitete ich hart daran, schon bald das Geschäft zu übernehmen.

Mittlerweile hat mein Vater eine neue Lebensgefährtin, eine kinderlose, sehr nette Frau namens Tanja, von Beruf Erzieherin, die ihm meiner Meinung nach guttut. Vor vier Jahren ist er zu ihr gezogen und hat Clemens und mir die Wohnung über dem Blumengeschäft überlassen. Wir sind beide die meiste Zeit Singles, schätzen die gute Lage und den akzeptablen Mietpreis, der noch aus alten Verträgen hervorgeht. Abgesehen davon, dass Clemens sein Junggesellendasein für meinen Geschmack zu ausgiebig fristet, funktioniert unser Zusammenleben ganz gut.

Ich komme am Museumsquartier vorbei, überquere den Getreidemarkt und gehe am Kunsthistorischen Museum entlang zum Burgring. Mit einer Gruppe asiatischer Touristen, die staunend die alten, dunkelroten Waggons bewundern, steige ich in die Straßenbahn und fahre zum Eppensteiner Hotel.

Erst vor einem Monat bin ich das letzte Mal in dem Hotel gewesen, anlässlich der alljährlichen Petit-Four-Messe, zu der Charlie und Daniel mich eingeladen hatten. Da haben sie mich auch gefragt, ob ich das Blumenarrangement für ihre Hochzeit erstellen würde, die für August angesetzt ist. Für mich ist das eine große Ehre, weil ich mich gerne an den Anfang ihrer Geschichte vor drei Jahren zurückerinnere, an der auch ich ein klein wenig beteiligt war. Charlie hatte vorgegeben, ihren damaligen Freund Eddie zu heiraten, und Daniel brachte sie zu mir ins Geschäft, damit sie Anstecksträußchen und einen Brautstrauß kaufen konnte. Schon damals hatte ich das Gefühl, dass es zwischen ihnen funkte, doch es dauerte noch eine Weile, bis sie wirklich zueinanderfanden.

Ich starre aus dem Straßenbahnfenster und überlege, wie vielen glücklich verliebten Paaren ich mit meinen Blumen bereits eine Freude bereitet habe. Brautpaare, Kunden, die ihre Frau mit Blumen um Entschuldigung bitten, oder die, die zu besonderen Anlässen einem lieben Menschen eine Freude machen wollen. Sie alle gehören zu meinem Tagesgeschäft. Den meisten Umsatz mache ich natürlich am Valentins- und am Muttertag, die Tage, die viele Kritiker als Erfindung der Blumenindustrie abstempeln. Dabei sind genau diese für den finanziellen Erfolg von *Ritas Blütenzauber* wichtig und schaffen den nötigen Ausgleich zu Zeiten, in denen die Nachfrage nicht so groß ist. Abgesehen davon gefällt mir die Vorstellung, wie unzählige Menschen ihre Liebsten mit wunderschönen Buketts überraschen. Leider gibt es niemanden, der mich am Valentinstag beschenkt, und meiner Mutter kann ich Blumen nur noch aufs Grab legen.

Ich werfe einen flüchtigen Blick auf die andere Seite des Rings, wo ein Fiaker ein verliebtes Pärchen kutschiert. Als wir an der Staatsoper vorbeikommen, klopfen die asiatischen Touristen begeistert an die Scheiben. In Momenten wie diesen erkennt man die Einheimischen sofort. Auch ich nehme das Gebäude kaum noch wahr. Als geborene Wienerin bin ich hier schon unzählige Male vorbeigekommen. Aber gerne würde ich einmal von einem kultivierten Mann in die Staatsoper begleitet werden. Einer, der Opern ebenso schätzt und genießt wie ich. Die Männer, mit denen ich bisher ausgegangen bin, konnten sich dafür jedoch nicht erwärmen. Einmal hat mich meine beste Freundin Klara in Mozarts »Zauberflöte« begleitet, doch leider hat auch sie sich nicht mitreißen lassen.

Beim Stadtpark steige ich aus und überquere den Ring. Das Stück bis zum Eppensteiner Hotel gehe ich zu Fuß. Pünktlich auf die Minute betrete ich die große Lobby und werde sofort von einem Concierge in weinroter Uniform begrüßt. An der linken Seite der Empfangshalle ist die Rezeption. Ich wende mich einer rotblonden Frau zu und erkläre ihr, mit wem ich einen Termin habe. Sie telefoniert kurz und bittet mich, Platz zu nehmen.

In der Lobby stehen mehrere antik aussehende Sessel, die sich nicht nur als äußerst schick, sondern auch als bequem erweisen. Ich werfe einen flüchtigen Blick in meine Tasche, um mich zu vergewissern, dass ich alle Unterlagen mithabe. Auch wenn Charlie und Daniel nicht nur Kunden, sondern vor allem Freunde sind, will ich wie üblich einen professionellen Eindruck machen. Insofern wäre es unangemessen, die Mappe mit den Anstecksträußchen oder dem Autoschmuck zu vergessen. Ich bin bestens vorbereitet, um den beiden ein perfektes Blumenarrangement für ihre Hochzeit anzubieten.

»Rita!«

Ich höre Charlies vertraute Stimme, und eine Tür fällt ins Schloss. In einer schicken, königsblauen Bluse und engen, schwarzen Stoffhosen kommt Charlie quer durch die Eingangshalle auf mich zu. Normalerweise trägt sie in der Patisserie des Hotels eine weiße Kochjacke, doch diese hat sie offenbar abgelegt. Mit zwei Küsschen begrüßt sie mich, wie wir es mittlerweile immer machen.

»Schön, dich zu sehen! Komm, wir setzen uns weiter hinten hin, da haben wir mehr Ruhe. Daniel kommt auch gleich.«

Sie wendet sich über meine Schulter hinweg an die Rezeptionistin.

»Linda, lass uns doch bitte einen kleinen Schwarzen, zwei Melange und zwei Apfelstrudel bringen.«

»Isst Daniel immer noch nichts von deinen Mehlspeisen?«, frage ich lachend und folge ihr, vorbei an einer geschwungenen Stiege, die vom oberen Stockwerk aus mitten in die Lobby führt. Wir setzen uns an einen der Mahagonitische, und ich lege meine Unterlagen auf den Tisch.

»Du kennst ihn doch.«

Charlie verdreht die Augen und lächelt. Sie streicht sich eine Haarsträhne hinters Ohr und offenbart damit einen Mehlfleck an ihrer Schläfe.

Ich überlege kurz, sie darauf hinzuweisen, entscheide mich jedoch höflicherweise dagegen. Vielleicht wäre es ihr unangenehm.

»Deine Haare sind schon wieder länger geworden«, stelle ich stattdessen fest.

Kurz vor der Verlobung hatte Charlie sich ihre

langen Haare zu einer flotten Kurzhaarfrisur schneiden lassen. Dann kam Daniels Heiratsantrag, und sie war kreuzunglücklich über die neue Frisur, weil sie an ihrem Hochzeitstag viel lieber lange, gewellte Haare haben wollte. Die Friseurin verspricht ihr eine elegante Hochsteckfrisur, wenn ihr Haar bis August noch mindestens fünf Zentimeter wächst. Als ob Charlie darauf Einfluss hätte!

»Jedenfalls weiß ich jetzt, warum Daniel versucht hat, mich von dem Friseurtermin abzuhalten«, sagt Charlie.

»Hast du wirklich nichts geahnt?«, frage ich.

Ich kann mir das gar nicht vorstellen. Weder dass man so etwas nicht irgendwie spürt, noch wie man sich bei einem Heiratsantrag fühlt. Noch nie hat ein Mann um meine Hand angehalten, was daran liegt, dass ich es noch nie so weit habe kommen lassen. Bevor ich mich zu lange mit einer Beziehung aufhalte, von der ich weiß, dass sie meiner Vorstellung von einer perfekten Ehe nicht entspricht, mache ich lieber Schluss. Denn womöglich würde ich sonst meinem Traumprinzen nie begegnen.

Charlie schüttelt den Kopf.

»Er hat doch immer gesagt, er will länger mit einer Frau zusammen sein, bevor er sie heiratet.«

»Du hast ihm ordentlich den Kopf verdreht.«

Mein Blick fällt auf Charlies schlanke Hände, an denen ein wunderschöner, weißgoldener Verlobungsring funkelt.

»Einen Mann wie Daniel muss man erst einmal finden. Er hat wirklich Geschmack.«

»Außer wenn es um Mehlspeisen geht«, fügt Charlie sogleich hinzu.

Als leidenschaftliche Konditorin wünscht sie sich von ihrem Partner, dass auch er sich von ihren köstlichen Kreationen betören lässt.

»Das wird sich wohl nie ändern.«

Lachend kommt Daniel die Treppe hinunter auf uns zu. Er begrüßt mich freundlich und drückt anschließend seiner Liebsten einen langen Kuss auf den Mund. Ohne ein Wort zu sagen, streicht er ihr die Mehlreste aus dem Gesicht und schenkt ihr ein verliebtes Lächeln.

»Danke, dass du so kurzfristig Zeit hast, Rita«, sagt er dann und setzt sich zwischen Charlie und mich. »Charlie liegt mir schon die ganze Zeit damit in den Ohren, welche Blumen sie für ihre Hochzeit haben will.«

»Hast du schon eine konkrete Vorstellung?«, frage ich Charlie und breite meine Muster auf dem Tisch aus.

»Hat sie«, antwortet Daniel. »Und zwar jeden Tag eine andere. Heute sollen es Rosen sein, morgen doch lieber Gerbera, und übermorgen schwärmt sie von Pfingstrosen.«

Er verdreht die Augen und sieht mich an, als wäre ich die Lösung des Problems. Lächelnd versuche ich zu signalisieren, dass ich mein Bestes geben werde.

»Aber keine Nelken!«, sagt Charlie und grinst uns an.

Ich weiß, worauf sie anspielt. Jemandem gelbe Nelken zu schenken würde in der Blumensprache heißen: »Ich mag dich nicht.« Was ausgerechnet auf einer Hochzeit ziemlich unpassend wäre, vorausgesetzt, einer der Anwesenden kennt die Symbolik der Blumen.

»Rote Nelken sind durchaus in Ordnung«, sage ich ernst.

Irgendwie fühle ich mich verpflichtet, diese wunderschöne Blume zu verteidigen. Man darf nicht per se etwas gegen Nelken haben, auch nicht gegen gelbe. In einen bunten Nelkenstrauß eingearbeitet, sind sie sehr dekorativ und haben keine negative Bedeutung.

»Gibt es vielleicht eine Farbe, die sich wie ein roter Faden durch die Hochzeit zieht?«

Das ist oft ein guter Anfang für die Überlegungen zum Blumenschmuck.

»Daniel will es klassisch in Rot und Weiß«, erklärt Charlie. »Ich hätte aber lieber etwas Ausgefallenes. Türkis. Oder vielleicht Violett.«

Ich kann beide Überlegungen gut nachvollziehen. Mittlerweile habe ich unzählige Hochzeiten gesehen, von klassisch romantisch über flippig bis extravagant. Jedes Fest hatte seinen eigenen Charme.

»Das sind viel zu knallige Farben«, widerspricht Daniel und legt seine Hand liebevoll um Charlies Handgelenk. Die sieht ihn mit einem verliebten Blick an, der mich wissen lässt, dass sie ihm nichts abschlagen kann.

Da ich Daniel und inzwischen auch Charlie ziemlich gut kenne, habe ich eine Vorstellung, welche Art Blumenarrangement zu ihnen passen könnte.

»Eine nicht ganz so knallige Farbe, aber äußerst

hübsch ist Koralle. Wartet, ich glaube, ich habe da etwas Passendes mit.«

Auf der Unterlippe kauend, blättere ich durch meine Mappe mit den Fotos der unterschiedlichsten Brautsträuße. Als ich gefunden habe, wonach ich suche, drehe ich die Mappe um, damit Charlie und Daniel die Abbildungen anschauen können.

»Weiße Orchideen und Lilien, korallenfarbige Calla und Brautmyrte.«

Dieser Strauß überzeugt durch seine harmonisch aufeinander abgestimmten Farben und die großen Blüten mit dem verspielten Grün dazwischen.

Auf Charlies Reaktion gespannt, sehe ich zu ihr hinüber.

»Brautmyrte?« Daniel runzelt die Stirn.

Sein Interesse an den Blumen überrascht mich. In all den Jahren als Floristin habe ich nur selten einen Bräutigam getroffen, der sich so für die Wahl der Hochzeitsblumen interessierte.

»Die Brautmyrte hat eine lange Tradition«, erkläre ich und tippe auf einen grünen Zweig mit feinen, weißen Blüten. »Sie gilt als Schutzpflanze der Liebenden. Früher war es Brauch, dass die Braut nach der Hochzeit einen Zweig davon in Erde steckte, damit er Wurzeln schlug.«

Auch meine Mutter war dieser Tradition gefolgt. Das Myrtenbäumchen hat mein Vater bei seinem Auszug mitgenommen, was ich ihm nicht verübeln kann. Es ist eine sehr schöne Erinnerung an meine Mutter.

»Davon habe ich noch nie gehört.« Charlies Augen

glänzen vor Begeisterung. Sie starrt mich an, als könnte sie es nicht erwarten, mehr darüber zu erfahren.

»Auch Kate Middleton hatte einen Myrtenzweig in ihrem Brautstrauß«, fahre ich also fort. »In der britischen Königsfamilie ist es Tradition, den Zweig eines Myrtenbaumes in den Strauß einzuarbeiten, den Königin Victoria 1845 auf der Isle of Wight pflanzen ließ.«

Ich weiß das so genau, weil meine Mutter es mir erzählt hat, als ich noch ein Kind war und weil ich es damals schon unglaublich romantisch fand.

»Ist das wahr?« Charlie scheint die Geschichte zu gefallen, so wie den meisten Frauen, denen ich sie erzähle. »Und was bedeuten die anderen Blumen?«

Ich bin sicher, Charlie würde auch einen reinen Myrtenstrauß nehmen, wenn die anderen Blumen keine passende Symbolik hätten. Doch dem ist nicht so.

»Die Lilie steht für eine reine und edle Liebe. Callas drücken Faszination für eine andere Person aus, und Orchideen symbolisieren Leidenschaft und Fruchtbarkeit.«

Die beiden Verliebten werfen einander einen verstohlenen Blick zu.

»Ist das dein Strauß?«

Daniel zieht fragend eine Braue hoch, woraufhin Charlie ihn anstrahlt und nickt.

»Also gut, damit wissen wir nun, in welche Richtung unser Blumenarrangement geht.«

»Ihr Kaffee.«

Eine junge Kellnerin bringt Kaffee und Apfelstrudel.

Bei dem Anblick läuft mir das Wasser im Mund zusammen. Ich kenne Charlies Talent in der Patisserie und weiß, wie köstlich der Apfelstrudel schmecken wird.

»Den habe ich gerade erst frisch gemacht«, sagt Charlie und leckt sich über die Lippen. »Er ist bestimmt noch warm.«

»Pass lieber auf, dass du in vier Monaten noch in dein Kleid passt«, meint Daniel neckisch und lehnt sich entspannt zurück, um seiner Liebsten dabei zuzusehen, wie sie genüsslich den Apfelstrudel verschlingt.

Ich wünsche mir wirklich, eines Tages auch von einem so netten, attraktiven Mann angehimmelt zu werden. Während ich mir die fantastische Mehlspeise auf der Zunge zergehen lasse, zeige ich den beiden alle möglichen Blumenarrangements. Daniel sagt zwar zu allen seine Meinung, aber Charlie setzt sich stets mit ihren Wünschen durch. Wie ich allerdings feststelle, hat sie nicht nur eine genaue Vorstellung, wie alles auszusehen hat, sondern auch einen wirklich guten Geschmack. Schließlich wählen sie nicht nur den Brautstrauß, sondern auch Anstecksträußchen für die Gäste, einen ausgefallenen Autoschmuck und die Dekoration für Kirche und Festsaal. Für ihre beiden Brautjungfern ordert Charlie einen Myrtenkranz als Haarschmuck.

»Ich habe alles notiert«, sage ich und klappe zufrieden mein Notizbuch zu. »In etwa zwei Wochen lasse ich euch einen Kostenvoranschlag zukommen. Falls du noch etwas brauchst, Charlie, kannst du mich jederzeit anrufen oder im Geschäft vorbeischauen.« Ich kann es jetzt schon kaum erwarten, Charlies Gesicht zu sehen, wenn sie am Tag ihrer Hochzeit das fertige Arrangement erblickt. Für mich als Floristin sind das immer die schönsten Momente.

»Daniel, vergiss nicht«, sagt Charlie ungeduldig.

»Natürlich.« Gelassen greift Daniel in die Innentasche seines Sakkos und holt ein elfenbeinfarbenes Kuvert hervor. »Für dich.«

Vorsichtig öffne ich den Umschlag und ziehe das gefaltete Papier heraus. Ich überfliege die Zeilen und merke, wie sich mein Mund unweigerlich zu einem breiten Lächeln verzieht. Es ist jedes Mal aufs Neue schön für mich, den großen Tag zweier Verliebter mitzuerleben. Wenn ich ehrlich bin, hatte ich schon mit ihrer Hochzeitseinladung gerechnet. Schließlich hat Charlie mich schon mehrmals angerufen und gesagt, ich solle den Termin in meinem Kalender eintragen, um ihn ja nicht zu vergessen.

»Ich freue mich sehr über eure Einladung.«

Ich liebe Hochzeiten. Die meisten meiner Schulfreundinnen sind mittlerweile verheiratet. Wie unterschiedlich die Feiern auch waren, ich habe jede gerne besucht und genossen.

»Und vielleicht lernst du am Singletisch ja einen netten Mann kennen.« Charlie sieht mich erwartungsvoll an.

Habe ich gerade richtig gehört?

»Singletisch?«, frage ich tonlos.

Das Wort bleibt mir fast im Hals stecken. *Singletisch.* Der Albtraum aller ledigen Frauen. Das kann doch nicht ihr Ernst sein! Wie konnte Daniel so einer bescheuerten Idee nur zustimmen? Das dürfen sie mir nicht antun! Abgesehen davon sagen die Leute immer dann »nett«, wenn sie nicht wissen, wie sie etwas Schlechtes gut verkaufen sollen.

»Ja! Wäre das nicht romantisch, wenn du auf unserer Hochzeit jemanden kennenlernst?«

Ich weiß, dass Charlie es nur gut mit mir meint, aber bei der Vorstellung, den ganzen Abend mit den geladenen Singles an einem Tisch zu sitzen, wird mir übel. Wahrscheinlich gibt es bei den meisten gute Gründe, warum sie niemanden an ihrer Seite haben. Vor meinem inneren Auge taucht ein über fünfzigjähriger, angetrunkener Mann neben mir auf und versucht, mit mir zu flirten. Wie soll ich das nur überstehen?

»Muss Clemens auch an den Singletisch?«, frage ich – in der Hoffnung, zumindest einen Beschützer in der Nähe zu haben.

»Nein. Er sitzt bei Daniels Schulkollegen und Jugendfreunden«, antwortet Charlie, »und glaub mir, die können an so einem langen Abend sehr anstrengend sein.« Den letzten Satz hat sie leiser gesagt, als könnte ihr Verlobter sie so nicht hören. Vermutlich hat sie schon entsprechende Erfahrungen gemacht.

Das ist mit Abstand das Furchtbarste, was man mir auf einer Hochzeitsfeier antun kann. War ja klar, dass Clemens dieses Schicksal erspart bleibt. Wobei dem der Singletisch bestimmt gar nichts ausgemacht hätte.

»Es sei denn, du bringst jemanden mit«, ergänzt Daniel, dem mein entgeisterter Gesichtsausdruck offenbar nicht entgangen ist.

»Oh, ja natürlich«, wirft Charlie schnell ein. »Dann kommst du selbstverständlich an den Freundetisch. Allerdings müsste ich das bald wissen, wegen der Tischordnung.«

Sie wirkt verlegen, bestimmt, weil sie nicht in Betracht gezogen hat, dass ich in Begleitung kommen könnte. Ich kann es ihr nicht einmal verübeln.

»Also, um ehrlich zu sein …«

Ich stocke, weil es eigentlich nicht meine Art ist zu lügen. Schon jetzt liegt mir das schlechte Gewissen wie ein Stein im Magen.

»Es … gibt da jemanden, den ich gerne mitnehmen würde.«

Ob das eine kluge Idee ist?

Charlie und Daniel sehen mich überrascht an. Glauben sie mir nicht? Nur weil ich bislang kein Glück hatte mit den Männern, heißt das doch nicht, dass es immer so bleibt!

»Ich habe ihn erst vor Kurzem kennengelernt«, fahre ich fort und versuche, mit einem dezenten Lächeln meine Glaubwürdigkeit zu unterstreichen. »Es … ist … na ja, noch ganz frisch, aber wenn ich darf, würde ich ihn gerne mitnehmen.«

»Natürlich!«

Charlie wirkt ganz begeistert, und auch Daniel freut sich ehrlich mit mir.

Erleichtert lasse ich die Luft aus meinen Lungen entweichen. Diese kleine Notlüge kann man mir nicht übel nehmen. Alles besser, als an diesem Singletisch zu hocken. Ich habe noch knapp vier Monate Zeit, jemanden zu finden, der mich begleitet, sodass niemand meinen Schwindel bemerkt. Irgendwann muss es das Liebesglück doch auch mit mir gut meinen.

* * *

Abgesehen von meiner Wohnung, dem Geschäft und Wiens Parkanlagen verbringe ich wohl die meiste Zeit in der Albert-Schultz-Eishalle nördlich der Donau. Dort ist das Zuhause mehrerer großer Wiener Eishockeyvereine, darunter auch der Vienna Steelheads. Mein Vater ist ihr Trainer und mein Bruder ihr wohl bester Stürmer. Das letzte Spiel der Saison fand zwar schon vor einem Monat statt, doch mein Vater hat für heute noch ein Freundschaftsspiel angesetzt, ehe es in die lang ersehnte Sommerpause geht.

Meinem Vater bedeutet der Eishockeysport so viel wie mir die Arbeit als Floristin, deshalb gehe ich regelmäßig zu den Spielen. Er erwartet nicht, dass ich die Steelheads lautstark anfeuere, es genügt ihm, wenn ich anwesend bin. Unzählige Male haben er und Clemens versucht, mir die Regeln zu erklären, aber ich verstehe sie bis heute nicht.

Egal wie oft ich auf der Tribüne Platz nehme – ich fühle mich nie richtig wohl. Die riesige Halle, der Blick auf das kalte Eis, die grölenden Fans und – am schlimmsten – die sich prügelnden Spieler. Während andere jubeln und sie auch noch anfeuern, zucke ich jedes Mal zusammen, wenn sie aufeinander losgehen, sich gegen die Bande drücken und einander mit den Fäusten attackieren. Manche reißen sich den Helm vom Kopf, brüllen quer über das Eis und stürzen sich mit wutverzerrten Gesichtern auf ihre Gegner.

Welcher erwachsene und halbwegs zivilisierte Mensch tut denn so etwas?

Klara sagt, unter den Helmen und der Schutzkleidung könnten auch zivilisierte Männer stecken, aber meine bisherigen Erfahrungen beweisen das Gegenteil. Mein Bruder ist ein Paradebeispiel dafür, und weil ich mir die Wohnung mit ihm teile, weiß ich, wovon ich spreche. Mit seinen 31 Jahren jagt er einem Ziel hinterher, das bereits unser Vater einst verletzungsbedingt aufgegeben hat. Ich glaube, mein Papa versucht seinen Traum, Profi-Eishockeyspieler zu werden, durch Clemens zu verwirklichen. Dafür scheut er keine Mühen und arbeitet nun schon seit Jahren als Trainer, um sein Wissen und seine Erfahrung den Spielern und allen voran Clemens weiterzugeben.

»Da bist du ja!«

Meine beste Freundin setzt sich neben mich. Um den Zeigefinger hat sie eine rote Fruchtgummischnur gewickelt und schiebt sich das Ende zwischen die Zähne. Klara ist süchtig nach dieser Süßigkeit – und nach allem anderen Zuckerzeugs auch.

Klaras Interesse an Eishockey ist ähnlich ausgeprägt wie meines, doch sie begleitet mich jedes Mal solidarisch in die Halle. Und das finde ich wirklich toll.

»Es gibt Neuigkeiten«, sagt sie aufgeregt. »Heute hat mich der Vermieter der alten Schneiderei angerufen. In drei Wochen kann ich das Geschäft besichtigen, und wenn alles passt, bekomme ich den Schlüssel.« Klara sieht mich, an ihrem Fruchtgummi nagend, erwartungsvoll an.

»Das geht aber schnell«, stelle ich erstaunt fest, auch wenn ich mich ehrlich mit ihr freuen will.

Vor etwas mehr als vier Monaten, am Neujahrstag, hat Klara euphorisch verkündet, dieses Jahr auch unter die Unternehmer zu gehen. Mit einem eigenen Laden, den sie nach ihren Vorstellungen führen will. Ähnlich wie *Ritas Blütenzauber*, nur innovativer, hipper und an eine jüngere Zielgruppe gerichtet. Drei Tage später hatte sie eine außergewöhnliche Idee: Rollschuhe! Die perfekte Marktnische, sagte sie, die es dringend zu schließen gelte. Ihr Geschäft solle der Hotspot für klassische Rollschuhe in Wien und Umgebung werden. Rollschuhe sollten wieder populär werden und auf den Straßen präsent sein.

Nicht dass ich meine Freundin nicht unterstützen oder ihr die Aufgabe nicht zutrauen würde. Ich fürchte nur, sie weiß nicht, was da auf sie zukommt. Ein eigenes Geschäft zu führen bedeutet, vorausschauend zu arbeiten und gut zu kalkulieren. Man muss sein ganzes Herzblut hineinstecken, und ich weiß, wovon ich rede. Ich liebe die Arbeit mit Blumen, daher fällt es mir auch nicht schwer, in schlechten Zeiten optimistisch zu bleiben und meine ganze Energie in den Laden zu stecken.

Trotz meiner vorsichtigen Ratschläge, sie solle ihr Vorhaben nicht überstürzen, ist Klara nicht davon abzubringen. Ich hoffe, sie unterschätzt weder den finanziellen Aufwand noch die Verantwortung oder das Risiko.

»Kommst du mit zu der Besichtigung?«

Klara klemmt das Ende des roten Fruchtgummis zwischen ihre Lippen und rollt es hin und her.

»Sicher doch«, antworte ich.

Schließlich sehen vier Augen mehr als zwei. Trotz meiner Skepsis will ich Klara jedenfalls unterstützen. Denn sie ist immer für mich da, wenn ich sie brauche, und sie kann sich auf mich genauso verlassen. Ich war schon immer ein vorsichtiger Mensch, der kein unnötiges Risiko eingeht. Hätte ich nicht das Geschäft meiner Mutter geerbt, wäre ich heute ganz bestimmt nicht selbstständig. Dazu fehlt mir, ehrlich gesagt, der Mumm. Klara hingegen hat ausreichend Mut für uns beide.

Da geht ein Raunen durch die Halle, und wir schauen hinunter auf das Spielfeld. Ein Spieler der Steelheads drückt einen Gegner ausgerechnet vor uns gegen die transparente Bande. Durch das Visier des Helms erkenne ich, dass es wenigstens nicht mein Bruder ist. Ein weiterer Gegenspieler kommt hinzu und reißt den Steelheads-Spieler an der Schulter nach hinten. Der gefoulte Spieler rutscht mit schmerzverzerrtem Gesicht die Scheibe entlang hinunter und verschwindet hinter der Bande.

»Endlich ist hier was los.« Klara ist erfreut über den Tumult auf dem Eis und zieht die nächste rote Gummischnur aus ihrer Tasche. Ich frage mich, wie viele Schnüre sie noch darin verstaut hat.

Mein Bruder stürmt übers Eis und hilft seinem Mitspieler, als dieser von Gegnern attackiert wird. Ich mag es nicht, wenn Clemens in eine Rauferei verwickelt ist. Weder will ich, dass er jemanden verletzt, noch will ich ihn mit blutüberströmter Nase und zugeschwollenem Auge sehen. Beides habe ich in all den

Jahren schon miterlebt. Trotzdem gewöhne ich mich nicht daran.

Auf der anderen Seite der Halle springt mein Vater mit knallrotem Kopf auf und ab. Er hasst es, nicht direkt ins Geschehen eingreifen zu können. Zumindest brauche ich mir um ihn keine Sorgen zu machen.

Die Spieler stoßen einander und brüllen sich wüste Beschimpfungen zu. Die Fans grölen, feuern ihre Teams an und schlagen mit den Händen auf das Plexiglas, das unter der Erschütterung wackelt. Der Schiedsrichter eilt mit seiner Trillerpfeife zwischen den Lippen auf die Raufbolde zu und schlichtet den Streit binnen Sekunden. Er schickt sowohl den gefoulten als auch den foulenden Spieler vom Feld und knöpft sich zwei weitere Spieler vor, um sie zu verwarnen. Einer davon ist Clemens, dessen zornigen Ausdruck ich sogar aus der Ferne erkennen kann.

»Warum muss der denn raus?«, fragt Klara verwirrt und zeigt auf den Spieler, der an die Bande gepresst wurde und ziemlich benommen aussieht.

Aber ich bin wahrlich nicht die Ansprechperson für solche Fragen. »Keine Ahnung«, antworte ich. »Vielleicht hat er vorher selber gefoult.«

Das Geschehen auf dem Eis beruhigt sich wieder, und der Referee lässt weiterspielen. Mein Vater sieht immer noch unzufrieden aus. Er brüllt seine Anweisungen über die Bande und fuchtelt mit dem Arm in der Luft herum, um seine Spieler nach vorne zu treiben.

»Wir könnten uns genauso gut einen Boxkampf ansehen.«

»Ach, Blödsinn!« Klara verdreht die Augen. »Es ist ja nicht so, als gäbe es ständig Schlägereien.«

Sie mag es, wenn es auf dem Eis heiß hergeht. Den normalen Spielverlauf verfolgt sie genauso wenig wie ich, aber sobald die Fäuste fliegen, haben die Spieler ihre volle Aufmerksamkeit.

Clemens gleitet über das Feld und passt den Puck mit einer solchen Geschwindigkeit zu seinen Mitspielern, dass ich es kaum mitverfolgen kann. Meine Gedanken schweifen zu dem heutigen Gespräch im Eppensteiner Hotel ab. Ich hätte vor Charlie und Daniel nicht behaupten dürfen, mit einer Begleitung zu ihrer Hochzeit zu erscheinen. Auch wenn noch ausreichend Zeit ist, um jemanden zu finden, fühle ich mich unter Druck gesetzt. Das Ende meiner letzten Beziehung liegt schon mehr als zwei Jahre zurück. Wenn es einfach wäre, in kurzer Zeit einen neuen Partner zu finden, dann hätte ich das längst getan. Ist es aber nicht, wie ich leider festgestellt habe.

»Ich brauche einen Mann.«

Noch ehe ich die Worte ausgesprochen habe, bereue ich sie auch schon. In der Hoffnung, Klara hätte mich nicht gehört, sehe ich auf.

»Das ist ja mal ganz neu«, sagt sie und zieht ein weiteres Fruchtgummi aus ihrer Tasche. Sie wickelt die Schnur eng um ihren Zeigefinger und knabbert dann das Ende an. Ihre Fingerspitze verfärbt sich allmählich in einen dunklen Rotton. Wenn sie zu lange vergisst weiterzuessen, wird die Fingerkuppe manchmal sogar blau.

»Ich bin zu einer Hochzeit eingeladen und habe

angekündigt, in Begleitung zu erscheinen«, erkläre ich.

Natürlich könnte ich *irgendjemanden* fragen, der mit mir kommt, aber das will ich nicht. Es klingt vielleicht blöd, aber dazu bin ich zu stolz. Wenn ich schon mit einer Begleitung erscheine, muss es mehr als ein belangloses Date sein.

»Warum denn das?«

Klara wirkt nicht so, als würde mein Problem sie besonders interessieren. Sie hebt den Kopf, als auf der anderen Seite der Halle zwei Spieler aneinandergeraten. Noch bevor sich eine Schlägerei entwickeln kann, gehen mehrere Mannschaftskollegen dazwischen und ziehen die beiden Streithähne auseinander. Enttäuscht wendet Klara sich wieder mir zu.

»Das Brautpaar will mich sonst an den Singletisch verfrachten.«

Klara zieht die Luft scharf durch die Zähne. Wenigstens versteht sie mich.

»Wer kommt denn auf so eine Idee?« Mit zusammengezogenen Augenbrauen schüttelt sie den Kopf.

»Charlie und Daniel.«

»Heiraten die nicht im August? Dann hast du wenigstens noch Zeit, um einen zu finden.« Sie macht eine Handbewegung, die so viel heißt wie: Stress dich deswegen nicht.

»Wenn das so leicht wäre, warum habe ich dann noch keinen?«

Klara presst die Lippen aufeinander, als müsste sie länger darüber nachdenken, aber dann sagt sie umgehend: »Weil deine Ansprüche zu hoch sind.«

Jetzt geht das wieder los!

»Meine Ansprüche sind vollkommen in Ordnung«, erwidere ich genervt.

Ich habe es satt, mich jedes Mal rechtfertigen zu müssen, warum sämtliche Männer, die in mein Leben treten, nicht gut genug für eine Beziehung sind. Es ist ja nicht so, als würde ich ihnen keine Chance geben. Es gibt einfach immer einen Grund, warum ich nach wenigen Verabredungen weiß, dass es nicht passt.

»Für eine Adelige des neunzehnten Jahrhunderts vielleicht.«

Klara streicht ihr strubbliges, rotes Haar über die Schulter und sieht mich mit ihren grünen Augen bedauernd an. Ich weiß, was jetzt kommt.

»Rita, du wartest auf den Prinzen, der dich auf seinem Schimmel in ein Schloss mitnimmt.« Sie seufzt. »Den wirst du nur leider nicht finden.«

Ja, das haben mir auch alle anderen schon oft genug gesagt. Zu oft. Mein Vater, mein Bruder und sogar meine Oma. Nur Papas Lebensgefährtin Tanja hält sich bei dem Thema zurück. Ich weiß aber, dass sie dasselbe denkt. Sie meinen wahrscheinlich alle, dass ich mir zu schade für die Männer bin und eh schon ganz verbittert.

Klara scheint meine Gedanken gelesen zu haben. Sie legt verständnisvoll ihre Hand auf meine und schenkt mir ein aufmunterndes Lächeln.

»Lass den Kopf nicht hängen. Du musst nur offener werden, dann wirst du schon noch den Richtigen finden.«

Das ist leichter gesagt als getan. Es ist ja nicht so,

dass ich nicht suchen würde. Aber meine Zeit ist nun einmal begrenzt. Ich bin mit meinem Blumengeschäft voll eingespannt. Die freie Zeit, die ich habe, nutze ich für meine Familie, Freunde und ausgiebige Spaziergänge. Warum treffe ich eigentlich in einem der Stadtparks keinen netten Mann? Einen, der den Anblick schöner Blumen ebenso schätzt wie ich ...

»Eigentlich«, beginnt Klara und sieht mich nachdenklich an, ehe sie fortsetzt, »sind da unten dreißig Männer, die mehr oder weniger in deinem Alter sind. Selbst wenn du nur die Steelheads berücksichtigst, hast du gut fünfzehn Kandidaten.«

Das ist nicht ihr Ernst! Ich soll mit einem Eishockeyspieler ausgehen?

»Mal abgesehen davon, dass einer davon mein Bruder ist und der Rest genau solche Idioten wie er«, erwidere ich grantig.

»Gut, dein Bruder ist vielleicht ein Idiot, aber kennst du denn wirklich alle seine Mitspieler?«

Mit offenem Mund starre ich sie an. Worauf will sie hinaus? Die Typen da unten sind alle nach demselben Muster gestrickt. Um das zu wissen, muss ich sie nicht alle persönlich kennen. Das sind aggressive Sportler, die zu Hause die Füße auf den Tisch legen, rülpsen und sich für unwiderstehlich halten, weil sie mit einer Frau nach der anderen ins Bett gehen.

Offenbar ist mein Gesichtsausdruck Antwort genug.

»Du könntest ihnen eine Chance geben und sie kennenlernen«, sagt Klara entschlossen und schiebt sich die restliche Gummischnur in den Mund.

Sie scheint sich ja für die Expertin in Sachen Männer zu halten.

»Ihnen eine Chance geben?«, wiederhole ich langsam und gebe Klara damit die Möglichkeit, ihren absurden Vorschlag zurückzunehmen.

»Ja klar! Sei doch nicht immer so eine Spaßbremse.«

Na klar, denke ich sauer, nur haben die Sportler da unten eine vollkommen andere Vorstellung von Spaß als ich.

»Und wenn sich nun unter einem dieser Helme doch ein kleiner Traumprinz versteckt?«, setzt Klara begeistert nach. »Vielleicht nicht mit Schimmel und Schloss, aber dafür mit Opel und WG-Zimmer.«

Jetzt macht sie sich über mich lustig. Na warte, denke ich und sage: »Ich werde dir gerne das Gegenteil beweisen.«

* * *

»Gefällt es dir hier?«

Clemens legt seinen schweren Arm um meine Schultern und zieht mich an seine Brust. Er riecht nach Bier und einem billigen Frauenparfüm.

Ich schiebe ihn von mir weg und weiche einen Schritt zurück. Von seiner Alkoholfahne wird mir schlecht. Bis vor zwei Minuten hing er noch an den Lippen einer brünetten Frau, deren lange, zottelige Mähne bis zu den Hüften reicht. Jetzt steht sie bei einer ihrer Cheerleader-Kolleginnen und unterhält sich mit ihr, während Clemens für Biernachschub sorgt.

»Natürlich. Eine super Party, wie immer«, antworte ich mit kaum verhaltener Ironie im Ton.

Ich bin nicht zum ersten Mal bei einer von Parkers berühmt-berüchtigten Partys. Parker ist gebürtiger Amerikaner und linker Flügelstürmer der Steelheads. Abgesehen von der Nationalität unterscheidet Parker und Clemens nur wenig. Sie beide lieben Sport, Frauen und Bier. Nur dass Parker ein eigenes Loft hat, das er sich nicht mit seiner Schwester teilen muss. Es ist eine alte Lagerhalle, die zu einer Wohneinheit umgebaut wurde. Die Außenwände sind aus Backstein und die wenigen Zwischenwände in Betonoptik gehalten. Parkers Mobiliar ist auf die Materialien Leder, Metall und Glas beschränkt, Dekor sucht man vergeblich. Bis auf zwei gerahmte Poster von Parker in Eishockey-Montur hat er nicht einmal Fotos. Alles in dieser Junggesellenbude riecht nach Testosteron.

»Eigentlich wollten wir in die Stadt«, erklärt Clemens grinsend und öffnet zwei Flaschen Bier. »Aber Parker hat versprochen, ein paar nette Frauen zu organisieren.«

Nette Frauen? Ich verdrehe die Augen.

»Ronnie und ich dachten, er meint Stripperinnen, aber Cheerleaderinnen sind auch okay.«

Clemens stößt mir unsanft gegen die Schulter und schlendert zurück zu seiner heutigen Eroberung. Im Grunde genommen ist es ihm doch egal, ob Stripperinnen, Cheerleaderinnen oder Pfarrerstöchter. Hauptsache, sie sind leicht zu haben.

Ich sehe mich in dem Loft um. Vor der Stereoanlage diskutiert Klara mit Lukas, dem Torhüter der Steelheads, über die Musik. Soweit ich weiß, ist Lukas der selbst ernannte DJ des Teams. Er sorgt für die

Musik in der Kabine und eben auf Hauspartys. Klara, die zugegebenermaßen einen ausgefallenen Musikgeschmack hat, scheint mit seiner Wahl nicht zufrieden zu sein. Seit knapp zehn Minuten hält sie ihm einen Vortrag, warum die Musik der Siebziger- und Achtzigerjahre besser ist als die heutige. Lukas schiebt die Kugel seines Zungenpiercings zwischen den Lippen hin und her, wie er es immer macht, wenn er angespannt ist. Ich mische mich in das Gespräch nicht ein, weil ich weiß, dass man bei Klara immer den Kürzeren zieht.

Im vorderen Bereich der Wohnung lungern auf einer breiten Sofalandschaft mehrere Spieler und unterhalten sich mit drei jungen Frauen in knappen Outfits und mit tiefen Ausschnitten. Auf dem gläsernen Couchtisch vor ihnen stehen eine halb leere Wodkaflasche und mehrere Energydrinks. Wie kann man dieses Zeug nur trinken, erst recht zusammengemixt?

Ich beobachte, wie sich eine wasserstoffblonde Frau quer über das Sofa legt, ihren Bauch entblößt und sich von einem der Spieler Wodka in den Bauchnabel gießen lässt. Daraufhin kniet er sich neben die Couch und leckt den Alkohol von ihrer Haut. Die Blonde lacht schrill auf.

Ein Stück weiter steht Clemens mit seiner Eroberung. Die beiden tanzen zur Musik, wobei ihre Lippen stets aneinanderkleben. Clemens' Hände wandern über den Körper der Dunkelhaarigen und umfassen ungeachtet der anwesenden Personen ihren Hintern.

Angewidert von der ganzen Szenerie wende ich mich ab und gehe in die Küche. Auch hier stehen nicht nur mehrere Gäste herum, sondern auch Unmengen von Bier, Wodka und Tequila.

Schon als Klara und ich das Loft betreten haben, war uns klar, dass wir hier nicht hinpassen. Alle anderen weiblichen Gäste sind Cheerleaderinnen, von denen eine aussieht wie die andere. Die gleichen stark geschminkten Augen, Lipgloss-glänzenden Lippen und hochgeschnürten Brüste. Nur ihre Frisuren sind nicht gleich. Klara – in bunter Tunika und knallroter Stoffhose – und ich – mit schwarzer Leggins und dunkelgrauem Blazer – sind schnell als Nicht-Cheerleaderinnen enttarnt. Was habe ich auch von dieser Party erwartet? Hoffentlich checkt Klara, warum ich so eine Abneigung gegen die Eishockeyspieler hege.

Niemand scheint mich wahrzunehmen. Ich nehme mir ein Weinglas aus der Vitrine. Daneben steht ein teurer Weinkühlschrank, auf dem ein Zettel klebt. »Finger weg!« steht darauf.

Ich öffne von den Umstehenden unbemerkt die gläserne Tür des Schranks. Wissend, dass sämtliche Flaschen darin hochwertig sind, greife ich nach einer und ziehe sie heraus. Es ist ein Merlot aus Frankreich. Ohne mich wirklich auszukennen, werfe ich einen Blick auf das Etikett. Er stammt aus der Region Bordeaux. Als ich jedoch den Jahrgang sehe, muss ich fast lachen. 1985. War Parker da überhaupt schon auf der Welt? Schmunzelnd stelle ich die Flasche zurück. Den kann ich nicht einfach öffnen. Als Nächstes erwische ich einen Chardonnay aus der Bourgogne. Keine Ahnung, wo genau die ist, Parker hat jedenfalls offensichtlich ein Faible für französische Weine.

2001, na bitte, geht doch. Meine Skrupel enden bei der Jahrtausendwende.

Praktischerweise liegt ein Korkenzieher auf dem Weinkühlschrank. Unbekümmert drehe ich den Korken heraus und schenke mir großzügig ein. Der Wein hat die richtige Temperatur und schmeckt ganz gut. Nicht wirklich anders als österreichischer Chardonnay, aber ich bin ja auch keine Weinkennerin.

Den Gesprächsfetzen rund um die Kücheninsel entnehme ich, dass noch nicht alle Cheerleaderinnen 18 sind. Die Frauen machen sich einen Spaß daraus und lassen die Eishockeyspieler raten, wer von ihnen noch minderjährig ist. Hoffentlich Clemens' Aufriss nicht. Mit all dem Make-up ist das schwer zu schätzen. Ich sehe mich um, kann meinen Bruder und seine Eroberung jedoch nirgends finden.

»Hey, Rita, du auch hier?«

Ronnie, der glatzköpfige Verteidiger der Steelheads, schwankt auf mich zu. Er riecht nach Zigaretten und Bier. Da er von gedrungener Statur ist, sieht es ein wenig so aus, als hätte er keinen Hals und als säße stattdessen sein Kopf direkt auf den Schultern.

»Eine Party wie diese will ich doch nicht verpassen«, entgegne ich mit einem aufgesetzten Lächeln.

»Ja.«

Ronnie grinst und sieht sich zufrieden um. Der Anblick der vielen leicht bekleideten jungen Damen scheint ihm zu gefallen. Ronnie, das Paradebeispiel eines Eishockeyspielers, gleich nach Clemens und Parker.

»Und du bist alleine hier?«, fragt er hoffnungsvoll, als er sich wieder mir zuwendet.

Ich kenne Ronnie nur flüchtig, nehme aber schwer an, dass er mich nur aus zwei Gründen anspricht. Erstens will er einen One-Night-Stand, und zweitens haben ihm schon alle anderen Frauen in dem Loft den Laufpass gegeben.

»Nein, mit meiner Freundin«, erkläre ich und nicke zu Klara hinüber. Bei Ronnie muss man echt schwere Geschütze auffahren, um ihn loszuwerden. »Wir haben heute unser dreimonatiges Jubiläum.«

Ronnie fallen fast die Augen aus dem Kopf.

»Du? Echt? Mit der da?«

Ich zucke gelassen mit den Schultern und nippe von dem Chardonnay.

»Wo die Liebe hinfällt.«

Er starrt zu Klara hinüber, die immer noch mit Lukas diskutiert, wobei sie zwei CD-Hüllen in der Hand hält und aussieht, als würde sie damit gleich auf ihn einschlagen. Fast tut er mir leid.

»Also wenn ihr zwei Hübschen mal etwas Abwechslung braucht, dann …«

»Vergiss es!«

Idiot!, denke ich und hoffe, dass er die Abfuhr begriffen hat und mich für heute in Ruhe lässt.

»Na dann, schönen Abend.«

Er trollt sich in Richtung Badezimmer, und ich atme erleichtert auf.

Vermutlich ist der Chardonnay wirklich das Highlight dieser Party. Ich nehme einen kräftigen Schluck. Sobald Klara zu Ende diskutiert hat, denke ich, oder sobald die Weinflasche leer ist, verschwinde ich von hier. Mal abwarten, was zuerst kommt.

Als ich mich wieder in der Küche umsehe, fällt mein Blick auf einen groß gewachsenen Mann, der etwas verloren im Türrahmen steht. Er muss gerade erst gekommen sein. In der Hand hält er ein Glas, vermutlich Whiskey. Ich grinse, denn Parkers Whiskey ist tabu, den darf niemand anrühren. Der Mann hat strohblondes Haar und strahlend blaue Augen. Seine breiten Schultern kommen in dem schicken Hemd gut zur Geltung. Dazu trägt er Jeans und Sportschuhe. Schönes Gesicht, gerade Nase, sinnlicher Mund und kantiger Kiefer. Wow! Ich glaube nicht, dass ich jemals so faszinierende Augen gesehen habe! Irgendwie passt dieser Typ so gar nicht zu den anderen Spielern.

Eine Cheerleaderin klimpert ihn mit ihren langen Wimpern an. Doch er steigt auf ihren Flirtversuch nicht weiter ein. Oder bilde ich mir das nur ein?

In dem Moment fällt sein Blick auf mich. Erschrocken halte ich die Luft an und wende mich schnell ab. Hoffentlich hat er nicht bemerkt, dass ich ihn beobachtet habe. Normalerweise tue ich das auch nicht, aber das Blau seiner Augen hat mich einfach zu stark in den Bann gezogen. Ich darf nicht vergessen, dass auch er zur Mannschaft gehört. Ein Eishockeyspieler, der nur eines im Sinn hat: heute Abend eine Frau abzuschleppen.

Um mich irgendwie abzulenken, trinke ich von meinem Wein, der mit jedem Schluck besser schmeckt. Als ich das Glas von den Lippen nehme und unauffällig zur Seite schiele, verschlucke ich mich fast am Chardonnay. Der Blonde steht direkt neben mir und sieht mich an. Ich schätze, er ist in meinem Alter, jedenfalls unter dreißig. Aus der Nähe sieht er noch attraktiver aus. Bloß nicht blenden lassen, denke ich. Eigenartigerweise macht er keine Anstalten, etwas zu sagen. Irritiert sehe ich mich um, aber es steht niemand hinter mir, den er stattdessen meinen könnte.

Erst mein Räuspern reißt ihn aus seiner Starre. Er richtet die Schultern auf und leckt sich über die Lippen. Wow, seine Lippen sehen echt unwiderstehlich aus!

»Weißt du eigentlich, wie schwer ein Eisbär ist?«, fragt er unvermittelt.

Wie bitte? Ich fasse es nicht. Dabei hätte ich es wissen müssen. Eine derartig dumme Anmache hat mich noch nie interessiert. Ich öffne den Mund, weiß aber gar nicht, was ich sagen soll. Was antwortet man auf so einen Mist?

»Wohl nicht genug, um das Eis zu brechen«, fügt er hinzu und kratzt sich verlegen am Kopf. »Der klassische Anmachspruch eines Eishockeyspielers. Einen besseren habe ich leider nicht parat.« Entschuldigend hebt und senkt er die Schultern.

Das ist schon zu komisch, nur ist mir überhaupt nicht nach Lachen zumute.

»Es überrascht mich, dass du damit bei den Cheerleaderinnen keinen Erfolg hattest«, sage ich und kippe den Rest Wein in mich hinein. Anders ist dieser Abend nicht packbar.

»Also doch Cheerleaderinnen«, sagt er daraufhin überrascht. »Hatte mich schon gewundert, wie Parker sich so viele Stripperinnen leisten kann.«

Ja, das ist auch mein erster Gedanke gewesen.

»Probier's mal, indem du dich einfach bei ihnen

vorstellst. Du kriegst sicher auch eine ab. Sie scheinen ja nicht gerade wählerisch zu sein.«

Geschweige denn nüchtern. Der Abend wird bestimmt nicht besser. Ich will gerade gehen, als er sich mir in den Weg stellt und mich mit einem hinreißenden Lächeln ansieht.

»Ich bin Rene.«

Er streckt mir seine Hand entgegen. Irritiert starre ich ihn an. Nicht, dass es jetzt noch etwas ändern würde. Rene ist ein Eishockeyspieler. Da können auch seine umwerfenden Augen und das unwiderstehliche Lächeln nichts dran ändern.

»Rita.« Ich weiß auch nicht warum, aber ich reiche ihm die Hand.

»Schön, dich kennenzulernen«, sagt er.

Er wirkt ehrlich erfreut. Ich bin nicht sicher, ob ich bleiben oder gehen soll. Eigentlich will ich heute Abend nicht noch einmal Spaßbremse genannt werden. Aber wenn ich mir Klara so ansehe, die immer noch mit Lukas diskutiert, bin ich ja nicht die einzige.

»Du solltest dich vor Ronnie lieber in Acht nehmen. Der hat es faustdick hinter den Ohren.«

Rene deutet auf den bulligen Verteidiger der Steelheads, der sein Glück bei einer Cheerleaderin versucht. Offenbar hat er gesehen, wie Ronnie und ich vorhin miteinander gesprochen haben.

»Ach, der ist harmlos. Er hat zwar eine große Klappe, aber da steckt nicht viel dahinter.«

Rene verzieht überrascht das Gesicht.

»Sag bloß, du bist seine Freundin?«

»Ronnies?«

Ich weiß nicht, ob ich lachen oder weinen soll.

»Dazu bräuchte ich mehr als eine Flasche Wein.«

Apropos, der Chardonnay ist zu schade, um ihn in der Flasche verkümmern zu lassen, und ich schenke mir nach.

»Harmlos«, murmelt Rene und schüttelt den Kopf. »Den Eisbären-Spruch habe ich von ihm.«

»Dann hättest du wissen können, dass er nicht funktioniert.«

Wie frustriert muss einer sein, um sich Anmachsprüche von Ronnie abzukupfern? Jemand wie Rene hat das doch nicht nötig.

»Er behauptet, er hätte damit Erfolg gehabt«, erklärt Rene entschuldigend.

»Frauen, die sich auf Ronnie einlassen, sind entweder sturzbesoffen oder strohdumm. Oder beides.«

Rene nickt und grinst mich an. »Ich verspreche, mir nie wieder Tipps von ihm zu holen.«

Keine Ahnung, wie er das geschafft hat, aber er entlockt mir ein kleines Lächeln.

Lautes Gegröle lenkt unsere Aufmerksamkeit zur Couch hinüber. Dort zieht gerade ein Spieler sein Shirt über den Kopf, wirft es mitten in den Raum und bugsiert sich auf das Sofa. Er gießt Wodka über sein Sixpack und lässt sich den Alkohol dann genüsslich von zwei Frauen ablecken. Ich bin wohl zu alt, um das amüsant zu finden.

Was soll's. Runter mit dem Chardonnay!

Rene scheint das Spektakel nicht weiter zu interessieren. Stattdessen zeigt er auf mein Weinglas und meint: »Sag, sind Parkers Weine nicht normalerweise tabu?«

Ups, erwischt! Noch dazu, wo Parker nicht mal anwesend ist, sondern mit einer der Frauen auf seinem Flachdach, das er hochtrabend »Terrasse« nennt.

»Soweit ich weiß, ist auch seine Whiskeysammlung tabu«, sage ich.

Rene sieht mich an, verzieht dann seine Lippen zu einem schiefen Lächeln und nickt anerkennend.

Ob er weiß, wie sexy das aussieht? Ich wüsste gerne, ob seine Lippen so weich sind, wie sie aussehen ... Oh, oh. Der Wein hat es also doch in sich. Vielleicht sollte ich langsamer trinken.

»Bist du nicht der Typ, der auf dem Eis die Schlägerei hatte?«, frage ich schnell.

Jetzt, wo ich darüber nachdenke, bin ich mir sogar ziemlich sicher. Wer sonst in dem Team hat so unbeschreiblich blaue Augen? Zumindest keiner, den ich kenne.

Rene scheint diese Frage zu amüsieren. »Welche meinst du denn?«

Irritiert lege ich den Kopf schief.

»Du bist doch der, der den Gegenspieler gegen die Bande gestoßen hat.«

Direkt vor Klara und mir.

»Das kommt in einem Spiel oft vor. Da musst du schon etwas genauer sein.«

Er trinkt von seinem Whiskey und mustert mich erheitert.

Stimmt. Als ob es um nichts anderes ginge. Das bestätigt mir nur wieder mal, wie primitiv Eishockeyspieler sind. Ohne Ausnahme.

»Das ist halt Eishockey«, pflegt Clemens dazu zu

sagen. »Jeder Spieler weiß, dass es kein Kindergeburtstag ist. Man teilt aus und steckt ein.«

»Ich verstehe nicht, wie man einen Sport ausüben kann, in dem es nur darum geht, dem Gegner eine reinzuhauen.«

Zu meiner Überraschung nickt Rene zustimmend.

»Mal abgesehen davon, den Puck ins Tor zu befördern.«

Ich merke, dass er ein Lachen unterdrückt.

»Vermutlich liegt es an den vielen Schlägen, die wir ständig auf den Kopf kriegen. Da muss man doch ganz blöd werden.«

Glaubt er, ich würde nicht merken, dass er sich über mich lustig macht?

»Ich frage mich, warum ihr nicht Boxer geworden seid. Da weiß man wenigstens, worum es geht. Wer als Erster k. o. geht, hat verloren. Stattdessen versteckt ihr euch hinter Helmen und Protektoren.«

»War wohl dein erstes Spiel heute, stimmt's?«, fragt Rene gelassen.

Das lasse ich nicht auf mir sitzen.

»Glaub mir, ich habe schon genug Spiele gesehen, um mir diese Meinung bilden zu können.«

»Fernsehen und Halle ist dann doch immer ein Unterschied.«

Arroganter Schnösel! Gleich kippe ich ihm den Wein ins Gesicht.

»Jetzt sag ich dir mal was.«

Ich bohre ihm mit meinem Zeigefinger in die Brust. Wow, der hat echt Muskeln!

»Ich bin in der Eishalle aufgewachsen und habe

bestimmt mehr Spiele gesehen als die hier versammelten Damen IQ-Punkte.«

Zugegeben, diese Meldung war jetzt auch nicht besonders intelligent von mir, und ziemlich frauenfeindlich obendrein.

Rene lässt sich nicht weiter beeindrucken und fragt belustigt: »Zu wem gehörst du eigentlich?«

»Clemens.«

»Ach so?«

Er runzelt die Stirn. »Ich nehme mal an die Ex?«

Jetzt hört sich der Spaß wirklich auf. Sehe ich aus, als würde ich mich mit einem Mann wie Clemens abgeben?

»Seine Schwester«, knurre ich mit zusammengebissenen Zähnen.

»Du bist Clemens' Schwester? Die Tochter vom Coach?«

Er starrt mich jetzt völlig baff an. Offenbar hat er mit vielem gerechnet, aber nicht damit. Dann kippt er sich den Rest seines Whiskeys in die Kehle.

»Messerscharf geschlossen.«

»O Mann!« Rene fährt sich mit der Hand durch sein kurzes, blondes Haar. »Euch hätte ich wirklich nicht ein und derselben Familie zugeordnet.«

Das fällt auch mir manchmal schwer.

»Hey, Rita!«

Klara gesellt sich zu uns. Sie wirft einen kurzen, abfälligen Blick auf Rene und sagt dann zu mir: »Verschwinden wir? Hier sind nur Loser, und die Musik ist scheiße.«

»Gerne.«

Ich drücke mein noch nicht leeres Glas gegen Renes Brust und schiebe mich ohne eine Verabschiedung an ihm vorbei. Der Abend war wirklich ein Reinfall. Wenigstens versteht Klara jetzt meine Abneigung gegen Eishockeyspieler.

* * *

»Ist das nicht für kleine Kinder?«

Skeptisch sieht mein Vater vom Kugelgrill aus zu mir rüber und wartet auf eine Bestätigung von mir, doch ich verkneife mir ein Nicken.

»In erster Linie sind Erwachsene meine Zielgruppe«, erklärt Klara unbeeindruckt. Sie hat es sich auf einem Gartenstuhl bequem gemacht und ihre Beine übereinandergeschlagen. Heute trägt sie einen ausgefransten, hellblauen Sommerrock, dazu ein weißes Shirt mit Superman-Logo.

»Schwule?«, fragt Clemens, der ihr gegenübersitzt. Er reibt sich grinsend mit der Hand über sein kurz geschorenes, dunkelbraunes Haar und beobachtet unseren Vater, der mit einer Zange in der glühenden Kohle herumstochert.

»Frauen.« Klara ignoriert sein peinliches Grinsen.

Ich sitze zwischen den beiden und versuche, die ersten Sonnenstrahlen in diesem Jahr zu genießen. Sobald es im Frühling warm genug ist, lädt mein Vater uns jeden Sonntag zu sich in den Garten ein und besteht darauf, uns mit Gegrilltem zu versorgen. Klara zählt ebenso zu dieser Runde wie meine Oma, die Mutter meiner verstorbenen Mutter. Während meine Großmutter und Tanja im Haus das Essen vorbereiten, leisten wir meinem Vater draußen Gesellschaft.

Einen Moment lang überlege ich, Klara zu Hilfe zu kommen. Doch Klara ist zäher, als sie aussieht, und lässt sich weder von Clemens noch von meinem Vater davon abhalten, ihren Traum zu verwirklichen. Schneller als gedacht nehmen Klaras Pläne Gestalt an. Mittlerweile hat sie schon Kontakte zu Lieferanten aus der ganzen Welt geknüpft. Über Skype hat sie vor einigen Tagen mit dem Vertreter eines chinesischen Zulieferers für Rollschuhstopper über Vertragsdetails verhandelt. Ich saß abseits der Kamera und habe meine Freundin staunend dabei beobachtet, wie sie in perfektem Englisch und professionell mit ihm verhandelt und sowohl zu Beginn als auch am Ende des Gesprächs eine respektvolle Verbeugung gemacht hat. Von Klaras Selbstbewusstsein würde ich mir zu gerne eine Scheibe abschneiden.

»Denkst du nicht, dass du dich mit diesem Vorhaben übernimmst?«, fragt mein Vater ernst. Er setzt sich zu uns an den großen Gartentisch und hält das Gesicht in die warme Aprilsonne. Als ich den Blumenladen meiner verstorbenen Mutter übernehmen wollte, war er ebenfalls skeptisch. Obwohl das Geschäft akzeptable Verkaufszahlen schrieb, hatte mein Vater Angst, ich würde damit ein zu großes Risiko eingehen. Ich war noch sehr jung und die Wirtschaftslage seit Jahren nicht sehr rosig. Abgesehen davon gab es viele Blumenladenketten, finanziell stärker aufgestellt und somit eine harte Konkurrenz.

»Das Startkapital ist überschaubar und wird mir

von meinen Eltern zur Verfügung gestellt«, erwidert Klara. »Sie wollen mich dabei unterstützen, mein eigenes Unternehmen aufzubauen.«

»Wahrscheinlich sind sie froh, dass du nicht mehr mit Ausdruckstanz deinen Unterhalt zu verdienen gedenkst.« Clemens macht ein paar abgehackte, unrhythmische Verrenkungen, die Klaras Tanzstil nachahmen sollen.

»Ausdruckstanz ist eine unterschätzte Kunst.« Klara reckt stolz ihr Kinn hoch. Dann zieht sie eine flaschengrüne Sonnenbrille hervor und schiebt sich diese auf die Nase.

Ich beobachte diese kleine Neckerei und stelle fest, wie sehr ich das vermisst habe. Im Winter kommen wir nicht so oft zusammen, aber im Sommer verbringen wir beinahe jeden Sonntag hier. Klara gehört mittlerweile zur Familie, da ihre Eltern aufgrund ihrer Berufe im diplomatischen Dienst die meiste Zeit im Ausland verbringen. Zurzeit sind sie in Vietnam. Die ersten acht Jahre wuchs Klara in Island und Bolivien auf. Danach blieben ihre Eltern mehrere Jahre in Wien, bis Klara mit neunzehn selbstständig genug war.

»Abgesehen davon mache ich Ausdruckstanz als Hobby, nicht, um damit meinen Lebensunterhalt zu verdienen.«

»Wovon lebst du eigentlich, außer vom Geld deiner Eltern?«

Clemens neckt Klara ebenso gerne wie mich. Er legt seine starken Arme auf den Tisch und dreht die Bierflasche zwischen den Fingern.

»Ach, ich verdiene hier etwas und da etwas.«

»Wo genau?«

»Im Theater, oder wenn ich Touristen durch Wien führe. Außerdem mache ich Kunst, die gutes Geld einbringt.«

Sie lächelt zufrieden.

Für mich ist Klara eine Überlebenskünstlerin. Sie schafft es irgendwie immer, mit den unterschiedlichsten Tätigkeiten Geld zu verdienen. Genug, um ohne Fixanstellung über die Runden zu kommen. Auch wenn sie in der Eigentumswohnung ihrer Eltern wohnen kann und keine Miete zahlen muss, bin ich beeindruckt.

»Jetzt übertreib mal nicht! Rita hat mir von deinem zusammengeschweißten Schrotthaufen erzählt. Ein Wunder, dass sich dafür überhaupt jemand interessiert hat.«

Ich schnappe nach Luft, doch ehe ich mich verteidigen kann, trifft mich Klaras beleidigter Blick.

»Schrotthaufen?«

Also ich kann mich nicht erinnern, das wörtlich so gesagt zu haben. Entschuldigend hebe ich die Schultern.

»Das Altmetall war viel wert«, fährt Clemens ungerührt fort. »Du hast ja Unmengen Kupferrohre eingearbeitet.«

»Immerhin bezeichnest du es als Arbeit.«

Klara legt viel Wert auf ihre Kreationen. Allerdings konnte ich mit ihrem Metallobjekt ebenso wenig anfangen wie die meisten anderen Galeriegäste. Ich habe keine Ahnung, wie meine Freundin überhaupt zu dieser Ausstellung gekommen ist.

Während Clemens und Klara über die Qualität ihrer Kunstwerke diskutieren, stehe ich auf und geselle mich zu meinem Vater.

»Wenn du hineingehst«, sagt er und hält mich im Vorbeigehen am Ärmel fest, »bring bitte Tanja zur Vernunft. Sie hat damit gedroht, die Koteletts durch Tofu zu ersetzen. Ich hoffe, es war nicht ihr Ernst.«

Er rümpft angewidert die Nase.

Aber ich kenne Tanja mittlerweile gut genug, um zu wissen, dass sie solche Vorhaben durchaus umsetzt. Ich gehe über die Terrasse ins Haus, das ursprünglich ein ebenerdiges Sommerhäuschen in einer Kleingartensiedlung war. Tanja, die ebenso naturverbunden ist wie ich, hat es sich vor Jahren von ihren Ersparnissen gekauft. Als sie mit meinem Vater zusammenkam, bauten sie es aus und bewohnen es nun ganzjährig. Für zwei Erwachsene ohne Kinder ist es groß genug, und der Garten bietet ausreichend Platz für uns alle an den Wochenenden.

In der kleinen Küche steht meine Großmutter und schneidet ein Baguette in Scheiben, während Tanja Spieße vorbereitet.

»Die Kohle ist gleich so weit«, sage ich und spähe Tanja über die Schulter. Vor ihr liegen mit Gemüse bespickte Holzspieße. Zwischen den kleinen Champignons, Paprika- und Zucchinistückchen erkenne ich etwas, das man als Fleisch interpretieren könnte. Zumindest ist es so gewürzt und mit einer Marinade bepinselt. Ich ahne Schlimmes.

»Das sieht ja interessant aus«, sage ich mit gespielter Begeisterung.

»Tofu.« Tanja strahlt mich an.

»Wart's ab. Ihr werdet positiv überrascht sein«, versichert sie mir mit voller Überzeugung. »Ihr müsst dem Essen nur eine Chance geben. Wir sind gleich fertig.«

Ich lasse das lieber unkommentiert.

Tanja ist Erzieherin an einer Ganztagsschule und hat keine eigenen Kinder. Sie sagt, die in der Schule kosten sie schon genug Nerven. Ich finde, sie ist der perfekte Gegenpol zu meinem Papa. Während er aufbrausend und stur ist und ziemlich machohaft sein kann, ist Tanja ausgeglichen, gutmütig und alternativ, wie Clemens sagt. Sie interessiert sich für Homöopathie, Kräuterkunde, Yoga und gesunde Ernährung. All das, was mein Vater als Humbug bezeichnet. Ein echter Mann braucht Fleisch, Schulmedizin, einen Ruhepuls von 120 und richtigen Sport, bei dem er seine Emotionen rauslassen kann. Seiner Meinung nach ist Sport das Einzige, bei dem ein Mann Gefühle zeigen darf.

Nicht nur für mich war es unverständlich, wie diese beiden vollkommen unterschiedlichen Charaktere zueinandergefunden haben, aber es funktioniert. Und zwar durchaus gut. Auch wenn Tanjas ständige Versuche, mit Räucherstäbchen und Klängen der Panflöte die sanfte Seite meines Vaters zu wecken, scheitern, lässt sie nicht locker und nimmt auch regelmäßig seinen Ernährungsplan in Angriff. Natürlich soll er das gar nicht bemerken. Sie reduziert Zucker und Fett und wirft ihm einen missbilligenden Blick zu, wenn er sich aus dem Kühlschrank eine Flasche Bier nimmt. Manchmal verbucht sie damit kleinere

Erfolge, doch einen Vegetarier wird sie aus meinem Vater wohl nicht mehr machen können.

»Gibt es gar kein Fleisch?«, erkundige ich mich vorsichtig.

Nicht, dass ich nicht darauf verzichten könnte, aber ich sehe schon jetzt die entsetzten Gesichter von meinem Vaters, Clemens und vermutlich auch von Klara, wenn sie den Tofu sehen.

Tanja seufzt, als hätte sie mit dieser Frage gerechnet. Sie legt den letzten Spieß zu den anderen auf den Teller.

»Für den Notfall habe ich ein paar Schweinekoteletts im Gemüsefach versteckt.«

»Da schauen die Männer bestimmt nicht nach«, fügt meine Oma kichernd hinzu. Sie gießt Olivenöl in eine Salatschüssel und vermengt die Paradeiser, Gurken- und Paprikastücke.

»Es überrascht mich, dass du da mitmachst.«

Sie kann nämlich normalerweise zu keinem Grammelschmalzbrot, Schweinsbraten oder Leberkäse Nein sagen. Dass sie Tanjas Pläne offensichtlich tatkräftig unterstützt, macht mich misstrauisch.

»Einen Tag lang geht das gut«, erklärt sie und drückt mir die Schüssel mit dem Salat in die Hand. »Ich bin zu alt, um meine Ernährung umzustellen, aber bei euch Kindern macht das noch Sinn.«

»Es ist nie zu spät, sich gesund zu ernähren«, widerspricht Tanja und will mir den Teller mit den Tofuspießen geben.

»*Ich* soll das nach draußen bringen?« Dazu bringen mich keine zehn Pferde!

»Wärst du bitte so nett?« Tanja lächelt mich dankbar an.

»Die reißen mir doch den Kopf ab.«

Salat und Tofu, was für eine Eröffnung der heurigen Grillsaison! Wenn überhaupt, dann wäre es sinnvoller, meinen Vater in kleinen Dosen an die neue Ernährung zu gewöhnen. Eine solche Radikalkur wird bei ihm nichts bringen.

»Ah, stimmt.« Tanja nimmt eine Frischhaltebox aus dem Kühlschrank. »Die gibt's ja auch noch.«

Ich frage lieber nicht, was darin ist. Sicher keine Hühnchen oder Schweinsmedaillons.

»Das sind Tofusteaks«, klärt Tanja mich auf, als hätte sie meine Gedanken gelesen. »Ich habe sie über Nacht in Knoblauchmarinade eingelegt. Ihr werdet sie lieben!«

Ich behalte leider recht. Weder Steaks noch Tofuspieße kommen gut an, ganz zu schweigen davon, dass sie geliebt werden. Mein Vater und Clemens weigern sich vehement, den Tofu auch nur in die Nähe des Grillrosts zu lassen. Schließlich rückt Tanja mit dem »echten« Fleisch heraus.

Im Gegensatz zu den Männern probiert Klara wenigstens einen Tofuspieß. Aus den Augenwinkeln beobachte ich, wie sie den Rest unauffällig in ihrer Serviette verschwinden lässt.

Ich will Tanja nicht enttäuschen und esse deswegen zwei Spieße und ein Steak. Auch wenn mir am ersten Grilltag des Jahres ein richtiges Kotelett lieber gewesen wäre, muss ich zugeben, dass mir beide

Tofuvarianten gut schmecken. Eigentlich eine gelungene Abwechslung zu dem üblichen gegrillten Fleisch.

Tanja wendet sich an Klara.

»Weißt du, was sicher eine gute Geschäftsidee wäre? Ein veganer Lebensmittelladen.«

»Die gibt's doch eh schon an jeder Ecke«, wirft mein Papa ein und zieht ein Stück Kotelett durch die Pfeffersauce auf seinem Teller. Er steckt sich das Fleisch genüsslich in den Mund und sieht Tanja zufrieden kauend an, als wollte er sie davor warnen, ihm Fleisch zu verbieten.

»Ein Wunder, dass es überhaupt noch Veganer gibt«, sagt Clemens. »Ich dachte, der Trend würde sich eh nicht lange halten. Das ist doch vollkommen unsinnig, oder?«

Klara und mein Vater nicken.

»War nicht diese dürre Blonde, die du vor etwa einem Monat mit nach Hause geschleppt hast, Veganerin?«, frage ich und deute mit der Gabel auf meinen Bruder. »Sie hat mir am nächsten Morgen vor dem Kühlschrank eine Standpauke gehalten, weil wir Eier und Milch essen.«

»Kann sein.« Clemens zuckt mit den Schultern. »Ich habe ihr selten zugehört.«

»Kannst du deine Eroberungen nicht um zwei Uhr in der Früh ins Taxi setzen, so wie andere Männer auch?«

»Du bist doch nur neidisch, weil du frustriert bist.«

»Ich bin nicht frustriert!«, presse ich zwischen vor Zorn zusammengepressten Zähnen hervor.

»Da hat Klara aber vorhin etwas anderes erzählt«, mischt sich jetzt auch mein Vater ein.

Ich hätte wissen müssen, dass Klara das mit dem »künstlerischen Schrotthaufen« nicht auf sich sitzen lässt.

Klara konzentriert sich auf ihren Teller, als ginge sie dieses Gespräch nichts an.

»Was ist passiert?«, fragt Tanja besorgt, während sie den gegrillten Tofu klein schneidet. »Hattest du wieder einmal ein schlechtes Date?«

»Nein«, knurre ich.

Eigentlich habe ich nicht vor, mein Liebesleben am Familientisch auszubreiten. Warum muss immer das im Mittelpunkt stehen? Niemand interessiert sich für Clemens' oder Klaras Single-Dasein. Niemand macht meinem Bruder Vorwürfe, der mit seinen einunddreißig Jahren völlig unreif ist und eine Frau nach der anderen abschleppt, ohne jemals eine Beziehung einzugehen.

»Sie hat zugesagt, im August auf einer Hochzeit in Begleitung zu erscheinen«, erklärt Clemens, da ich hartnäckig schweige.

Wenn ich könnte, würde ich ihn mit bloßen Händen erwürgen!

»Das sind noch vier Monate. Ausreichend Zeit.«

Tanja lächelt mir aufmunternd zu.

»Das finde ich auch!«

Mein Ton ist so schneidend, dass am Tisch plötzlich Stille herrscht. Man hört nur das Klappern des Bestecks und das Zwitschern der umherfliegenden Vögel.

»Wer sagt denn, dass du mit deinem zukünftigen Ehemann dort aufkreuzen musst?«, fragt Klara nach einer Weile. Sie schiebt ihre grüne Sonnenbrille ins Haar und hält damit ihre rote Mähne zurück. »Irgendeine Begleitung wirst du schon finden.«

Dann fährt sie mit ihrer Gabel aus und zieht sich das letzte Grillkotelett auf den Teller.

»Hey!«

Clemens umfasst seine Gabel fest mit der Hand und überlegt wohl, diese über den Tisch schießen zu lassen, um sich das heiß begehrte Stück Fleisch von Klaras Teller zu angeln.

»Du hast in letzter Zeit ohnehin zugenommen«, sagt unser Vater streng. »Wenn du in die Trainingsvorbereitung einsteigst, will ich, dass du wieder bei dem Gewicht bist, das du zu Beginn der vorigen Saison noch hattest.«

Clemens legt das Besteck auf den Teller. Diese Bemerkung scheint ihn hart getroffen zu haben. Er verschränkt die Arme vor der Brust und lehnt sich gekränkt zurück.

»Höchstens drei Kilo.«

»Sieben.«

Mein Vater wendet sich plötzlich mir zu. Ich merke, wie er nervös auf seinem Sessel hin und her rutscht.

»Weißt du, Schätzchen, keiner wünscht dir mehr als ich, dass du endlich einen netten Mann kennenlernst.«

Er macht eine kurze Pause und blickt zu Tanja, die ihm stumm zunickt. Es wirkt, als hätte sie ihn angewiesen, mir das zu sagen.

»Aber vielleicht solltest du etwas mehr von deinen Idealen abweichen und auch Männern eine Chance geben, die keine hundert Punkte auf deiner Bewertungsskala erreichen.«

»Du und dein Bruder, ihr habt vieles gemeinsam«, sagt meine Oma nach einer erneuten Schweigepause.

Ich lache spöttisch auf, und Clemens sieht mich finster an.

»Also, das musst du mir jetzt aber genauer erklären«, sage ich.

Ich finde nämlich, dass Clemens und ich wie Tag und Nacht sind. Abgesehen davon, dass wir dieselben Eltern und dieselbe Adresse haben, gibt es absolut nichts, was wir teilen.

»Ihr habt beide Bindungsängste«, sagt meine Oma.

Ihre dünnen Lippen umspielt das vertraute Lächeln, mit dem sie versichern will, dass dennoch alles gut wird.

»Sobald jemand in euer Leben tritt, flüchtet ihr aus Angst vor zu viel Nähe und sucht verbissen nach Gründen dafür, die Beziehung zu beenden, ehe sie richtig beginnen kann.«

»Bestimmt liegt das am frühen Tod eurer Mutter«, meint Klara. Sie nickt dazu so stark, dass ihre Sonnenbrille vom Kopf rutscht und ihr die Haare ins Gesicht fallen.

Clemens und ich tauschen einen schnellen, aber vielsagenden Blick.

»Bestimmt nicht!«, rufen wir wie aus einem Mund.

Wir sind zwar nicht oft einer Meinung, aber was dieses Thema anbelangt, halten wir zusammen.

»Als ausgebildete Pädagogin«, mischt Tanja sich vorsichtig ein, »kann ich der Theorie schon etwas abgewinnen, denn ...«

»Können wir jetzt über etwas anderes reden?«, fällt Clemens ihr ins Wort.

Er ballt seine Hände zu Fäusten und schaut zornig in die Runde. Wenn es um den Tod unserer Mutter geht und darum, wie er sich auf unser Leben ausgewirkt hat, reagiert mein Bruder jedes Mal höchst sensibel.

Ich jedenfalls bin überzeugt, dass mein anhaltendes Single-Leben nichts mit ihrem Tod zu tun hat, sondern einfach an den Männern liegt.

Ich bin Clemens dankbar für seine klare Ansage, aber ich bezweifle, dass das Thema damit ein für alle Mal vom Tisch ist. Bei nächster Gelegenheit werden sie wieder damit anfangen.

Tanja sieht mich ganz betroffen an, deshalb frage ich sie freundlich:

»Wie läuft es eigentlich in der Schule, Tanja?«

Damit kann ich nicht viel falsch machen.

»Bestens.« Offenbar erleichtert, dass ich ihr nicht böse bin, lächelt sie mich an.

»In zwei Wochen machen wir einen Klassenausflug in die Blumengärten Hirschstetten. Wenn du Lust hast, komm doch mit.«

Immer wenn sie mit den Kindern einen Ausflug ins Grüne macht, bietet sie mir an mitzukommen.

»Gerne!«

Für mich ist das eine willkommene Abwechslung zum Alltag im Blumengeschäft. Außerdem verbringe ich gerne Zeit mit Tanja. Als sie vor einigen Jahren in das Leben meines Vaters trat, fand ich schnell eine Vertraute in ihr. Auch wenn niemand meine Mutter je ersetzen kann, bin ich froh über die weibliche Unterstützung im Kampf gegen zwei unsensible Männer, die nur Eishockey und Bier im Kopf haben.

»Seit diesem Semester haben wir übrigens einen neuen Mathematik- und Physiklehrer an der Schule. Er ist jung, höchstens zwei oder drei Jahre älter als du. Tristan heißt er.«

O nein! Versucht sie jetzt etwa ernsthaft, mich mit einem ihrer Kollegen zu verkuppeln? Ausgerechnet mit einem Mathematik- und Physiklehrer? Kann es noch schlimmer kommen? Ich sehe ihn schon vor mir. Groß, ungelenk, mit braunen Hosenträgern, die seine viel zu hoch sitzende, beigefarbene Cordhose halten.

»Er ist schon jetzt der Star in unserer Schule«, sagt Tanja, die meinen verzweifelten Ausdruck nicht bemerkt. »Sowohl bei den Schülerinnen als auch bei den Lehrerinnen.«

»Also, ich weiß nicht«, sage ich schwach.

Ich bin sicher, dass Tanja und ich nicht denselben Geschmack haben, was Männer angeht.

»Der Enkel einer Bekannten vom Seniorentreff wäre genau in deinem Alter«, sagt meine Oma.

»Moment!«, sage ich und hebe abwehrend die Hände. »Ich habe euch nicht um Rat gebeten.«

Ich muss das stoppen, ehe es außer Kontrolle gerät. Hilfesuchend wende ich mich an Klara, die mich genüsslich auf ihrem Kotelett kauend anblickt.

»In meiner Ausdruckstanzgruppe gibt es einen netten Studenten«, sagt sie ernsthaft.

»Keine Typen, die Ausdruckstanz machen«, wehre ich diesen Vorschlag umgehend ab. Ich habe ein paar von Klaras Vorstellungen besucht und saß jedes Mal ziemlich verloren in einer sonst leeren Sesselreihe. Es war grauenhaft. Sowohl die Musik als auch der Tanz. Ein zweiter Besucher war kurz davor, die Rettung zu rufen, weil er dachte, einer der Tänzer hätte einen epileptischen Anfall.

»Das heißt, ich kann Tristan fragen?«

Tanja sieht mich voller Erwartung an.

»Also ich hätte auch einen Kandidaten für Rita«, meldet Clemens sich zu Wort.

Scheiße! Zu spät wird es mir klar.

Gibt es etwas Schlimmeres als Dates, die deine Familie für dich aussucht?

Ja, auf einer Hochzeit an einem Singletisch sitzen.

*** Maiglöckchen ***

Von April bis Juni verbreiten Maiglöckchen in lichten Laubwäldern und als Zierpflanze in Gärten einen intensiven Duft. Die weißen, glockenförmigen Blüten sind in langstieligen Trauben angeordnet und bilden im Sommer rote Beeren. Die zwei lanzettlichen Blätter der in allen Teilen stark giftigen Pflanze werden häufig mit dem essbaren Bärlauch verwechselt.

Maiglöckchen stehen unter Naturschutz und verblühen in der Vase schon nach wenigen Tagen. Wer dennoch auf die hübschen Blumen im Wohnzimmer nicht verzichten will, sollte auf im Topf gezüchtete Maiglöckchen zurückgreifen.

Als ich die Stufen von meiner Wohnung zum Blumenladen hinuntergehe, sind meine Hände feucht. Eigentlich sollte mich ein Date wie dieses nicht nervös machen, aber schon seit Tagen bin ich es. Tanja hat mir
am Telefon freudig mitgeteilt, wie sehr Tristan sich
auf ein Treffen mit mir freue. Sie hat ihm ein Foto von
mir gezeigt, und er sei sofort ganz hingerissen gewesen. Weiß der Himmel welches Foto. Damit ist dieses
Date nur für mich noch ein Blind Date. Ich habe keine Ahnung, wie dieser Tristan aussieht.

Um sechs will er mich vor meinem Laden abholen.
Um fünf verschwinde ich aus dem Laden, ziehe mich
um und kehre dann durch die Hintertür zurück.

»Ist er schon da?«, frage ich ungeduldig.

Meine Oma schüttet Flüssigdünger in eine Gieß-
kanne und antwortet: »Erik bedient gerade einen
Kunden, aber ich glaube nicht, dass es deine Verabredung ist.«

Sie füllt frisches Wasser nach und lächelt beruhi-
gend.

Ich werfe einen Blick in den Verkaufsraum, wo
Erik einem alten Mann – weit über siebzig – Gestecke zeigt. Das ist vermutlich nicht der neue Lehrer,
für den sämtliche Schülerinnen und Lehrerinnen in
Tanjas Schule schwärmen.

Ich ziehe ein Armband aus meiner Handtasche, das
ich vor Jahren von Klara zum Geburtstag bekommen
habe. Wenn ich arbeite, trage ich keinen Schmuck,
aber wenn ich ausgehe, schätze ich elegante und de-
zente Schmuckstücke wie dieses. Es dauert, bis ich
den kleinen Verschluss zubekomme.

»Gibt es denn ein Erkennungszeichen? Woher weißt du, wann deine Verabredung durch die Tür kommt und nicht ein Kunde?«

Meine Oma sieht mich fragend über das Blattwerk der Pflanzen an, die sie gerade gießt.

»Ich nehme an, er wird sich zu erkennen geben.«

Mit den Fingerspitzen kämme ich noch einmal meine langen Haare, die ich am Morgen geföhnt habe, damit sie auch abends noch seidig glatt sind.

»Und wenn du ihm nicht sympathisch bist?«, fragt meine Oma. »Wenn er dich sieht und so tut, als wäre er nur ein Kunde, und dich anschließend versetzt?«

Ich verziehe den Mund und überlege, worauf meine Großmutter hinauswill. Im Grunde bin ich sicher, auf die meisten Menschen einen sympathischen Eindruck zu machen. Das liegt bestimmt daran, dass ich schon als Kind den Umgang mit Kunden gelernt habe. Ich bin eine offene Person, habe stets ein Lächeln auf den Lippen und gehe auf andere zu. Es gibt wenige Ausnahmen, bei denen es nicht so ist, eigentlich nur bei Clemens' Eishockeykollegen.

Prüfend sehe ich an mir hinunter und bin ganz zufrieden mit meinem Auftreten. Für das Date habe ich einen dunkelgrauen, knielangen Rock und eine zartrosa Bluse gewählt, dazu passend blickdichte Strumpfhosen, schwarze Stiefeletten und einen Hauch von Apricot-Rose auf meinen Lippen.

»Wenn er mich versetzen will«, sage ich entschlossen, »hoffe ich, dass er wenigstens etwas kauft, bevor er verschwindet.«

Ich schiele auf die Wanduhr. Zehn nach sechs.

Welcher Mann kommt denn gleich zu der ersten Verabredung nicht pünktlich? Ich schlucke.

Jetzt hat meine Oma mich doch verunsichert.

»Meinst du wirklich, dass er nicht kommt?«

»Aber nein, bestimmt taucht er gleich auf.«

Meine Großmutter streicht mir liebevoll über die Wange, ehe sie sich wieder den Topfpflanzen widmet.

Also gut, was soll's? Ich greife nach meinem dünnen Mantel und meiner Handtasche und gehe entschlossen nach vorne in den Verkaufsraum. Tristan soll ruhig sehen, dass ich pünktlich bin. Man lässt eine Frau nicht warten. Ich versuche, mich nicht zu sehr darüber zu ärgern. Ich darf ihn nicht jetzt schon abschreiben. Möglicherweise ist etwas passiert. Eine Unterbrechung der U-Bahn-Fahrt oder ein Stau, der den Bus aufgehalten hat – alles nicht ungewöhnlich um diese Uhrzeit mitten in Wien.

Das Klicken der Tür lässt mich aufschauen. Der alte Herr, den Erik bedient hat, verlässt das Geschäft. Ich seufze und lasse die Schultern hängen.

»Du siehst wie immer bezaubernd aus«, sagt Erik und lächelt mich an.

Wenigstens er weiß, wie man Frauen behandelt. Zu schade, dass er schwul ist. Und zwar offensiv. Enge Stoffhose, zartrosa Shirt in den Bund der Hose gesteckt, penibel gezupfte Augenbrauen, die Haare tipptopp. Er hat mir mal erzählt, dass er morgens mehr als eine halbe Stunde nur für sein Styling einplant. Genauso perfektionistisch ist Erik auch beim Zusammenstellen der Blumenarrangements. Er hat ein gutes Auge für die passende Anordnung der Blüten und Blätter, was man nicht jedem Floristen nachsagen kann. Ich bin froh, ihn als Verstärkung im Laden zu haben, und er passt hervorragend in unser kleines Team.

»War in der letzten Viertelstunde vielleicht ein Mann in meinem Alter hier?«, frage ich ihn.

Erik denkt kurz nach und schüttelt den Kopf. Dann stellt er sich in die Mitte des Verkaufsraumes und starrt auf die Schnittblumen in den Zinktöpfen. Er stemmt eine Hand in die Hüfte und kratzt sich mit der anderen nachdenklich am Kinn.

»Meine Nachbarin wird nächstes Jahr fünfundsiebzig und hat seit einiger Zeit Hüftprobleme«, sagt er, ohne mich anzusehen. »Vermutlich kommt sie an einer Hüft-OP nicht vorbei, deswegen will sie ihr Badezimmer umbauen lassen. Barrierefrei, du weißt schon, eine ebenerdige Dusche, in die sie leicht hineinkommt.«

Vielleicht bin ich nur durch mein Date abgelenkt, jedenfalls verstehe ich nicht, warum er mir das jetzt erzählt.

»Okay, worauf willst du hinaus?«

Erik strahlt mich an und antwortet:

»Sie hat eine alte Badewanne, die sie uns überlässt.«

»Na super«, antworte ich schroff. »Nur sind wir leider keine Mülldeponie.«

»Nein, nein, doch nicht irgendeine alte Badewanne! Eine antike, freistehende Badewanne mit Löwenfüßen aus vergoldetem Messing. Wir können sie bepflanzen. Orchideen, Hyazinthen …«

Habe ich das richtig verstanden?

»Du willst eine Badewanne in mein Geschäft stellen?«, fasse ich seinen Vorschlag zusammen. »Hier mitten rein?«

»Eine einzigartige Deko!«, antwortet Erik voller Begeisterung. »Wir müssten nur die Kübel mit den Schnittblumen auf die andere Seite stellen und das Dekor zurückrücken.«

Das ist nicht der richtige Moment, um ihm meine volle Aufmerksamkeit zu widmen. Noch habe ich die Hoffnung nicht aufgegeben, dass Tristan jeden Augenblick hereinkommt.

»Ich … ich werde es mir durch den Kopf gehen lassen«, sage ich und schenke ihm ein Lächeln, auch wenn ich mir gerade kein Bild dazu machen kann.

In dem Augenblick werden wir beide durch einen Mann abgelenkt, der vor dem Geschäft steht und interessiert die Fassade begutachtet.

»Ist er das?«, fragt Erik neugierig und mustert ihn verstohlen durch die vielen Pflanzen im Schaufenster.

»Keine Ahnung«, stammle ich, den Blick ebenfalls auf den Mann gerichtet. Der erste Eindruck ist schon mal nicht schlecht, soweit ich es von hier aus beurteilen kann. Etwa meine Größe, kurze braune Haare, schwarze Brille, graubraunes Jackett, hellblaues Hemd, die obersten Knöpfe offen.

»Ich weiß nur, dass er eine Viertelstunde zu spät ist.«

Erik tätschelt meinen Oberarm. Er weiß, wie wichtig mir Pünktlichkeit ist. Das wissen alle, die mich kennen.

»Gib ihm eine Chance.« Erik zwinkert mir zu und geht dann nach hinten.

Der junge Mann kommt herein und begrüßt mich mit einem schüchternen Lächeln.

»Hallo, ich bin Tristan.«

Seine Hände stecken in den Hosentaschen, als er vor mir stehen bleibt. Früher hätte ich mich in dieser Situation einfach umgedreht und wäre gegangen. Nicht nur, weil er zu spät kommt und mir zur Begrüßung nicht einmal die Hand gibt, sondern auch, weil mir seine blasse, magere Brust nicht gefällt. Er hätte sein Hemd lieber bis oben zuknöpfen sollen.

Ich hole tief Luft, versuche freundlich dreinzuschauen und sage: »Freut mich, dich kennenzulernen.«

»Wir sollten am besten gleich los.« Tristan nickt zur Tür. »Ich habe für halb sieben einen Tisch reserviert, und wir sind schon spät dran.«

Irritiert greife ich nach meinem Mantel und stelle fest, dass er mir nicht hineinhilft. Aber auch das will ich heute nicht vorschnell als Desaster deuten.

»Waren wir nicht um sechs hier verabredet?«

Es soll nicht wie ein Vorwurf klingen. Schließlich weiß ich, dass Erik und meine Oma hinter der Tür stehen und uns belauschen, und sie sollen mir später nicht vorhalten können, dass ich Tristan von Anfang an keine Chance gegeben habe. Ich will mich ja wirklich bemühen.

Tristan legt seinen Kopf schräg und lacht.

Habe ich etwas verpasst?

»Meine Schüler haben sich noch nie beschwert, wenn ich zu spät komme«, sagt er.

Dann zieht er gelassen die Glastür auf und geht hinaus auf die Straße. Okay, Türaufhalten ist also auch nicht sein Ding ...

Ich werfe einen letzten Blick zurück. Die Tür nach

hinten ist einen Spaltbreit geöffnet, und meine Oma und Erik lugen dahinter hervor. Erik reckt seinen Daumen in die Höhe.

* * *

Ich lasse meine Tasche auf den Boden neben der Garderobe fallen, streife die Stiefeletten ab und gehe durchs Vorzimmer weiter in die Küche. Da sitzt Clemens bei einem Bier. Es ist Samstagabend neun Uhr. Sonst ist er samstags um diese Zeit nie zu Hause.

»Wieso bist du nicht unterwegs?«, frage ich irritiert, lege meinen Mantel über die Sessellehne und lasse mich erschöpft auf die Sitzbank fallen.

»Ich gehe nachher noch mit den Jungs fort.«

»Aha.«

Eigentlich hatte ich mich darauf gefreut, alleine zu sein.

»Wie lief's denn so?«, drängt er nun, da ich keine Anstalten mache, von mir aus etwas zu erzählen.

Frustriert stütze ich die Ellenbogen auf den Tisch, lege die Hände vors Gesicht und schluchze theatralisch auf, ehe ich meine Finger ein wenig spreize und dazwischen hindurchsehe.

»Ich habe es versucht. Ich habe es wirklich versucht«, beteuere ich.

Clemens glaubt mir nicht. Das tut er nie. Meistens rät er mir in solchen Situationen, es mit einer Partnerbörse im Internet zu versuchen. Dort könne ich auflisten, was ich von meinem Partner erwarte und was ich keinesfalls dulde. Wenn sich daraufhin noch einer melde, müsse er der perfekte Mann für mich sein.

Als ob das so einfach wäre!

Ich nehme die Hände vom Gesicht und zähle an den Fingern auf.

»Ich habe darüber hinweggesehen, dass er zu spät kam. Auch über die blöde Ausrede, seine Schüler würden es mögen, wenn er unpünktlich ist.«

»Na klar, welcher Schüler mag das nicht?«

Clemens verdreht die Augen. Damit habe ich ihn schon auf meine Seite gezogen.

»Ich habe auch darüber hinweggesehen, dass er mir kein einziges Mal die Tür aufhielt, dass er mir weder aus dem noch in den Mantel half, noch dass er mich in ein schäbiges Lokal ausgeführt hat, wo die Speisekarte aus fünf Speisen bestand, von denen zwei Suppen waren.« Ich hole tief Luft. »Er trug ein zerknittertes Hemd, das er für seine Hühnerbrust viel zu weit aufgeknöpft hatte. Er schlürfte beim Essen seiner Suppe und hat ungefragt von meinem Teller gegessen. Und am Ende bestand er darauf, dass wir uns die Rechnung teilen!«

Clemens grinst mich über seine Bierflasche hinweg an.

»Da hat Tanja ja einen echten Gentleman auf dich angesetzt, was?«

Ich wünschte, ich könnte ihm widersprechen. Mit Tanja muss ich wirklich noch ein Hühnchen rupfen. So wie sie von Tristan geschwärmt hat, ließ nichts auf ein solches Desaster schließen. Da weiß selbst Clemens besser, wie man eine Frau behandelt. Er mag kein Charmeur sein, aber er ist auch kein Vollidiot.

»Trotzdem bin ich danach noch mit ihm in seine

Lieblingsbar gegangen. Die war ungefähr so groß wie unsere Küche, bestand aus einer Theke und zwei Tischen, war total verraucht und ...«

»Lass mich raten«, unterbricht Clemens mich. »Ihr habt an der Theke gesessen.«

Eigentlich jammere ich sonst nicht so sehr, doch nach diesem Abend kann ich gar nicht anders. Dass Clemens mich anscheinend versteht, tut gut.

»Als Tristan auf die Toilette ging, kam ein betrunkener, alter Typ und hat mich angelallt. Ich habe kein Wort verstanden. Nachdem ich mich dezent abgewandt habe, hat er laut zu schimpfen begonnen.«

Clemens seufzt und schüttelt den Kopf.

»Hat der Lehrer dich wenigstens nach Hause gebracht?«

Natürlich nicht. Aber Clemens erwartet eh keine Antwort darauf, sondern meint nur:

»Und so einer kümmert sich um die Bildung der Kinder.«

»Zum Abschied hat er gesagt, dass er doch tatsächlich Angst hatte, ich könnte eine Schreckschraube sein«, erzähle ich weiter. »Dann wollte er meine Handynummer und einen Kuss.«

»Ich hoffe doch, du hast ihm weder das eine noch das andere gegeben.«

Da kommt der Beschützerinstinkt des großen Bruders durch, der tief in ihm verankert ist. Ich weiß, dass er Tristan mit seinem Hockeyschläger eins überbraten würde, wenn der mir gegen meinen Willen zu nahe käme.

Ich schüttle den Kopf.

Clemens zieht sein Handy aus der Hosentasche und tippt darauf herum.

»Ich gebe Parker Bescheid, dass ich mich ihnen anschließe. Sie fahren in die Stadt.«

Er steckt das Handy wieder ein.

»Wenn du willst, kannst du ja mitkommen. Es sind vermutlich dieselben Jungs wie auf Parkers Party.«

Sofort muss ich an Rene denken. Dem will ich nach meinem divenhaften Abgang keinesfalls begegnen. Aber auch nicht, weil er mir seit der Party nicht mehr aus dem Kopf geht. Ich kann mich nicht erinnern, jemals einen so attraktiven Mann gesehen zu haben. Mal abgesehen von Werbung oder in Filmen.

»Du glaubst ernsthaft, ich würde mit euch Eishockeyidioten fortgehen?«

»In deinem biederen Outfit passt du ohnehin nicht zu uns.«

»Das tut mir leid«, sage ich mit gespieltem Bedauern. »Man nennt das auch Stil, aber davon habt ihr ja keine Ahnung.«

»So zickig wie du bist, solltest du froh sein, einen Typen wie Tristan abzubekommen.«

Er trinkt den letzten Schluck Bier und stellt die leere Flasche auf die Anrichte.

* * *

»Nicht in die Beete steigen!«, ruft Tanja einer Gruppe Kinder zu, die auf dem schmalen Kiesweg zwischen den Blumenbeeten herumlaufen.

Wir bleiben auf dem asphaltierten Weg, der sich durch die Anlage der Hirschstettner Blumengärten schlängelt. Ich atme die frische Frühlingsluft ein und genieße den Spaziergang unter dem nahezu wolkenlosen Himmel. Wenn gerade kein Wind weht, ist es in der Sonne schon richtig warm. Um uns herum verteilt sich Tanjas Schulklasse in kleinen Gruppen. Einige interessieren sich für die zarten, bunten Blüten, während andere einander über die Wege jagen. Wieder andere zeigen sich fasziniert von der ganzen Gartenanlage.

»Was für ein schöner Tag«, seufzt Tanja.

»Der Winter war ja lang und kalt genug«, stimme ich ein.

Ich bin wie wohl die meisten Leute kein Wintermensch. Zu trüb, zu grau, zu ungemütlich. Umso mehr schätze ich Tage wie diese mit den farbenfrohen Frühlingsboten, die meine Stimmung merklich heben.

Wir kommen zu einer Holzbank, auf der zwei Mädchen hocken und ein Nisthäuschen am Baum beobachten. Hinter ihnen erstreckt sich ein Meer violetter, weißer und gelber Krokusse.

»Was für ein Vogel ist das?«, fragt eines der Mädchen.

Sie zeigt auf den kleinen Vogel, der seinen Kopf aus der Öffnung im Vogelhäuschen reckt und fröhlich zwitschert.

»Das ist eine Kohlmeise«, erklärt Tanja mit ihrer ruhigen, freundlichen Stimme. »Du erkennst sie an den weißen Wangenflecken und den gelben Federn an der Seite.«

»Sind da Babys drin?«, will nun die andere, ein karottenroter Lockenkopf, wissen.

»Ich glaube nicht, dass sie schon geschlüpft sind«, antwortet Tanja. »Das da ist der Vater. Die Mutter sitzt bestimmt drinnen und wärmt die Eier.«

»Und kommt die Mutter nie aus dem Häuschen raus?«

»Solange die Babys nicht geschlüpft sind, nicht.«

»Und wenn sie Hunger hat?«, meldet sich nun das erste Mädchen wieder zu Wort.

»Darum kümmert sich der Vatervogel. Er bringt ihr etwas zu essen.«

Ich lausche fasziniert, wie Tanja den Kindern alles geduldig erklärt. Sie hat einen sehr liebevollen Umgang mit ihren Schülern. Eigentlich schade, dass sie nicht selber Kinder hat.

Wir gehen weiter, kommen an Narzissen, Osterglocken und Wildtulpen vorbei.

»Dort vorne der Bub, das ist Niklas.«

Tanja deutet auf einen Jungen, der alleine auf einer Bank kauert. Zwischen seinen Fingern hält er einen Grashalm, den er in kleine Stücke rupft.

»Niklas ist verliebt in Sabrina, das Mädchen in der blauen Jacke.«

Unweit von Niklas sitzen vier Mädchen miteinander plaudernd im Gras.

»Er ist sehr sensibel und schüchtern.«

Es klingt so, als bedauere sie, dem Kleinen nicht helfen zu können.

»Vielleicht kann ich ihm ja helfen.«

Die Worte sind schneller herausgerutscht, als ich wollte. Aber ich kann nicht mit ansehen, dass ein Kind an einem so schönen Tag so traurig ist.

Entschlossen gehe ich zu ihm und setze mich neben ihn auf die Parkbank.

»Hey, wie geht's dir?«

»Gut«, antwortet Niklas, ohne aufzusehen. Es klingt ganz und gar nicht überzeugend.

»Ich habe gesehen, wie du den Mädchen dort drüben zugesehen hast«, fahre ich fort. »Gefällt dir eine von ihnen?«

Niklas hebt den Kopf und starrt mich verwundert an.

»Bestimmt ist es die in der blauen Jacke.« Ich lächle ihn unbekümmert an. »Sie sieht immer wieder zu dir herüber. Wie heißt sie denn?«

Seine großen Augen strahlen auf einmal.

»Sabrina«, flüstert er voller Hingabe und Hoffnung.

»Denkst du, Sabrina würde sich freuen, wenn du ihr eine Blume schenkst?«

»Meinst du?«, fragt er zaghaft.

»Also ich würde mich freuen«, antworte ich wahrheitsgemäß.

Niklas denkt nach und kratzt sich am Kopf.

»Und woher soll ich die Blume nehmen?«

Auch mit zwölf kann man blind vor Liebe sein.

Ich springe auf und vergewissere mich, dass niemand hersieht. Abseits des Weges ist ein Rhododendronstrauch, der noch nicht in Blüte steht. Darunter wachsen Maiglöckchen, von denen einige schon blühen.

Vorsichtig pflücke ich eines, wobei ich darauf achte, die beiden Laubblätter nicht abzureißen.

»Darf man das denn?«, fragt Niklas unsicher.

Tanja blickt streng zu uns herüber. Vorhin hat sie

den Schülern noch eingetrichtert, dass sie hier auf keinen Fall die Blumen pflücken dürfen.

»Dieses eine Maiglöckchen ist okay«, sage ich und hoffe, dass mich sonst niemand dabei beobachtet hat. Ich drücke es Niklas in die Hand und nicke ihm ermutigend zu.

»Sie wird sich freuen.«

Noch immer zögerlich nimmt der Bub das Maiglöckchen entgegen und wirft einen raschen Blick auf Tanja, um sich zu vergewissern, ob er das auch wirklich darf.

»Okay, danke.«

Er springt auf und eilt hinüber zu den Mädchen.

»Bitte tu das nie wieder«, sagt Tanja ernst, sobald Niklas außer Hörweite ist. »Wir kommen oft hierher, und es wäre schlimm, wenn wir Hausverbot bekommen.«

»Nur ein einziges Maiglöckchen«, verteidige ich mich und hoffe, Niklas damit geholfen zu haben.

Wir gehen langsam weiter.

»Genau genommen ist es Diebstahl. Und Maiglöckchen stehen unter Naturschutz.«

Das weiß ich natürlich, aber ich beiße mir auf die Zunge. Stattdessen werfe ich einen Blick über die Schulter und sehe, wie Niklas Sabrina das Maiglöckchen entgegenstreckt. Sabrina nimmt es an, und sogar von hier aus meine ich zu erkennen, dass ihre Wangen rot werden. Mein Herz macht einen kleinen Freudensprung.

»Weißt du, wie oft meine Schüler hoffnungslos verliebt sind? Wenn ich deswegen jedes Mal eine

Straftat begehen würde, müssten wir unsere Grillwochenenden im Gefängnis verbringen.« Tanja seufzt. »Wo sie sicher nicht vegan kochen.«

»Als ob das deine größte Sorge wäre«, entgegne ich grinsend.

Insgeheim ist Tanja froh, dass ich dem Buben geholfen habe. Dafür gehe ich jede Wette ein.

Wir gehen schweigend nebeneinander her, bis Tanja sich irgendwann räuspert.

Ich ahne, was jetzt kommt.

»Gestern hat Tristan mich angesprochen.«

Eigentlich hatte ich gehofft, keinen einzigen Gedanken mehr an den Abend mit Tristan verschwenden zu müssen.

Noch schlimmer jedoch ist, dass nun alle Dates für mich einfädeln wollen. Clemens nennt das »Mission impossible«. Heute Abend ist Klaras Kandidat an der Reihe.

»Jedenfalls sagte er, du hättest vergessen, ihm deine Telefonnummer zu geben.«

Vergessen würde ich das nicht nennen. Es war gar nicht so leicht, mich da drum herumzudrücken. Doch leider weiß Tristan, wo ich arbeite, er kann jederzeit hereinspazieren. Doch wie ich ihn einschätze, verpasst er die Öffnungszeiten von *Ritas Blütenzauber*.

»Er hat mir das hier für dich mitgegeben.«

Tanja kramt einen Zettel aus ihrer Lederhandtasche und hält ihn mir hin.

Ich werfe einen Blick darauf, nur um festzustellen, dass auf dem Zettel in ungleichmäßiger Handschrift eine Telefonnummer gekritzelt steht. Die letzte Ziffer, eine Zwei, ist hochgestellt, als handle es sich dabei um eine Potenz. Das muss wohl ein Mathematikerwitz sein.

Einen Moment lang überlege ich, ob ich das Papier dankend annehmen und Tanja im Glauben lassen soll, ich hätte Interesse. Doch dann schüttle ich bedauernd den Kopf.

»Ich glaube nicht, dass ich die brauche.«

»Ist er nichts für dich?«

Tanja wirkt enttäuscht. Sie lässt die Hand mit dem Zettel sinken. »Warum denn nicht?«

Um das zu erklären, reicht unser kleiner Spaziergang nicht aus. Außerdem habe ich auch gar keine Lust dazu, das alles noch einmal durchzukauen.

»Weißt du, er passt einfach nicht zu mir«, antworte ich also.

Tanja will etwas einwenden, hält sich dann aber doch zurück.

»Ich weiß ja selbst, wie das ist«, sagt sie schließlich einsichtig. »Entweder es passt, oder es passt nicht. Wie bei deinem Vater und mir. Wer hätte gedacht, dass zwei so grundverschiedene Menschen jemals zusammenkommen?«

Stimmt. Als ich Tanja das erste Mal begegnet bin, war ich davon überzeugt, sie würde schon bald das Weite suchen. Ich mochte sie auf Anhieb und war froh, dass sie sich von den Eigenheiten meines Vaters nicht abschrecken ließ.

Lautes Getrappel von hinten lässt uns herumfahren. Ich erkenne die vier Mädchen, die vorhin auf der Wiese saßen. Sabrina hält das Maiglöckchen behutsam in den Händen.

»Du kennst dich doch mit Blumen aus, stimmt's?«, fragt mich eine von ihnen völlig außer Atem. »Also mit der Blumensprache und so?«

Die anderen Mädchen kichern und zappeln ungeduldig von einem Bein auf das andere.

Ich nicke und freue mich, dass sie sich dafür interessieren. Jetzt sehe ich Sabrina aus der Nähe. Sie ist sehr hübsch, hat ein zierliches Gesicht und lächelt schüchtern.

»Was bedeutet es, wenn man von einem Jungen ein Maiglöckchen bekommt?«, fragt eine andere.

»Maiglöckchen stehen für innige Liebe«, erkläre ich und hoffe, dass Sabrina das zu schätzen weiß. »Kennt ihr die Kaiserin Sisi?«

Alle vier nicken, und eine sagt:

»Ich schau' mir die Filme immer mit meiner Oma an.«

Ich muss lächeln. Auch ich habe als Kind die Sisi-Filme mit Romy Schneider gesehen und geliebt.

»Es heißt, dass Maiglöckchen Sisis Lieblingsblumen waren. Es ist ein großes Kompliment, wenn man sie geschenkt bekommt.«

Die Mädchen lachen und stupsen Sabrina an, deren Wangen sich wieder rosa färben. Als sie davonrennen, sieht Tanja mich erleichtert an. Scheinbar hat sie den kleinen Diebstahl des Maiglöckchens bereits vergessen. Stattdessen kommt sie übergangslos auf unser Thema zurück.

»Sag, darf ich noch einen Vorschlag machen? Ich kenne da jemanden, der wirklich nett ist.«

»Nett« ist so ein No-Go wie »interessant«. Jemand,

der als nett oder interessant beschrieben wird, kann nur ein Reinfall sein.

»Jeder hat ja nur einen Vorschlag«, rede ich mich schnell hinaus. Es reicht schon, die anderen Kandidaten treffen zu müssen, eine zweite Runde mache ich sicher nicht. Mit Glück ist Papas und Clemens' Euphorie diesbezüglich verraucht, bevor sie jemanden gefunden haben. Meine Bedingung, dass es kein Eishockeyspieler sein darf, war schon ein Dämpfer.

»Heute treffe ich Klaras Kandidaten«, füge ich hinzu. »Wer weiß, vielleicht funkt's ja zwischen uns.«

* * *

Im April gibt es noch nicht viele Hochzeiten, aber ab Mai bis September habe ich jedes Wochenende ein bis zwei Aufträge. Viele Brautpaare wissen, was für ein Arrangement sie haben wollen, andere überlassen mir die Zusammenstellung oder verlangen ausschließlich saisonale Gebinde.

So wie an diesem Wochenende – eine Hochzeit auf dem Kahlenberg, für die ich engagiert wurde. Ich habe ein schönes und sehr romantisches Bukett aus weißen Callas und zartrosa Tulpen gebunden.

Am frühen Morgen haben Erik und ich das komplette Blumenarrangement schon in den Veranstaltungssaal gebracht. Als wir wieder ins Geschäft zurückkommen, hockt Klara auf der Ladentheke.

»Deine Oma musste kurz in die Apotheke. Ich habe die Stellung gehalten.«

Mittlerweile ist es kurz vor zehn. Ich binde mir meine grüne Schürze um, wir haben ziemlich viel zu tun.

Die Vorbereitungen auf Muttertag am zweiten Mai-
sonntag sind in vollem Gange. Bestellungen müssen
erledigt und bestätigt werden, und die Zeit bis dahin
werden wir unzählige Blumensträuße und Gestecke
binden.

»Komm mit nach hinten«, bitte ich Klara, »du
kannst mir helfen. Erik, sag Bescheid, wenn du Hilfe brauchst.«

Aus der angrenzenden Kühlzelle hole ich die am
Morgen angelieferten Ranunkeln. Die großen, buschigen Blütenköpfe sind zu schwer für die dünnen
Stiele, sodass ich sie mit Draht stütze, damit sie nicht
so leicht knicken und länger leben. Ich halte die noch
kaum geöffnete Blüte vorsichtig zwischen den Fingern. In diesem Stadium erinnern sie an Pfingstrosen, doch sobald sich ihre Knospe weiter öffnet, beeindruckt die Ranunkel durch ihre vielen gerüschten
Blütenblätter. Mit der anderen Hand schiebe ich das
Ende eines Stützdrahtes vorsichtig in den Blütenkopf
und wickele den Draht um den dünnen Stiel. Ich lege
die fertige Ranunkel beiseite und greife zur nächsten.

»Magst du es versuchen?«, frage ich Klara, die sich
nicht zweimal bitten lässt.

Wir umdrahten auf diese Weise einen Ranunkel-
stiel nach dem anderen. Währenddessen kommen wir
noch einmal kurz auf mein Date mit Philipp zu sprechen, Klaras Vorschlag, der mir Pralinen schenkte,
mich zum Würstelstand einlud und sich als ein abso-
luter Narziss entpuppte.

»Rita?« Erik steckt den Kopf durch die Tür. »Der
Brautstrauß wird abgeholt.«

Ich eile zu ihm in den Verkaufsraum.

Dort steht ein dunkelhaariger, großer Mann, der mich mit einem freundlichen Lächeln begrüßt. Er trägt einen maßgeschneiderten anthrazitfarbenen Anzug, eine schwarze Fliege komplettiert sein Outfit. Die meisten Männer bevorzugen Krawatten, aber ich finde, eine Fliege ist noch eleganter. Vor allem an einem Bräutigam.

»Sie sind früh dran«, stelle ich fest. Der Brautstrauß für die Kahlenberg-Hochzeit sollte erst gegen Mittag abgeholt werden.

»Die Braut hat gedroht, mich eigenhändig zu erwürgen, wenn sie nicht um halb elf den Strauß in ihren Händen hält«, erklärt er und tritt lächelnd näher an den Verkaufstresen heran. In seinem Blick erkenne ich den großen Respekt, den er vor der Braut hat. »Und was tut man nicht alles für die Braut?«

Bestimmt liegen seine Nerven blank – so kurz vor der Hochzeit.

»Na ja, das empfiehlt sich wohl auch«, sage ich, »denn wenn sie ihre Drohung wahr macht, fällt Ihre Hochzeit ins Wasser. Warten Sie, ich hole den Strauß.«

Ich verschwinde wieder nach hinten und nehme das Bukett aus der Kühlzelle. Zufrieden betrachte ich noch einmal die Callas und Tulpen.

»Ich bin aber nicht der Bräutigam«, stellt er klar und sieht mich offen an, als ich vor ihm stehe und ihm den Strauß präsentiere.

Mein Herz klopft plötzlich um eine Spur schneller.

»Der Bräutigam schickt mich. Ich bin sein Trauzeuge.«

»Ah, ähm. Verstehe.« Ich räuspere mich, um meine Verlegenheit zu überspielen, und sage schnell: »Normalerweise holt der Bräutigam den Brautstrauß ab. Warten Sie, ich packe ihn aber lieber ein, damit er den Transport unbeschadet übersteht.«

Unter dem Verkaufstisch habe ich passende Kartons für diesen Zweck. Ich ziehe einen hervor und klappe ihn auseinander.

»Hm, mir wurde allerdings gesagt, der Trauzeuge sei dafür zuständig«, sagt mein Kunde nachdenklich. »Womöglich hätte ich auch all die anderen Dinge auf der Liste gar nicht tun müssen?«

Er sieht mich an, als könnte nur ich seine Vermutung bestätigen. Ein Lächeln huscht über seine Lippen.

»Sehen Sie es positiv«, entgegne ich und versuche, mein flatterndes Herz zu ignorieren. Du lieber Himmel. Ich kenne diesen Mann doch gar nicht. Nur weil er gut aussieht und sympathisch wirkt … Wahrscheinlich ist er verheiratet. Nein, kein Ring an seinem Finger. Na, dann sicher vergeben.

»Sie verhelfen dem Brautpaar zu einem unvergesslichen Tag. Vielleicht zum schönsten überhaupt.«

»Wenn man sich die aktuelle Scheidungsrate ansieht …«

»Ach, sehen Sie sich die nicht an.«

Wir schmunzeln beide. Könnten Tanja und Klara mir nicht so einen Mann für ein Date vorschlagen? Er ist älter als ich, vielleicht Mitte dreißig, und sieht aus, als verstehe er sich auch ohne feierlichen Anlass gut zu kleiden.

»Wann ist denn die Trauung?«, erkundige ich mich.

»Vierzehn Uhr.«

Der Trauzeuge stützt sich auf der Arbeitsfläche ab, und ich bemerke seine schönen, gepflegten Hände.

»Ich schlage die Stiele noch feucht ein, damit die Blumen länger frisch bleiben«, sage ich rasch. Ich hole Papiertücher aus einer Lade, gehe zu dem gusseisernen Wandbrunnen und tränke die Tücher mit Wasser. Diese Bassena stammt noch von meiner Mutter. Sie hat das grün-weiße Becken restaurieren und einen passenden Wasserhahn aus Messing anbringen lassen. Der Brunnen ist nicht nur praktisch, sondern auch ein echter Hingucker in meinem Geschäft. Vielleicht ist Eriks Idee mit der antiken Badewanne gar nicht so schlecht, denke ich. Die beiden Elemente würden gut zueinanderpassen.

Zurück am Verkaufstisch wickle ich das nasse Tuch um die Stielenden. Danach bette ich den Strauß in die Transportbox, damit die zarten Blüten während der Fahrt geschützt sind.

»Stellen Sie ihn bis kurz vor der Zeremonie in eine Vase. Dann sieht er um zwei Uhr noch so frisch aus wie jetzt.«

»Dieser Tipp rettet mir vermutlich das Leben. Wie kann ich mich dafür bei Ihnen revanchieren?«

Soll ich ihn nach seiner Telefonnummer fragen? Nein, dazu fehlt mir der Mut.

»Nicht der Rede wert«, murmle ich stattdessen.

»Hören Sie, Rita«, sagt er und tritt von einem Bein aufs andere.

»Sie kennen meinen Namen?«, frage ich überrascht.

Sind wir uns etwa schon einmal begegnet? Aber an sein charmantes Lächeln könnte ich mich sicher erinnern.

Verwundert zieht er eine Augenbraue hoch, dann lacht er.

»Ihr Name steht draußen an der Tür.« Er deutet grinsend zu Erik, der eine Kundin berät. »Oder ist er dort Rita?«

Du lieber Himmel! Natürlich, in großen geschwungenen Buchstaben prangt *Ritas Blütenzauber* auf der Fassade. Wie kann ich nur so dumm sein? Ich spüre, wie meine Wangen zu glühen beginnen.

Er lächelt mich tröstend an. Dann wird er wieder ernst und vergewissert sich mit einem Seitenblick, dass Erik und die Kundin nicht zuhören.

»Das ist eigentlich nicht meine Art, aber was halten Sie davon, wenn ich Sie als kleines Dankeschön zum Essen einlade?«

In meinem Bauch kribbelt es, und obwohl ich am liebsten durch das ganze Geschäft hüpfen würde, reiße ich mich zusammen.

»Dafür, dass ich Ihnen das Leben gerettet habe?«

Er nickt. »Wenn Sie nicht mit Kunden ausgehen dürfen, dann betrachten Sie es einfach als Geschäftsessen.«

»Nicht als Geschäftsessen«, antworte ich entschlossen, »aber als Verabredung sehr gerne.«

O Mann, habe ich das wirklich gesagt? Ich bin stolz auf mich.

Ich glaube, aus dem hinteren Raum einen erstickten Jubelschrei zu hören. Vermutlich hat Klara unsere Unterhaltung die ganze Zeit belauscht.

Auf seinem Gesicht breitet sich ein zufriedenes Lächeln aus.

»Jetzt müssen Sie mir nur noch verraten, wie Sie heißen.«

»Oh, natürlich!« Er streckt mir seine Hand entgegen. »Ich bin Marcel.« Er hat warme, weiche Hände und einen sanften, aber bestimmten Händedruck.

»Freut mich, dich kennenzulernen, Marcel.«

Ein schöner Name, er passt zu ihm. Vielleicht ist jetzt die Ära der fürchterlichen Blind Dates zu Ende. Und meine Sorge, wen ich zu Charlies und Daniels Hochzeit mitnehmen kann, um nicht am Singletisch zu landen. Vielleicht ist es der Beginn von etwas. Selten habe ich mich nach so kurzer Zeit so wohl gefühlt mit einem Mann.

»Ich bin nächstes Wochenende geschäftlich unterwegs«, sagt er, »aber vielleicht können wir uns vorher treffen? Kannst du auch wochentags?«

Er greift in die Innentasche seines Sakkos und zieht eine Visitenkarte hervor.

Ich sage sofort zu, denn ich wüsste ohnehin nicht, wie ich länger als eine ganze Woche auf unser Wiedersehen warten sollte. Am liebsten würde ich auf der Stelle mehr über ihn erfahren.

»Ruf mich am Montag in meinem Büro an. Ich überlege mir bis dahin ein schönes Lokal, und wir machen uns einen Tag aus.«

Ich nehme die Visitenkarte entgegen und werfe einen Blick darauf. *Marcel Nutz, Architekt.* Beeindruckt sehe ich ihn wieder an.

»Du bist Architekt?«, frage ich unnötigerweise.

Mein bewundernder Unterton ist nicht zu überhören.

Er lacht ein wenig verlegen und versenkt seine Hände in die Hosentaschen.

»Ich habe schon als Kind mit Vorliebe Häuser gezeichnet, die meine Mutter immer begeistert haben. Später dachte ich, ich sollte wohl am besten mein Hobby zum Beruf machen.«

Er braucht also keine großspurigen Sprüche, um mich zu beeindrucken. Das gefällt mir.

»Deine Zeichnungen würde ich gerne mal sehen.«

»Lässt sich sicher machen.«

Marcel wirft einen Blick auf seine Armbanduhr und greift nach der Schachtel mit dem Brautstrauß.

»Ich muss jetzt los, sonst kannst du demnächst die Kränze für meine Beerdigung binden.«

Er seufzt.

Gerne hätte ich mich noch länger mit ihm unterhalten.

»Ich wünsche dir einen schönen Tag«, sage ich. »Die Location auf dem Kahlenberg ist wirklich wunderschön.«

»Sie wäre nicht das erste Wunderschöne, das ich heute sehen durfte.«

Sein Blick bleibt an mir hängen. Wieder spüre ich meine Wangen heiß werden. Ich weiß nicht, ob ich mich für das Kompliment bedanken soll oder nicht, deswegen lächle ich nur.

Er verabschiedet sich und zwinkert mir zu, ehe er mit dem Karton unterm Arm mein Geschäft verlässt.

Ich warte, bis ich durch die Glasfassade sehen kann, dass er um die Ecke verschwunden ist. Dann drehe ich mich auf dem Absatz um und renne nach hinten zu Klara. Sie kaut an einem roten Fruchtgummi herum, und ich umarme sie stürmisch.

»Es ist Schluss mit den Blind Dates! Endlich!«

*** Duftveilchen ***

Mit seinen fünf dunkelvioletten Kronblättern ist das Duftveilchen von März bis April eine Augenweide auf Heideflächen und lichten Waldstücken. Die bis zu 15 cm hohe, krautige Pflanze gilt auch als beliebte Gartenpflanze, da sie einen herrlich süßen Duft verbreitet und als wahrer Frühlingsbote gilt.

Das Duftveilchen findet nicht nur in der Parfümherstellung, sondern auch als Heil- und Küchenpflanze Verwendung. Schon Kaiserin Sisi schwärmte für Veilchen, nicht nur für die Blume, sondern auch für kandierte Veilchenblüten und Veilchen-Sorbet.

Marcel hat gleich für Dienstagabend einen Tisch in einem exklusiven Restaurant reserviert, das ich nur vom Hörensagen kenne. Es befindet sich im DC Tower, Wiens höchstem Gebäude, und bietet einen sensationellen Blick auf die Stadt.

Den ganzen Tag laufe ich nervös im Geschäft hin und her. Ab dem späten Nachmittag lasse ich Oma und Erik alleine, um mich in Ruhe umzuziehen und auf mein Date vorzubereiten.

Schließlich kennt Marcel mich nur in grüner Arbeitsschürze. Ich möchte ihm gefallen und entscheide mich für ein schwarzes Samtkleid in Wickeloptik, dessen asymmetrischer Schnitt meine Knie umspielt. Obwohl ich aus Bequemlichkeit sonst Stiefel bevorzuge, wähle ich heute Pumps mit hohen Absätzen aus.

Ich trage Lippenstift in der Farbe *Sweet William* auf, streife mir einen leichten Mantel über und betrachte mich im Spiegel.

Leider ist Clemens nicht mehr da, sonst könnte er mir sagen, dass ich gut aussehe. Er muss einem Freund beim Umzug helfen, wenn ich es richtig verstanden habe. Allerdings habe ich auch gar nicht richtig zugehört. Es ist mir augenblicklich nämlich völlig egal.

Pünktlich um sechs Uhr klingelt es an der Wohnungstür. Mein Herz klopft laut, als ich nach der Türklinke greife.

In dunkler Jeans, weißem T-Shirt und dunklem Blazer steht Marcel vor mir. Leger und dennoch elegant, genauso wie es mir gefällt. Ein Kribbeln breitet sich in meinem ganzen Körper aus.

»Schön, dich wiederzusehen, Rita.«

Wie er meinen Namen ausspricht, so melodisch und weich. Am liebsten würde ich die Augen schließen und einfach nur seiner Stimme lauschen.

»Du siehst fantastisch aus.«

Er holt einen kleinen Veilchenstrauß hinter seinem Rücken hervor, der mit drei großen, hellgrünen Blättern zusammengebunden ist. Mit einem charmanten Lächeln hält er mir die Blumen entgegen.

»Für dich.«

»Danke.« Meine Stimme versagt fast vor Aufregung.

Ich habe schon oft Blumen bekommen. Meistens Rosen, weiße, rote und rosafarbene. Aber noch nie hat mir jemand Duftveilchen geschenkt.

»Hast du schon einmal etwas von der Blumensprache gehört?«, frage ich.

Marcel zögert, kneift die Augen leicht zusammen und mustert mich.

»Wäre es charmanter, wenn ich behaupte, es ist ein Zufall, dass ich dir Veilchen schenke?«

Er weiß es! Mein Herz macht einen kleinen Hüpfer. Ich habe noch nie einen Mann getroffen, der sich mit der Symbolik der Blumen auskennt. Kaum einer weiß mehr, als dass rote Rosen für die Liebe stehen. Doch mit Blumen kann man viel mehr ausdrücken. Veilchen jedenfalls stehen für süße Unschuld. Ich halte sie an meine Nase und atme ihren wunderbaren süßen Duft ein.

»Wollen wir?«

»Ich stelle sie noch schnell in Wasser!«

Mein Herz überschlägt sich fast, als ich durchs Stiegenhaus eile.

Marcel hat direkt vor der Haustür geparkt und öffnet mir zuvorkommend die Beifahrertür. Kavalieresk. Wow! Wenn das so weitergeht und die Verabredung genauso verläuft, wie ich es mir vorstelle, werde ich mich noch heute Hals über Kopf in ihn verlieben. Marcel sieht umwerfend aus und weiß, wie man eine Frau behandelt. Die Veilchen sind nur das i-Tüpfelchen.

»Ich wusste gar nicht, dass es um diese Zeit noch Duftveilchen gibt«, stelle ich fest, als Marcel sich neben mich ins Auto setzt und den Motor startet. Die Blütezeit der Duftveilchen ist nämlich eigentlich schon vorbei.

Marcel reiht sich in den Abendverkehr ein und wirft mir von der Seite einen kurzen Blick zu. Er zögert einen Moment, ehe er antwortet: »Ich habe meine Nachbarin gebeten, mir bei der Wahl der Blumen behilflich zu sein. Sie hat einen Garten und kennt sich damit ziemlich gut aus. Wenn die zu Beschenkende eine Floristin ist, kann das mitunter schwierig sein. Ich will ja in keine Falle tappen.«

Er lächelt mich von der Seite an.

»Offenbar hat sie ein gutes Händchen für Blumen«, sage ich anerkennend.

»Sie hat einen grünen Daumen. Wenn du willst, kann sie dir sicher ein paar Tipps geben.«

Ich lache, will diese Neckerei aber nicht unkommentiert lassen.

»Der Sohn meiner Freundin ist fünf«, erwidere ich also, »und baut aus Holzklötzen Häuser. Vielleicht kann er dich für zukünftige Projekte inspirieren.«

Marcel legt seinen Kopf auf die Nackenstütze zurück und lacht herzhaft.

»Ich bin immer für neue Ideen offen.«

Dann schenkt er mir ein so inniges Lächeln, dass mir das Herz aufgeht. In diesem Moment weiß ich: Der heutige Abend wird alles ändern.

Im DC Tower bringt uns ein Hochgeschwindigkeitsaufzug in die 57. Etage.

Marcel ist intelligent, höflich und zuvorkommend. Und er hat sowohl einen guten Humor als auch einen erstklassigen Kleidungsstil. Schon jetzt bin ich auf Wolke sieben, was nicht nur daran liegt, dass wir uns 200 Meter über dem Boden befinden.

Ein Kellner geleitet uns an einen Tisch direkt vor der Glasfassade. Der Blick über die Stadt ist atemberaubend. Noch ist es dämmrig, aber bald wird es dunkel, und dann wird nur noch ein Lichtermeer zu sehen sein. Das Mondlicht wird sich auf der Wasseroberfläche der Donau widerspiegeln und dem Fluss einen malerischen Ausdruck verleihen. Ich kann diese Aussicht kaum erwarten.

Marcel schiebt mir den Stuhl hin und setzt sich neben mich an den kleinen Tisch. Es ist etwas eng, aber es verschafft mir eine willkommene Nähe zu Marcel. Der Kellner fragt, ob wir einen Aperitif wünschen, woraufhin Marcel zwei Gläser Champagner rosé bestellt.

Ich fühle mich ein bisschen wie eine Prinzessin. Noch nie wurde ich in ein so exklusives Lokal eingeladen, aber wahrscheinlich hätte Marcel mich sogar an einem Würstelstand beeindruckt.

Während wir den Champagner genießen, erzähle ich ihm von meinem Blumenladen, wie es dazu kam, mit wem ich zusammenarbeite. Ich erzähle ihm von Klara, die mit ihrer außergewöhnlichen Geschäftsidee bald unter die Selbstständigen gehen wird. Zu meiner Überraschung lobt Marcel Klaras Enthusiasmus und generell den Mut der Leute, die einen solchen Schritt wagen.

Während der Vorspeise – karamellisierter Ziegenkäse mit Birnen und Nüssen – schildert Marcel mir den Alltag eines Architekten. Er hat vor einigen Jahren mit zwei Kollegen ein Architekturbüro gegründet, mit dem sie österreichweit Projekte betreuen. Marcels Spezialgebiet ist »Interior Design«, was im Grunde vergleichbar ist mit meiner Arbeit, jedenfalls auch viel Kreativität erfordert.

Nach und nach wird unser Gespräch persönlicher.

Wir wählen Fisch als Hauptspeise, eine Dorade, die der Kellner uns empfohlen hat.

Marcel erzählt von seinen Hobbys, dem Schachspielen und Segeln, von dem Appartement, das er und seine beiden Kollegen sich in Kitzbühel gekauft haben. Wann immer er sich von der Arbeit loseisen kann, fahre er dorthin, im Winter zum Skilaufen, im Sommer zum Wandern. Er habe eine Schwester, die in Stockholm als Herzchirurgin arbeite und die er wenn möglich einmal im Jahr besuche.

»Stockholm ist eine wunderschöne Stadt, die muss man wirklich gesehen haben, finde ich«, schwärmt er.

Ich hätte nichts dagegen, sie mir von ihm zeigen zu lassen.

Nachdem wir die Dorade verspeist haben, erkundigt er sich nach meiner Familie. Normalerweise bin ich zurückhaltender, doch bei Marcel habe ich das Gefühl, offen sprechen zu können. Ich erzähle ihm vom frühen Tod meiner Mutter und wie es war, als Mädchen mit einem eishockeyfanatischen Vater und Bruder aufzuwachsen. Ich habe es im Laufe der Jahre mehrmals erlebt, dass Leute nicht wissen, wie sie reagieren sollen, wenn ich den Tod meiner Mutter erwähne. Die meisten sagen, das tue ihnen aber leid, um dann mit betretenem Gesichtsausdruck das Thema zu wechseln. Marcel hingegen hört aufmerksam zu und erkundigt sich mitfühlend, wie es dazu gekommen ist. Ich spüre, dass sein Interesse ehrlich ist und ich ihm vertrauen kann.

»Sie war an akuter Leukämie erkrankt.« Ich mache eine kurze Pause. Noch heute fällt es mir schwer, darüber zu sprechen.

»Trotz der Therapie ist sie wenige Wochen nach der Diagnose an einer Lungenentzündung gestorben.«

»Wie alt warst du damals?«

»Gerade siebzehn geworden.«

»Dann ist es also ... zehn Jahre her?«

Ich nicke.

Im Jänner, als sich Mamas Todestag zum zehnten Mal jährte, habe ich einen Kranz aus Vergissmeinnicht und weißen Lilien für sie gebunden und auf ihr Grab gelegt. Es vergeht kaum ein Tag, an dem ich nicht an sie denke, und ich versuche, all die vielen schönen Momente, die ich mit ihr erlebt habe, in Erinnerung zu behalten.

Marcel sieht mich ernst an, und eine Weile schweigen wir beide. Irgendwann sagt er leise und voller Aufrichtigkeit:

»Sie wäre bestimmt unendlich stolz, wenn sie sehen würde, was aus ihrer Tochter geworden ist.«

Dankbar und gerührt sehe ich ihn an.

Es tut gut, mit ihm darüber zu sprechen. Das geht nur sehr selten, und wenn, dann nur mit Klara und Oma. Mein Vater und Clemens reden nicht, aber ich weiß, dass sie Mama genauso schmerzlich vermissen wie ich. Wir konnten und können nur nicht gemeinsam trauern. Da ist jeder für sich allein.

»Auf der Speisekarte steht ein Dessert namens ›Schokotraum‹. Was hältst du davon, wenn wir uns eines teilen?«

Marcel holt mich in die Gegenwart zurück. Er legt seine Hand sanft auf meine. Seine warmen Finger fühlen sich gut an auf meiner Haut und geben mir das Gefühl, respektiert und zugleich beschützt zu werden.

Als uns der Schokotraum serviert wird, rücken wir näher zusammen und löffeln abwechselnd aus dem Dessertschälchen. Ich weiß gar nicht, ob ich mich jemals mit einem Mann so wohl gefühlt habe wie mit Marcel. Als er mich nach meinen Beziehungen fragt, habe ich keine Scheu, ihm von den vielen Dates zu erzählen und davon, dass ich die Hoffnung eigentlich beinahe aufgegeben habe, jemanden zu finden, der zu mir passt. Er muss lachen, als ich sage, dass meine Familie und meine beste Freundin der Ansicht sind, dass ich zu hohe Ansprüche an eine Beziehung stelle.

»Würdest du sagen, ich entspreche deinen Vorstellungen?«, fragt Marcel mich neugierig.

»Ich habe bis jetzt keinen einzigen Grund gefunden, warum ich dich nicht würde wiedersehen wollen«, antworte ich so prompt, dass ich selber erschrecke.

Als die Rechnung kommt und ich nach meiner Handtasche greife, schaut Marcel mich entrüstet an. Er besteht darauf, dass dieser Abend auf ihn geht, mit allem, was dazugehört. Ich bedanke mich, auch dafür, dass er mir einen unvergesslichen Abend geschenkt hat.

Im Aufzug nimmt Marcel wieder meine Hand und hält sie fest, als wäre es das Normalste auf der Welt. Er fährt mich nach Hause und begleitet mich bis zur Haustür.

»Ist es in Ordnung, wenn ich dich nicht mit nach oben bitte?«, frage ich vorsichtig und fürchte, dass er sich zurückgewiesen fühlen könnte.

Doch er antwortet lächeld: »Es hätte mich gewundert, wenn du es getan hättest.«

Dann legt er seine Hand an meine Wange und streicht zärtlich eine Haarsträhne hinter mein Ohr.

»Ist es in Ordnung, wenn ich dir einen Gutenachtkuss gebe?«, fragt er leise.

Ich wäre jetzt gern schlagfertig, aber mein Herz klopft so schnell, dass es mir die Sprache verschlägt. Stattdessen küsse ich seine weichen Lippen, nach denen ich mich schon den ganzen Abend sehne. Meine Knie werden weich. Marcels Hände legen sich um meine Taille und ziehen mich sanft an seinen warmen Körper. Zärtlich liebkost er meine Lippen und tastet sich dann mit seiner Zunge vor. Mir wird ganz heiß.

Ich bin kurz davor, meinen Vorsatz, keinen Mann beim ersten Rendezvous mit nach Hause zu nehmen, fallen zu lassen.

Als unsere Lippen sich voneinander lösen, flüstert Marcel: »Ich glaube, es ist doch nicht in Ordnung, wenn du mich nicht hinaufbittest …«

Ich lächle, nehme sein Gesicht in meine Hände und sehe ihm tief in die Augen.

»Ich danke dir für diesen wunderschönen Abend, Marcel.«

»Gute Nacht, Rita«, murmelt er.

* * *

Am nächsten Morgen blinzle ich mit einem Lächeln in die Sonne, die durchs Fenster in mein Zimmer fällt. Es ist kurz vor sieben, nur noch eine Stunde, bis ich im Geschäft sein muss. Gut, dass Clemens schon weg ist, denn der würde mein verliebtes Grinsen sofort bemerken und mich damit aufziehen. Er geht immer sehr früh arbeiten, damit er nachmittags ins Fitnessstudio oder zum Eishockeytraining gehen kann.

Gähnend strecke ich mich, lasse die Beine über die Bettkante fallen und setze mich auf, noch immer lächelnd.

Ich kann gar nicht anders. Am liebsten würde ich Marcel sofort wiedersehen, gleich heute. Wenn ich an den Abschiedskuss denke, beginnt mein Magen wild zu flattern.

Verschlafen tappe ich durchs Vorzimmer, wo seit gestern lauter Kisten stehen, die sonst in unseren Abstellraum gehören. Früher war dort mein Zimmer, bis mein Vater aus- und ich in sein Zimmer eingezogen bin.

Gestern habe ich die Kisten aus Nervosität kaum registriert, aber jetzt sind sie mir im Weg. Clemens soll sie wieder wegräumen. Keine Ahnung, wonach er gesucht hat.

Ich öffne die Badezimmertür und erstarre vor Schreck.

Da steht ein halb nackter Mann am Waschbecken und putzt sich die Zähne. Ich bin schlagartig hellwach. Was in aller Welt …

Er dreht sich zu mir um und nuschelt: »Guten Morgen.«

O nein!, denke ich entsetzt.

»Rene?«

»Hey, du erkennst mich wieder?«

Was zum Teufel macht der denn in unserem Bad?

Mit schaumbedecktem Mund grinst er mich an. Ich schnappe mir meinen Morgenmantel vom Haken, werfe ihn mir über und stürme hinaus.

Aus der Küche höre ich das Scheppern von Geschirr, Clemens ist offenbar doch zu Hause. Ich eile durchs Vorzimmer in die Küche, wo er bei einem Kaffee sitzt und Zeitung liest.

»Da ist ein Mann in unserem Bad!«, sage ich aufgebracht.

»Ja, das ist Rene«, antwortet mein Bruder, ohne aufzusehen.

»Ich weiß eh, wer das ist!«, zische ich leise. Ich will nicht, dass Rene mich hört. »Was bitte macht der denn hier?«

Erst jetzt sieht Clemens mich an, verwirrt, als verstehe er nicht, warum ich das frage.

»Er wohnt vorübergehend in deinem alten Zimmer.«

Hallo? Habe ich etwas verpasst?

»Ich hab's dir gestern erzählt, als du dir die Haare geföhnt hast.«

Als ob ich ihm in dem Moment zugehört hätte! Ich war in Gedanken ja längst bei meiner Verabredung mit Marcel. Ja, von irgendeinem Freund war die Rede, der umzieht, aber doch nicht zu uns!

»Vielleicht solltest du nicht so rumlaufen, während er hier wohnt«, sagt er mit einem abschätzigen Blick auf meinen Morgenmantel.

Am liebsten würde ich ihm eine runterhauen. Ich gehe im Morgenmantel nicht einmal durch die Wohnung, wenn Clemens daheim ist. Normalerweise bin ich morgens ungestört.

»Vorübergehend bis wann?«

»Bis September.«

»September?« Meine Stimme wird schrill. »Das ist in vier Monaten. Vier Monate!«

»Er musste aus seiner alten Wohnung raus und kann in die neue erst ab September rein.«

Clemens trinkt ganz entspannt einen Schluck Kaffee. Ihm ist es offensichtlich egal, was ich davon halte.

»Du kannst deine Freunde nicht so lange bei uns wohnen lassen«, sage ich wütend, »und schon gar nicht, ohne das vorher mit mir abzusprechen!«

Clemens gähnt, sicher nur, um mich zu provozieren.

»Ich habe mich ja auch nicht beschwert, als Klara hier gewohnt hat, weil ihr Bad saniert wurde.«

»Das dauerte aber keine vier Monate.«

Abgesehen davon kennt er Klara seit fast zwanzig Jahren. Sie sitzt jeden Sonntag mit uns beim Familienessen. Klara ist wie eine Schwester für ihn, deshalb hinkt sein Vergleich. Aber gewaltig.

Unbekümmert steht Clemens vom Tisch auf und sagt: »Die Zeit wird wie im Flug vergehen. Du wirst kaum merken, dass er da ist.«

Er schiebt sich nonchalant an mir vorbei ins Vorzimmer und zieht sich Sneakers und Lederjacke an.

»Ich denke nicht, dass Papa es gut findet, wenn ein fremder Mann bei uns wohnt.«

»Rene ist nicht fremd«, widerspricht Clemens, seinen Wohnungsschlüssel schon in der Hand. »Papa kennt und mag ihn.«

»Aber ich nicht!«

»Schönen Tag noch, Schwesterchen.«

Clemens zwinkert mir zu, die Tür fällt hinter ihm ins Schloss.

Zitternd vor Zorn stehe ich da. Als ob seine ständigen Damenbesuche in unserer Wohnung nicht schon Zumutung genug wären – jetzt soll ich auch noch einen dieser hohlköpfigen Eishockeyspieler hier tolerieren? Einen ganzen Sommer lang?

Noch immer stehe ich wie festgewachsen im Vorraum vor der geschlossenen Wohnungstür. Noch immer in meinem leichten Morgenmantel. Was soll ich denn jetzt tun?

»O Mann!«, höre ich hinter mir.

Ich fahre erschrocken herum.

Rene. Er hat sich inzwischen immerhin angezogen.

Jeans, weißes T-Shirt. Seine Haare stehen feucht und zerzaust in alle Richtungen.

»Was für ein schöner Anblick!«, sagt er. »Meine letzte Mitbewohnerin war schwanger und lief andauernd würgend durch die Wohnung.«

Entsetzt starre ich ihn an. Was für ein Idiot!

»Glaub bloß nicht, dass du dich hier einnisten kannst«, fahre ich ihn unfreundlich an.

»Ich schwör's dir, ich bin ein unkomplizierter und ordentlicher Mitbewohner.«

Offenbar meint er das wirklich ernst.

»Aber nicht in dieser Wohnung!«

Ich schubse ihn unsanft zur Seite, um in mein Zimmer zu gelangen, und knalle die Tür hinter mir zu, so fest ich kann.

Was mache ich jetzt bloß? Am besten ziehe ich mir erst einmal etwas an.

Doch schon klopft es an meiner Tür.

»Moment!«, brülle ich, »und komm bloß nicht rein!«

Hastig schnappe ich mir Jeans und Sweatshirt und schlüpfe hinein.

»Ich wollte mich nur für mein Verhalten auf Parkers Party entschuldigen«, dringt es nun gedämpft durch die Tür in mein Zimmer. »Das ist sonst gar nicht meine Art.«

Hallo? Der Typ ist Eishockeyspieler, ein Freund von Clemens und attraktiv. Natürlich ist es seine Art, Frauen mit niveaulosen Sprüchen aufzureißen, abzuschleppen und sie anschließend mit einer dummen Ausrede zu versetzen. Ich habe einen Sensor für solche Kerle.

»Es ist nur für vier Monate. Du wirst mich gar nicht bemerken.«

Ich reiße meine Zimmertür auf.

»Na klar, dich nicht, und auch die Frauen nicht, die du hier anschleppst! Eins sag' ich dir, wenn von jetzt an jedes Wochenende zwei fremde Frauen in meiner Küche sitzen, und zwar immer andere, drehe ich euch den Hals um. Dir und Clemens!«

Rene wirkt nicht weiter beeindruckt.

»Das wird nicht passieren«, versichert er mir mit ruhiger Stimme.

Das würde ich ihm ja gerne glauben, kann ich aber nicht. Das promiskuitive Verhalten meines Bruders ist mir schon viel zu viel, da kann ich nicht noch so einen von derselben Sorte in meinen eigenen vier Wänden gebrauchen. Warum muss mein Bruder ausgerechnet jetzt einen Teamkollegen bei uns zu Hause einquartieren? Und warum ausgerechnet *diesen?*

* * *

Am letzten Apriltag ist typisches Aprilwetter. Zwar kommt die Sonne gelegentlich hinter den Wolken hervor, aber es weht ein kalter Wind. Am Vormittag regnet es, aber nachmittags ist es zum Glück trocken. Trotz des ungemütlichen Wetters tummeln sich unzählige Touristen im Schlosspark Schönbrunn, stehen grüppchenweise vor dem barocken Schloss und schießen ein Foto nach dem anderen. Hinter dem Schloss erstreckt sich die riesige, kunstvoll gestaltete Parkanlage, die auch den ältesten noch bestehenden Tiergarten der Welt beherbergt.

Ich habe befürchtet, Marcel zwischen den vielen Leuten nicht zu finden, doch ich entdecke ihn sofort. Mein Herz macht einen freudigen Sprung, als mich sein Lächeln trifft. Er sieht fantastisch aus. Der Wind hat sein braunes Haar verweht, und seine Ohren und Nase sind leicht gerötet.

Wir begrüßen einander mit einem Kuss auf die Wange. Ich merke, dass ich mich erst wieder daran gewöhnen muss, einen Mann so nah an mich heranzulassen.

»Gehen wir ein wenig?«

»Sehr gerne.«

Wir lassen das von Touristen belagerte Schloss hinter uns und betreten das Große Parterre, das sich bis zum Neptunbrunnen erstreckt. Es besteht aus acht riesigen, symmetrisch angelegten Beeten, die mit Blumen und Buchsbäumen in Ornamentmuster bepflanzt sind. Dazwischen verlaufen breite Gehwege, auf denen wir ausreichend Platz haben, um uns ungestört zu fühlen. Den Rand säumen Statuen und penibel geschnittene Hecken, hinter denen sich die weitläufige Anlage mit ihren verschiedenen Gärten, Brunnen und Pavillons erstreckt.

»Bist du oft hier?«, fragt Marcel und ergreift meine Hand. Er schiebt seine Finger zwischen meine und hält sie zärtlich fest. Was für ein schönes Gefühl, nach so langer Zeit wieder einmal Händchen zu halten!

»Wann immer es geht«, antworte ich.

Heute habe ich mir die Zeit dafür genommen. Marcel ist ab morgen auf einer mehrtägigen Geschäftsreise, und wir wollten uns vorher noch sehen.

»Ich hoffe, wir können nächstes Wochenende wieder so einen schönen Abend verbringen wie am Dienstag?«

Wie gerne würde ich einfach zustimmen! Doch da muss ich mein privates Interesse hinter die Arbeit stellen.

»Es ist das Muttertagswochenende. Da ist bei uns jedes Jahr die Hölle los.«

»Und wenn ich dich später am Abend ausführe? Oder zu dir komme?«

Das klingt wirklich verlockend, aber es ist nicht der erste Muttertag in meinem Floristinnenleben. Die Tage sind sehr stressig, und abends bin ich jedes Mal völlig ausgelaugt.

»Würde es dir etwas ausmachen, mir ein, zwei Tage Zeit zu geben, um zu regenerieren? Vorher ist wirklich nicht viel mit mir anzufangen.«

Marcel seufzt. »So ist das also, wenn man mit einer erfolgreichen Geschäftsfrau ausgehen will.«

»Tja, kann schon sein.«

Ich lache und schmiege mich an ihn. Er legt seinen Arm um meine Schultern und zieht mich liebevoll an sich.

»Wie war es denn bisher mit den Frauen in deinem Leben?«

Ich weiß, wie heikel diese Frage ist, aber ich bin so neugierig und würde gerne mehr über Marcel erfahren.

Marcel schweigt und sieht auf den Boden. Schließlich hebt er den Blick, holt tief Luft und fragt zurück: »Hältst du es für eine gute Idee, gleich bei unserem zweiten Rendezvous darüber zu reden?«

Seine Reaktion überrascht mich. Ich muss einen Nerv getroffen haben. Ich selber hatte kein Problem damit, Marcel von meinen früheren Beziehungen und Dates zu erzählen. Oder ist es meine Unsicherheit, weil ich nicht weiß, auf wen ich mich einlasse?

»Hast du denn etwas zu verbergen?«, frage ich mit einem unfreiwillig nervösen Lachen.

»Zu verbergen?« Marcel räuspert sich. »Nein, ich habe nichts zu verbergen, aber ich finde, über vergangene Beziehungen sollten wir uns nicht unnötig den Kopf zerbrechen. Wichtig ist doch, dass man aus Fehlern lernt und in der Zukunft alles tut, um es besser zu machen.«

Wir sind beim Neptunbrunnen angekommen. Wasser plätschert von oben herab in das große Bassin. Statt wie die anderen Besucher die aus Marmor gefertigten Statuen auf dem Sockel zu bewundern, wende ich mich Marcel zu.

»Ich will ehrlich zu dir sein«, sage ich, auch wenn ich nicht weiß, ob es klug ist, meine Gedanken auszusprechen. Aber ich kläre die Dinge lieber früher als später, so bin ich eben gestrickt. Vernunft und Pragmatismus mögen da eine Rolle spielen, aber ich denke vor allem ist es die Angst davor, enttäuscht zu werden.

»Ich suche etwas Ernstes. Das kann ich mir mit jemandem, der mit einer früheren Beziehung noch nicht abgeschlossen hat, nicht vorstellen. So etwas kenne ich schon und will es nicht noch einmal erleben. Ich kann mir auch nicht vorstellen, mit jemandem zusammen zu sein, der untreu ist. Für mich stehen Ehrlichkeit und Vertrauen an erster Stelle, also wenn es etwas gibt, das ich besser wissen sollte, dann ...«

Ich breche ab und hebe ratlos die Schultern. Gar nicht daran zu denken, dass Marcel so jemand sein könnte. Doch ich würde mich besser fühlen, wenn er mir diese Angst nimmt und offen mit mir spricht.

»Auch ich habe meine Vergangenheit«, antwortet er schließlich ruhig. »Aber nichts davon muss dich in irgendeiner Art und Weise belasten.«

Das ist nicht unbedingt die Antwort, die ich erhofft habe.

»Die Frage ist doch, ob sie dich noch belastet«, sage ich.

»Mich belastet es nur, wenn du dir zu viele Gedanken darüber machst«, erklärt er und lächelt aufmunternd. »Wir lernen einander gerade erst kennen. Es geht um dich und mich und nicht darum, was in der Vergangenheit passiert ist. Du musst dir deswegen keine Sorgen machen. Ich verspreche dir, dich so zu behandeln, wie du es verdienst.«

Wenn ich einem Mann zutraue, dieses Versprechen zu halten, dann ist es Marcel. Ein Blick in seine Augen versichert mir, dass er seine Worte ernst meint. Vielleicht habe ich ihn zu schnell in meine Schablonen pressen wollen. Langsam nicke ich, auch wenn es mir nicht leichtfällt. Außerdem habe ich schon lange niemandem mehr rückhaltlos vertrauen können.

»Ich werde mein Glück bei dir nicht verspielen, da kannst du dir sicher sein«, sagt Marcel, beugt sich vor und küsst mich. Momentelang liegen unsere Lippen aufeinander, ehe Marcel sich von mir löst und einen zarten Kuss auf meine Stirn haucht.

»Komm, lass uns weitergehen, bevor es zu kalt wird.«

Hinter dem Neptunbrunnen erhebt sich sanft der Gloriette-Hügel, eine breite Grünfläche, auf dem die berühmte Gloriette thront. Zwei Wege schlängeln sich links und rechts hinauf.

Marcel wechselt das Thema und erzählt von seiner Arbeit. Von Gebäuden, die er entworfen oder momentan in Planung hat. Dass die Budgetvorgaben seine Kreativität meistens sehr einschränken. Dass er sich deswegen lieber der Planung von Innenräumen widmet. Dabei hat er mehr Spielraum, ob es sich nun um Büros, Wohngebäude oder Lokale handelt.

Er erzählt von den Städten, die er bereist hat. Bei den Destinationen orientiert er sich nach Bauwerken, die er besichtigen will. Von New York bis Agra, wo er das Taj Mahal besuchte, ist er in beinahe jeder großen Stadt der Welt schon einmal gewesen. Er interessiert sich für alte und neue Architektur und schenkt Schlössern, Museen und Rathäusern dieselbe Aufmerksamkeit wie Stadien, U-Bahn-Stationen und Fast-Food-Restaurants.

Ich lausche fasziniert und überlege, wie es wohl wäre, mit ihm zusammen zu reisen.

Wir erreichen die Gloriette, ein Belvedere, das auf dem Schönbrunner Berg die Krönung der Anlage ist. Der verglaste, triumphbogenartige Mittelteil beherbergt ein Café, die Bögen der Außenflügel sind offen. Auf dem Dach, das als Aussichtsplattform dient, ragt die Statue eines Adlers mit ausgebreiteten Flügeln auf einer Weltkugel empor. Wir genießen den Blick auf die Stadt und das Areal. Auch von hier aus macht das Schloss Schönbrunn einen imposanten Eindruck.

Marcel schlingt seine Arme von hinten um mich und sieht über meine Schulter hinweg auf Wien. Es fühlt sich gut an, in seiner Umarmung zu stehen, ich genieße den Moment.

Auf dem Weg hier hinauf hat Marcel mir so spannende Geschichten über architektonische Meisterwerke aus der ganzen Welt erzählt, dass auch ich ihm etwas Interessantes erzählen will. Ich zeige in die Ferne neben das Schloss.

»Dort drüben ist die Orangerie, ein Garten und Gewächshaus für exotische Pflanzen.«

Marcel lacht leise und küsst mein Ohr.

»Ich weiß, was eine Orangerie ist.«

Natürlich weiß er das. Aber darauf will ich gar nicht hinaus.

»Kaiserin Maria Theresia erhielt zu ihrer Vermählung anno 1736 vom osmanischen Sultan ein Myrtenbäumchen. Es steht nun seit über 280 Jahren in der Orangerie und gedeiht noch immer.«

»Beeindruckend.« Marcel vergräbt seine Nase in meinem Haar. »Woher weißt du das?«

»Das weiß man als Floristin.«

Und als Romantikerin. Ich lächle ihn von der Seite an und sage: »Lass uns weitergehen. Mir wird kalt.«

Marcel legt seinen Arm wieder um mich, und wir gehen in Richtung Tirolergarten, wo man sich für einen Moment lang wirklich fühlt wie irgendwo in

Tirol und nicht mitten in Wien, zwischen hohen alten Bäumen, mit dem urigen Tiroler Bauernhaus und der dazugehörigen Gaststätte.

»Was ist dein größtes Ziel als Architekt? Gibt es etwas, was du unbedingt einmal bauen willst?«, frage ich irgendwann.

Ich weiß jetzt, dass er gerne über seine Arbeit spricht.

»Ein Haus«, antwortet er prompt. »Ein Haus für meine Familie und mich. Mit einer riesigen Wohnküche, einem Kamin und einem Garten, in dem Kinder spielen können.«

Mit einer solch bodenständigen Antwort habe ich überhaupt nicht gerechnet.

»Klingt schön«, flüstere ich und schmiege mich an ihn.

Zwischen den vielen Leuten, die hier spazierengehen, kommt uns ein Jogger entgegen. Marcel spricht gerade von dem Wintergarten, den er bepflanzen wolle, und von der Terrasse, auf der man laue Sommerabende verbringen werde.

Plötzlich läuft der Jogger rückwärts neben uns her.

»Rita?«

Erst jetzt schaue ich genau hin, und Marcel unterbricht seine Erzählung.

Der Jogger schiebt die Kapuze seiner dunkelblauen Sweatjacke zurück. Es ist Rene, der mich verschwitzt angrinst.

»Was machst du denn hier?«, frage ich unfreundlich.

Ich kann nicht anders. Seit zwei Tagen wohnt Rene

in meiner Wohnung. Zwei Tage, in denen wir kein Wort miteinander gesprochen haben. Morgens verlasse ich mein Zimmer angezogen, verschwinde im Bad und frühstücke anschließend ein Stockwerk tiefer in meinem Laden. Ich habe keine Lust, mit Rene am Frühstückstisch zu sitzen. Ich will mich weder mit ihm unterhalten, noch will ich wissen, warum er morgens um sieben noch nicht aus dem Haus ist.

»Ein herrlicher Tag, oder?«

Er sieht nur mich an, Marcel ignoriert er.

Warum joggt er nicht einfach? Der Tag ist keineswegs so herrlich. Ich nicke trotzdem.

»So ein Zufall, dass du auch hier bist.«

Ich werde allerdings das Gefühl nicht los, dass es kein Zufall ist.

»Ja, hier kann man ideal trainieren«, antwortet Rene lächelnd. Dann wendet er sich Marcel zu. Plötzlich verschwindet sein Lächeln, und er starrt Marcel mit zusammengezogenen Augenbrauen an.

»Kennen wir uns nicht?« Das ist keine Frage, sondern eine Feststellung.

»Nicht dass ich wüsste«, antwortet Marcel rau.

»Sicher? Ich meine, dein Gesicht kommt mir bekannt vor.«

Marcel lächelt schmallippig, gibt aber keine Antwort. Sekunden verstreichen, und es entsteht eine unangenehme Stille zwischen uns.

»Wahrscheinlich eine Verwechslung«, sagt Rene schließlich. Er beugt sich vor und gibt Marcel die Hand. »Ich bin Rene, Ritas Mitbewohner.«

»Marcel.«

»Jetzt übertreib mal nicht!«, mische ich mich ein.

Was heißt hier Mitbewohner? Das klingt ja so, als würden wir einvernehmlich zusammenwohnen.

Rene übergeht meinen Einwurf.

»Das ist also der Typ, der dich vor dem Singletisch retten soll?«, fragt er und mustert Marcel abschätzig.

Was hat er gerade gesagt? Ich fasse es nicht! Meine Wangen werden ganz heiß, und ich bin kurz davor, Rene so fest ich kann zwischen die Beine zu treten.

»Woher weißt du denn davon?«, zische ich mit angespanntem Kiefer.

»Clemens hat's mir erzählt«, antwortet Rene unbekümmert.

»So? Hat er das?«

Ich weiß nicht, wen ich zuerst erwürgen will, Rene oder meinen Bruder.

»Tja, bei deinen vielen Blind Dates ist ja leider nichts herausgekommen.«

Rene lacht fröhlich.

Also gut, er ist der Erste. Ich bin kurz davor, ihm an die Kehle zu springen. Warum zum Teufel erzählt Clemens ihm so etwas?

»Viel Spaß noch bei deinem Training«, knurre ich und platze innerlich fast vor Wut.

Ich ziehe Marcel einfach weiter.

Ein paar Schritte lang gehen wir schweigend nebeneinander her, bis Marcel sich räuspert und meint:

»Ich dachte, du wohnst mit deinem Bruder zusammen?«

»Ja, tue ich auch«, antworte ich und widerstehe dem Drang, mich noch einmal nach Rene umzudrehen.

»Ich habe dir doch erzählt, dass mein Bruder Eishockeyspieler ist. Rene ist sein Teamkollege. Er musste von heute auf morgen aus seiner alten Wohnung raus und kann erst im September in die neue einziehen. Bis dahin wohnt er bei uns.«

Wenn ich zwischenzeitlich nicht wegen Totschlags festgenommen werde.

Marcel schaut nicht gerade erfreut drein.

»Tut mir leid«, füge ich hinzu, auch wenn ich nicht genau weiß, wofür ich mich entschuldige.

»Schon gut. Muss dir doch nicht leidtun«, sagt Marcel mit einem Lächeln, das ein wenig gezwungen wirkt.

Wieder schweigen wir eine Weile, während wir weitergehen. Die Stimmung zwischen uns ist auf einmal eigenartig.

Noch eigenartiger ist, wie Rene vorhin auf Marcel reagiert hat. Er schien felsenfest davon überzeugt zu sein, Marcel schon einmal gesehen zu haben.

»Woher könnte Rene dich kennen?«, frage ich, aus Neugierde und um das Schweigen zu brechen.

Natürlich glaube ich Marcel, wenn er sagt, dass es ein Missverständnis sein muss, aber vielleicht ist ja doch etwas dran.

»Keine Ahnung«, antwortet Marcel gelassen. »Gelegentlich halte ich Vorträge an der Uni und bin bei Spatenstichen und Eröffnungen neuer Gebäude anwesend. Da sind dann immer sehr viele Menschen, deren Gesichter ich mir nicht alle merken kann.«

Das klingt plausibel. Ich kann mir auch nicht die

Gesichter aller meiner Kunden merken. Manche erkenne ich wieder, andere nicht. Das ist normal.

Wir biegen von dem breiten Weg ab auf einen schmaleren, der durch den Wald zurück zum Neptunbrunnen führt.

»Wenn dir die Wohngemeinschaft mit den beiden Herren einmal zu viel werden sollte«, sagt Marcel und legt seinen Arm wieder um mich, »kannst du jederzeit zu mir kommen.«

Das klingt verlockend.

»Aber dann hätte ich einen ziemlich weiten Weg zur Arbeit.«

»Na ja, früher oder später wirst du dich eh daran gewöhnen müssen, oder?«

Auch wenn das eine aufregende Vorstellung ist, wird mir mulmig. Ich habe mein Leben lang in unserer Wohnung über dem Geschäft gewohnt und immer gedacht, dass Clemens irgendwann auszieht und sie mir überlässt.

»Ja, vielleicht«, antworte ich vage.

* * *

Als ich nach unserem Spaziergang ins Geschäft zurückkomme, biete ich Erik an, heute früher Schluss zu machen. Natürlich lässt er sich das nicht zweimal sagen. Die letzten beiden Stunden der Öffnungszeit vergehen wie im Flug. Kundschaft und Arbeit lenken mich ab, sodass ich nicht länger herumgrübeln muss.

Erst als ich den Laden schließe und hinauf in meine Wohnung gehe, kehrt die Wut über Rene zurück. Wie kann er mich vor Marcel nur so bloßstellen? Und das, obwohl er gegen mein Einverständnis in meiner Wohnung wohnt.

Ich werfe meine Schlüssel auf die Kommode, streife die Schuhe ab und gehe schnurstracks in die Küche, wo Rene sitzt und einen Apfel isst.

»Was hast du dir dabei gedacht?«, platze ich voller Zorn heraus.

»Wobei?«, fragt Rene mit einer Gelassenheit, die mich noch mehr in Aufruhr versetzt.

»Du weißt genau, was ich meine. Warum bist du nicht einfach an uns vorbeigelaufen?«

»Wäre das nicht echt unhöflich gewesen?«

Rene beißt genüsslich in seinen Apfel. Mit dem Handrücken wischt er langsam über seine Unterlippe. Das sieht sexy aus, und ich bin sicher, er weiß es. Aber falls er sich einbildet, das würde mich anmachen, hat er sich gewaltig geschnitten.

»Du hast mich absichtlich vor Marcel blamiert.«

»Nein. Es tut mir leid, wenn du das glaubst.«

Er lehnt sich lässig zurück und mustert mich interessiert.

»So sieht also dein Freund aus?«, fragt er. »Etwas spießig, findest du nicht? Lass mich raten. Steuerberater? Bankangestellter?«

Ich zittere vor Wut. Will dieser Scheißkerl sich etwa über Marcel lustig machen? Ich zwinge mich, ruhiger zu atmen, und beantworte seine blöden Fragen: »Ja. Nein. Weder noch. Er ist Architekt.«

»Ach ja?« Rene tut überrascht. »Architekten sollen ja ziemlich eingebildete Schlappschwänze sein, habe ich gehört.«

»Eishockeyspielerweisheit? Na servus!«, blaffe ich zurück.

»Meine Schwester war ein paar Jahre mit einem zusammen. Sie ging arbeiten, während er studierte und sich von ihr durchfüttern ließ. Sie hat ihn dabei unterstützt, Karriere zu machen, und als er erfolgreich war, hat er sie von heute auf morgen sitzen gelassen.«

Daher also seine Abneigung gegen diesen Beruf.

»Das tut mir leid für deine Schwester, aber deshalb kannst du ja nicht alle Architekten über einen Kamm scheren.«

»Vielleicht nicht. Vielleicht aber doch.« Rene zuckt mit den Schultern. »Und weißt du, was dieser Arsch als Nächstes gemacht hat?«

Natürlich nicht, und es interessiert mich auch gar nicht.

Doch bevor ich antworten kann, spricht Rene schon weiter.

»Keine zwei Monate später hat er eine andere Frau geheiratet. Einfach so.«

»Na schön, dann war der Typ ein Idiot. Aber deshalb kann man trotzdem nicht auf eine ganze Berufsgruppe schließen.«

Ich bin nicht einmal sicher, ob ich Rene diese Geschichte glauben soll. Vielleicht will er Marcel einfach schlechtmachen. Bei Gelegenheit frage ich Clemens, ob Rene eine Schwester hat.

Rene sagt nichts mehr, sondern steht auf und wirft das Kerngehäuse in den Mistkübel. Dann bleibt er dicht vor mir stehen, sieht mich an und sagt leise: »Ich will dich nur warnen.«

Plötzlich ist es, als würde die Zeit stillstehen. Wie paralysiert starre ich in das Blau seiner Augen. Nur wenige Zentimeter trennen unsere Gesichter. Sein warmer Atem streicht über meine Haut und meine Lippen, die zu kribbeln beginnen.

Sein Blick wandert zu meinem Mund. Er schluckt hart. Dann öffnen sich seine verführerischen Lippen, und er beugt sich langsam tiefer zu mir hinunter.

Mein Herz hämmert so sehr, dass ich glaube, es hören zu können. Stopp! Ich muss das hier sofort beenden. Es ist nicht richtig.

»Es wäre besser, wenn du nicht hier wohnen würdest.« Ich will überzeugend klingen, bringe aber nur ein heiseres Flüstern heraus.

»Willst du das?«, fragt Rene ebenso leise und kommt mir näher. Unsere Körper berühren sich jetzt fast.

Ich muss mein Kinn anheben, um ihm noch in die Augen sehen zu können.

»Oder will er das?«

Marcel? Wieso sollte er das wollen? Und was geht es Rene überhaupt an? Ich lasse mich von ihm nicht dazu verleiten, Marcel oder mich zu verteidigen.

»Es ist besser, wenn wir uns aus dem Weg gehen«, sage ich.

Ich wende mich ab und bin im Begriff hinauszugehen, als seine warme Hand mein Handgelenk umfasst. Erschrocken halte ich die Luft an. Meine Vernunft sagt, dass ich mich sofort losreißen und aus der Küche gehen sollte, aber meine Beine bewegen sich um keinen Millimeter.

»Vielleicht wäre es besser, wenn wir gerade das nicht tun.«

Ich hebe meinen Blick wieder und sehe ihn an. Rene legt seine freie Hand sanft an meine Wange. Und ich? Ich lasse diese warme Berührung einfach zu. Seine Hand gleitet hinter mein Ohr, streicht mir übers Haar und zieht dann langsam das Haarband ab.

»So gefallen sie mir am besten«, flüstert er.

Sein Griff um mein Handgelenk lockert sich. Ich halte den Atem an. Seine Hand gleitet über den Stoff meines Cardigans immer weiter hinauf. Seine Finger schieben sich unter mein Haar, umfassen meinen Nacken, er zieht mich ganz nah zu sich heran und beugt sich langsam zu mir hinunter.

Fast automatisch öffnen sich meine Lippen, und er lächelt. Jungenhaft und unglaublich sexy. Seine Unterlippe berührt meine, weich und verführerisch ...

In dem Moment komme ich zur Besinnung. Marcels Gesicht schiebt sich vor Renes, und ich rücke fast unmerklich von Rene ab. Nein. Es geht nicht. Ich darf Marcel nicht antun, was mich umgekehrt zutiefst kränken würde.

Rene löst sich von mir und sieht mich ruhig an.

»Ich kann das nicht«, murmle ich.

Rene nickt und weicht einen Schritt zurück.

»Es ist noch nicht vorbei«, sagt er leise.

Das klingt nicht wie eine Drohung, sondern vielmehr wie ein Versprechen. Ein bittersüßes und aufregendes Versprechen.

Ich muss hier raus, denke ich, bevor ich meine Entscheidung bereue.

Ohne ein Wort stürze ich aus der Küche und flüchte in mein Zimmer. Mein Herz rast, als ich mich aufs Bett fallen lasse.

Es ist noch nicht vorbei, hallt seine Stimme in meinem Kopf wider.

Ist es das wirklich noch nicht?

* * *

In fünf Minuten muss ich in der alten Schneiderei in einer Seitengasse der Mariahilfer Straße sein. Klara hat einen Besichtigungstermin vereinbart und will, dass ich sie begleite. Ich hole Jacke und Handtasche aus dem hinteren Geschäftsraum und quetsche mich an den Handwerkern vorbei, die seit über einer Stunde versuchen, Eriks Anweisungen entsprechend die antike Badewanne im Geschäft zu positionieren. Während meine Oma eine Kundin bedient, tüftelt Erik an der perfekten Ausrichtung der Wanne.

»Wenn du wiederkommst, sind wir fertig. Ich versprech's!«

Er haucht einen Luftkuss durch den Raum und wendet sich wieder den Männern zu, die das schwere Teil ächzend hin- und herrücken. Ich bin nicht sicher, ob Erik tatsächlich so perfektionistisch ist, oder ob er vor allem den Anblick der muskulösen, schon etwas verschwitzten beiden Männer genießt. Keine Ahnung, wo er sie überhaupt aufgetrieben hat.

Es ist Freitagnachmittag, und ich stürze mich in das Gewusel auf der Mariahilfer Straße. Im Laufen Richtung Westbahnhof ziehe ich den Reißverschluss meiner Jacke zu und ziehe meinen Pferdeschwanz fester.

Seit Rene gesagt hat, dass ihm meine offenen Haare besser gefallen, habe ich beschlossen, sie vorläufig nur noch zusammenzubinden. Was ohnehin praktischer ist. Und er soll ja nicht denken, seine Meinung sei mir wichtig. Ist sie nicht.

So sehr ich mich auch bemühe, die Szene in der Küche zu vergessen – sie geht mir nicht mehr aus dem Kopf. Renes Berührungen, seine blauen Augen und dieser verführerische Mund, den bestimmt schon unzählige Frauen geküsst haben. Ich will nicht eine unter vielen auf seiner Liste sein.

Vor allem gibt es Marcel, der mir viel mehr bieten kann als ein flüchtiges Abenteuer im Bett, vielleicht sogar eine Zukunft, von der ich immer geträumt habe.

So in meine Gedanken versunken ist mir gar nicht aufgefallen, wie schnell ich gegangen bin, und ich biege in die Seitengasse zur alten Schneiderei ein. Die Fassade ist frisch gestrichen, in einem Babyblau mit weißer Umrahmung um das Schaufenster und die gläserne Eingangstür herum. Darüber erinnern mehrere Löcher an das Schild des Geschäfts, das hier vorher drinnen war. Bald könnte hier der Name von Klaras Rollschuhladen prangen.

Die Schaufenster sind von innen mit Papier zugeklebt. Nur das obere Viertel ist frei, vermutlich um etwas Licht hineinzulassen.

Ich drücke die Eingangstür auf und trete in das Geschäft ein, in dem ich als Kind einige Male mit meiner Mutter gewesen bin. Schon damals kam mir die Schneiderin uralt vor, doch sie hat noch bis vor wenigen Monaten hier gearbeitet. Danach ließ der Hausbesitzer den Laden komplett renovieren, und jetzt wird er wieder zur Vermietung angeboten.

Als ich davon erfuhr, habe ich Klara sofort Bescheid gesagt. Die Lage des Geschäfts ist hervorragend, ohne dass die Miete so hoch ist wie direkt an der Einkaufsstraße.

Nicht viel erinnert mehr an die alte Schneiderei. Die Inneneinrichtung wurde komplett entfernt. Wo früher die riesige Arbeitsfläche der Schneidermeisterin war, erinnert nur noch ein heller Fleck auf dem Holzfußboden daran.

»Frau Apfelthaler?«

Ein junger Mann mit Hemd und Krawatte kommt aus dem hinteren Bereich des Ladens und gibt mir die Hand.

»Nein, Kainz, Rita Kainz, ich bin Klaras Freundin«, erkläre ich. »Ich begleite sie zur Besichtigung.«

»Vier Augen sehen immer mehr als zwei«, sagt er lächelnd.

Im selben Moment stürzt auch schon Klara herein. Ihren wilden roten Schopf hat sie mit einer Spange am Hinterkopf zusammengeklemmt. Sie trägt einen Parka, weite Baggy Pants und schwarze Chucks mit kleinen Totenköpfen darauf. Ich hätte Klara für dieses Treffen eigentlich zu etwas Dezenterem geraten. Aber so ist sie eben, und ich finde das im Grunde ja liebenswert.

»Da bin ich!«

Klara schüttelt dem Vermieter strahlend die Hand und ignoriert seinen etwas irritierten Gesichtsausdruck. »Die U-Bahn war mal wieder brechend voll, und es dauerte ewig, bis ich aus der Station raus war.« Sie zwinkert mir zu, ehe sie sich neugierig der Besichtigung widmet. »Wow! Das sieht ja klasse aus!«

Der Besitzer schaut leicht verunsichert zu mir, doch ich nicke ihm nur freundlich zu. Wenn er Klara das Lokal vermieten will, sollte er sich daran gewöhnen.

»Der Verkaufsraum ist dreißig Quadratmeter groß«, erklärt der Mann. »Das hier ist nur eine Rigipswand.« Er klopft dagegen, und es klingt hohl. »Man kann sie problemlos entfernen und den Raum um weitere zehn Quadratmeter vergrößern. Wir haben sie erst mal gelassen, falls der Nachmieter sie behalten will.«

Klara wirft einen Blick in das Kämmerchen hinter der Rigipswand. Dann tritt sie ein paar Schritte zurück und lässt ihren Blick durch den Raum schweifen.

»Ja, damit lässt sich etwas anfangen. Auf jeden Fall.«

Natürlich hätte sie am liebsten einen zweihundert Quadratmeter großen Verkaufsraum. Hier sollen ja eine Rennbahn und ein kleiner Skaterpark mit Rampen und einer Halfpipe aufgebaut werden, damit Klaras Kunden die Rollschuhe sofort ausprobieren können. Aber für den Anfang sieht es hier wirklich nicht schlecht aus.

»Hinten haben Sie noch ein kleines Büro und einen Lagerraum. Dort stehen Ihnen fünfundzwanzig Quadratmeter Stauraum zur Verfügung.«

Der Mann öffnet eine Tür im hinteren Bereich des Verkaufsraums und lässt Klara und mir den Vortritt.

Das Büro ist klein, aber ein Schreibtisch und ein paar Regale passen hinein. Vom Büro aus gelangt man in das Lager, einen großen Raum, der mit einer Feuerschutztür gesichert ist.

»Und wo geht es da hin?« Klara zeigt auf ein Tor am anderen Ende des Lagerraums.

»Ich zeige es Ihnen.«

Der Besitzer schiebt sich an uns vorbei, legt einen Hebel um und drückt das Tor auf. Wir betreten einen relativ großen asphaltierten Innenhof. An zwei Seiten parken Autos, die wahrscheinlich Leuten aus dem Haus gehören. Gegenüber von uns ist die breite Einfahrt. In der Ecke hinter einer etwas verwahrlosten Hecke stehen Mülltonnen.

»Wochentags zwischen acht und siebzehn Uhr dürfen Ihre Lieferanten diese Zufahrt nutzen.«

»Wie praktisch!« Klara nickt zufrieden und sieht sich in dem Hof um.

»Angenommen, Kunden von Klara möchten die Rollschuhe testen, könnten sie möglicherweise diesen Hof dazu nutzen?«, frage ich den Vermieter vorsichtig.

»Eine großartige Idee!«, ruft Klara begeistert aus und sieht mich dankbar an. Ich versuche noch, sie mit einem unauffälligen Kopfnicken in ihrem Elan zu bremsen, doch sie ist schon in ihrem Fahrwasser: »Wir könnten eine Halfpipe zwischen den Autos aufstellen und links und rechts davon Rampen und Geländer.«

Der Vermieter jedoch lacht amüsiert.

»Sie können gerne eine Runde im Hof drehen«, sagt er, »aber Halfpipes, Rampen oder Ähnliches gehen leider nicht.«

Nett, dass er so gelassen reagiert, denke ich, auch wenn Klara etwas enttäuscht ist.

»Nur müssten Sie bitte darauf achten, dass es kein zu großes Ausmaß annimmt und dass keine Lärmbelästigung für die Hausbewohner entsteht.«

»Das klingt doch sehr vernünftig«, sage ich schnell und werfe Klara einen Blick zu, der sie davon abhalten soll, es sich mit dem Vermieter zu verscherzen. Sein Angebot ist wirklich großzügig.

»Ist gut, ja.« Klara geht in den Lagerraum zurück. »Ich möchte mir noch einmal den Verkaufsraum ansehen.«

Der Mann und ich folgen ihr.

»Steigen Sie auch in das Unternehmen ein?«, fragt er mich und zieht das Metalltor hinter sich zu.

»Nein, nein, ich stehe ihr nur zur Seite, wenn sie mich braucht.«

»Das ist bestimmt eine gute Idee.«

Eine knappe Stunde später sind wir wieder draußen. Der Vermieter und Klara haben noch ein paar Details besprochen und sich darauf geeinigt, dass er auf seine Kosten die Gipswand entfernt und den Holzboden schleifen und versiegeln lässt. Klara übernimmt dafür die Malerarbeiten, die sie ohnehin gern macht.

»Als Dank würde ich dich gern einladen, auf einen

Kaffee, wenn du magst?«, sagt Klara, als wir auf die Mariahilfer Straße kommen.

»Ich muss leider zurück ins Geschäft«, antworte ich, »die Badewanne ist gebracht worden und muss platziert werden.«

Ich muss grinsen. Hoffentlich hat Erik sich an seinen beiden Helfern sattgesehen und ist endlich mit dem Hin- und Hergerücke fertig. Wir wollen die Wanne vor Muttertag bepflanzen und entsprechend dekorieren.

»Wir können uns beim Starbucks einen Coffee-to-go holen und ihn bei dir im Laden trinken.«

»Okay, das passt.«

»Ich finde es ja immer noch schade, dass du kein Interesse an Philipp hast«, sagt Klara und hält mir die Tür vom Starbucks auf.

Es ist ziemlich voll, alle Tische sind besetzt und an der Theke warten etliche Leute auf ihre Bestellung.

»Klara, ganz ehrlich, es wundert mich, dass du diesen Typen für mich ausgesucht hast. Du kennst mich doch schon so lange ...«

Ich stehe hinter einem jungen Mann mit penibel gestutztem Vollbart, dicken Brillengläsern und hellgrauer Beaniemütze. Über seine Schulter hinweg überfliege ich die angebotenen Kaffeesorten. Schon jetzt verliere ich jegliche Übersicht. Vergeblich suche ich nach den klassischen Begriffen wie Melange, Verlängerter oder Großer Brauner. Kein Vergleich mit den traditionellen Wiener Kaffeehäusern.

»Und du hast jetzt etwas mit diesem Marcel?«, fragt Klara, die erst gar nicht an die Tafel schaut.

»Wir haben uns ein paar Mal getroffen«, antworte ich ausweichend.

Tall, Grande, Venti – wie soll man sich bei diesen Größenangaben auskennen?

»Und? Ist er der Richtige?«

»Könnte sein.«

Die Schlange vor uns schrumpft, und wir nähern uns der Theke.

»Hab ich's dir nicht gesagt? Der Richtige kommt, wenn du es am wenigsten erwartest.«

»Der Falsche aber auch«, antworte ich. »Ich weiß immer noch nicht, wie ich es mit diesem Rene vier Monate aushalten soll!«

»Der Typ, mit dem du dich auf der Party unterhalten hast, stimmt's?«

Als ich nicke, sagt Klara mit einem Schulterzucken: »Na wenigstens sieht der ja ganz gut aus.«

Ganz gut … Am liebsten würde ich ihr alles erzählen, und auch, warum ich Rene lieber heute als morgen aus meiner Wohnung raushätte, aber ich schaff's nicht. Ich kann's nicht zugeben, nicht mal meiner besten Freundin gegenüber.

Endlich sind wir dran. Klara gibt die Bestellung für uns beide auf. An dem Ausgabetisch, wo man auf die fertigen Getränke wartet, bedanke ich mich für ihre Einladung.

»Ach was, ich muss dir danken!«, sagt Klara, »ohne deine Hilfe wäre ich doch aufgeschmissen.«

Das bezweifle ich. Klara ist Lebenskünstlerin und weiß sich immer zu helfen. Mit mir oder ohne mich.

»Wenn du willst, frage ich Marcel, ob er dir bei der

Inneneinrichtung helfen kann«, schlage ich vor. »Sein Spezialgebiet ist Interior Design. Vielleicht hat er ein paar gute Tipps für deinen Laden.«

»Ja klar! Ich will ihn sowieso mal kennenlernen.«

»Rita und Karla?« Eine Mitarbeiterin stellt zwei Pappbecher auf die Anrichte.

Klara nimmt sie dankend entgegen und gibt mir den Cappuccino.

Wir gehen nach draußen.

Ich öffne den Deckel meines Bechers und blase sanft auf die Crema meines Cappuccinos.

»Hat die dich gerade Karla genannt?«, frage ich.

»Ja, das machen sie hier immer so«, erklärt Klara. »Angeblich schreiben sie die Namen absichtlich falsch. Manche finden das witzig, machen ein Foto davon und posten das dann in der Weltgeschichte herum.«

Ich nippe an meinem Kaffee und sehe Klara verständnislos an.

»Und wozu soll das gut sein?«

»Gratiswerbung natürlich.«

Wir gehen hinüber zu *Ritas Blütenzauber.*

Klara öffnet die Ladentür und bleibt so abrupt stehen, dass ich mit meinem heißen Becher in der Hand fast in sie hineinlaufe.

»O Mann! Wie geil ist das denn?«, ruft Klara begeistert aus.

Meine Oma, die gerade eine Frau mit Tochter im Teenageralter bedient, wirft ihr einen strengen Blick zu.

»Ich wusste, es gefällt dir!«

Erik kommt mit Handschuhen aus dem hinteren Raum gelaufen. Er strahlt Klara an und betrachtet

dann sein Meisterwerk, das aus einer leeren Badewanne mitten in meinem Laden besteht.

»Ehrlich gesagt«, sage ich, mäßig begeistert, »es
sieht so aus, als würden wir entrümpeln ...«

»Ich bin schon dabei, das zu ändern«, verspricht
Erik, während Klara in die Wanne steigt.

* * *

Als ich die Tür zu *Ritas Blütenzauber* öffne, stehen
schon Kunden auf der Straße, um rechtzeitig einen
Blumenstrauß zu ergattern. Sie stürmen den Verkaufsraum, als gäbe es kein Morgen, wenn sie nicht
den schönsten und größten und taufrischesten Strauß
bekommen.

Schon in den vergangenen Tagen kam mehr Kundschaft als sonst, aber die meisten kommen natürlich
wie immer am Muttertag selbst. Erik, meine Oma
und ich haben schon die ganze Woche auf Hochtouren gearbeitet. Alles, was nicht muttertagstauglich
war, wurde im Lager verstaut und jede freie Stelle im
Laden mit frischen Schnittblumen zugestellt. Auf dem
einen Tisch stehen bunte Töpfe mit blühenden Pflanzen, auf einem anderen Blumenzwiebeln im Glas. Die
sind jedes Jahr zuerst vergriffen.

Ich habe eckige Glasvasen bestellt und von einer
Gärtnerei Tulpen, Hyazinthen und Narzissen in allen
Farben vorziehen lassen. In bunten Kies eingebettet
sind sie ein Blickfang in jeder Wohnung – und ein ide-
ales Geschenk.

Meine Finger sind vom vielen Blumenbinden wund,
aber das gehört nun mal zu meinem Job. Im Akkord

haben wir Blumen von Blättern und Dornen befreit und Buketts in den unterschiedlichsten Größen gebunden. Die meisten Leute wollen nur schnell ein Arrangement auswählen und wieder gehen. Die vorgefertigten Sträuße sparen uns allen eine Menge Zeit.

»Ich hole noch Gläser«, sagt Erik und nickt zu den Blumenzwiebeln. Die Hyazinthen sind zur Gänze und die Narzissen fast vergriffen.

Zu dritt haben wir alles im Griff und können die Kunden genauso schnell bedienen, wie sie im Laden eintrudeln. Während ich die Blumen in Papier einschlage, macht meine Oma die Kasse.

Alles läuft wie am Schnürchen, bis plötzlich ein lautes Scheppern und Klirren aus dem hinteren Raum kommt. Dann hören wir einen Fluch, der nicht jugendfrei ist. Meine Großmutter und ich wechseln einen besorgten Blick.

»Schau zu ihm, ich mach' das hier schon«, sagt sie.

Ich eile ins Lager. Erik steht vor dem Waschbecken und hält seine Hand unter den Wasserhahn. Das weiße Becken färbt sich wässrig rot.

»Heilige Scheiße!«

Ich beiße mir sofort auf die Zunge, denn die Kunden draußen können uns ja hören. Dann wate ich durch einen enormen Scherbenhaufen zu Erik und reiche ihm ein sauberes Tuch.

»Ist es sehr schlimm?«

»Ich fürchte schon«, presst Erik mit schmerzverzerrtem Gesicht hervor.

»Lass mal sehen!«

Ich weiß, wie wehleidig Erik ist, aber mit einer

Schnittwunde ist nicht zu spaßen. Er zieht seine zitternde Hand aus dem Wasserstrahl. Eine zentimeterlange Wunde klafft in seiner Handinnenfläche. Sofort sprudelt wieder dunkelrotes Blut hervor und tropft seine Hand hinunter ins Waschbecken.

Zum Glück habe ich kein Problem damit, Blut zu sehen, wahrscheinlich weil ich schon als Kind daran gewöhnt wurde, Eishockeyspieler mit Platzwunden und ausgeschlagenen Zähnen zu sehen.

»Das muss genäht werden.«

»Aber erst am Abend.«

Erik presst die Lippen fest aufeinander, als das Wasser erneut seine Wunde reinigt.

»Bei drei nimmst du die Hand heraus, und ich wickle dir das Tuch herum. Also. Eins, zwei, drei!«

Kaum hat Erik seine Hand zurückgezogen, presse ich den weißen Stoff auf die Wunde. Mit einem festen Knoten fixiere ich die umwickelten Enden, hebe seine Hand vorsichtig hoch und lege sie auf seine Brust.

»Setz dich hin, ich hole Clemens. Er soll dich ins Krankenhaus fahren.«

»Ich kann doch die U-Bahn nehmen«, sagt Erik tapfer, doch das wäre jetzt das Letzte, was ich ihm zumuten würde.

Durch die Hintertür stürme ich in das Stiegenhaus und renne hinauf in der ersten Stock. Mit zitternden Fingern sperre ich die Wohnungstür auf.

»Clemens!«

Meine Stimme hallt durch die Wohnung.

»Clemens!«

Nur in Boxershorts und völlig verschlafen kommt mein Bruder aus seinem Zimmer. Wahrscheinlich schlummert in seinem Zimmer auch noch die Dame der letzten Nacht. Muttertag hat für Clemens keinerlei Bedeutung. Er muss weder arbeiten, noch hat er eine Mutter.

»Zieh dich an, schnell, du musst Erik ins Spital bringen. Er hat sich die Hand aufgeschnitten.«

Sekundenlang steht Clemens blinzelnd vor mir und reibt sich die Augen. Dann ist er mit einem Satz in seinem Zimmer, zieht sich an und schnappt den Autoschlüssel.

»Alles okay?«

Rene ist aus der Küche gekommen und sieht uns verwirrt an. Auch er steckt noch in Jogginghosen und einem lockeren Shirt, in der Hand ein Häferl Kaffee, das eigentlich mir gehört. Klar, für die beiden ist heute ein ganz normaler Sonntag, an dem man nicht vor zehn Uhr aufstehen muss. Ich hingegen muss schleunigst in den Laden zurück, um dort ein Chaos zu verhindern.

»Nichts ist okay«, fauche ich ihn an. Ich muss einfach Dampf ablassen. »Wenn Erik ausfällt, sind wir nur zu zweit und heute ist Muttertag und …«

»Komm jetzt!«

Clemens ignoriert meinen kleinen Nervenzusammenbruch und schiebt mich zur Tür hinaus. Er steigt barfuß in seine Sneakers und zieht die Wohnungstür hinter uns zu.

»Wenn ich zurück bin, helfe ich dir im Laden.«

Erik, der sonst eine gesunde Gesichtsfarbe hat, ist

ganz blass, als wir eintreffen. Ein Lächeln huscht über seine Lippen, als er Clemens sieht. Ich weiß, dass er meinen Bruder anhimmelt und supersexy findet, was ich leider absolut nicht nachvollziehen kann.

»Ich kümmere mich um ihn«, sagt Clemens.

Er schubst mich sanft in Richtung Verkaufsraum und wendet sich Erik zu.

»Dann mal los, Großer!«

Meine Großmutter tippt trotz ihres Alters mit flinken Fingern die Preise in die Registrierkasse ein. Sofort nehme ich die Blumen des nächsten Kunden entgegen und wickle sie ein. Mein Geschäft ist in der Zwischenzeit brechend voll geworden, einige Leute schauen sich unsere Angebote an, doch vor der Kasse hat sich bereits eine lange Schlange gebildet. Manche Kunden sind spürbar ungeduldig. So schnell ich kann, wickle ich die Ware in Papier und nenne meiner Großmutter die jeweilige Summe, die gezahlt werden muss.

»Haben Sie die Hyazinthen in den Gläsern auch noch in Rosa?«, fragt eine Frau, die sich neben die Warteschlange gestellt hat. »Meine Mutter liebt alles in Rosa, verstehen Sie?«

»Ich sehe sofort nach«, antworte ich und reiche einem Kunden den eingepackten Strauß.

»Kommen schon!«

Erschrocken fahre ich herum, als ich Renes Stimme hinter mir höre.

In einer großen Kiste bringt er mehrere Gläser mit Hyazinthen in verschiedenen Farben herein. Die Kundin, die danach gefragt hat, beginnt zu strahlen und nimmt ihm glücklich eine der Vasen ab. Der Nächste in der Schlange räuspert sich ärgerlich.

Verdattert schaue ich Rene nach. Behutsam stellt er die Gläser auf das richtige Regal und sortiert die Blumen nach Farben. Sogar eine der grünen Schürzen hat er sich umgebunden.

Während ich weiter verpacke, beobachte ich aus den Augenwinkeln, dass eine Kundin sich mit einem Topf Azaleen und einer Zwergrose an Rene wendet. Ich kann nicht verstehen, was er ihr erklärt, doch sie wirkt zufrieden und stellt sich mit den Azaleen in der Hand vor der Kasse an.

Irgendwann beruhigt sich die Lage im Blumenladen ein wenig. Während meine Oma an der Kasse bleibt, binde ich individuelle Sträuße für Kunden, und Rene kümmert sich um Nachschub. Wir haben noch kein Wort miteinander gesprochen, seit er uns zu Hilfe gekommen ist.

Als auf einmal nur noch drei Kunden im Geschäft sind, lasse ich Oma kurz alleine und gehe nach hinten. Rene steckt gerade frische Schnittblumen in einen Zinkkübel. Zu meiner großen Überraschung hat er sämtliche Glasscherben vom Boden aufgelesen und auch die kleinsten Splitter entsorgt.

»Es tut mir leid, dass ich vorhin so laut geworden bin«, sage ich betreten.

»Mach dir deswegen keinen Kopf.« Er winkt unbekümmert ab. »Ich bin von deinem Vater Schlimmeres gewöhnt.«

»Okay. Das glaube ich dir.« Ich muss lachen.

Im Vergleich zu Erik, der wahrscheinlich nicht mehr

als fünfzig Kilo auf die Waage bringt, sieht Rene mit der Schürze irgendwie süß, aber auch ein bisschen albern aus, denn der grüne Stoff bedeckt kaum seine breite Brust. Doch Schürze hin oder her: Man könnte fast glauben, Rene arbeite jeden Tag hier, so versiert, wie er sich zwischen den Blumen und Pflanzen bewegt.

»Du machst dich wirklich nicht schlecht«, stelle ich fest, um einen freundlicheren Ton bemüht.

»Ich habe ja nur die Pflänzchen von hinten nach vorne getragen«, entgegnet er mit einem bescheidenen Schulterzucken. Er hebt den Zinkkübel, in dem sich Tulpen, Rosen, Gerbera und Gladiolen in verschiedensten Farben mischen. »Ich schau' halt, wovon nicht mehr viel draußen ist, und hole Nachschub. Das ist keine große Sache.«

O doch, für mich ist das eine große Sache. Es ist absolut nicht selbstverständlich, dass er mir hier so spontan aushilft. Vielleicht ist er ja doch nicht der egomane Macho, für den ich ihn gehalten habe. Und wenn ich es recht bedenke: In den zwei Wochen, die er nun bei uns wohnt, hat er sich ruhig, ordentlich und hilfsbereit verhalten. Er hat – im Gegensatz zu Clemens – keine dreckige Wäsche herumliegen lassen und keine Frauen mit in unsere Wohnung geschleppt. Er füllt regelmäßig den Kühlschrank auf und räumt unaufgefordert die Spülmaschine aus und ein. Ich kann es drehen und wenden, wie ich will, aber Rene ist ein sehr viel angenehmerer Mitbewohner als Clemens.

»Ich habe gesehen, wie du vorhin die Kundin beraten hast.«

»Ach, ich habe ihr irgendetwas erzählt, und sie war zufrieden.«

Dabei weiß ich, dass die meisten Kundinnen sich nicht mit irgendwelchen Sprüchen abspeisen lassen, aber ich bohre nicht weiter nach.

»Du kannst also Rosen von Nelken unterscheiden?«, frage ich.

»Rosen, Nelken, Tulpen und Gänseblümchen, die kann ich.« Er grinst mich herausfordernd an.

»Wir verkaufen keine Gänseblümchen«, sage ich, auch wenn ich weiß, dass er scherzt. Immerhin, er kennt sogar Hyazinthen, anders als die meisten Männer.

»Das habe ich mitbekommen.«

Wieder sein Lächeln. Dieser Mund, diese Lippen üben eine Anziehungskraft auf mich aus, für die ich keine Erklärung habe, und ich spüre ein Flattern in der Magengegend.

»Ich muss wieder an die Arbeit«, sagt Rene mit einem Seitenblick auf die Schnittblumen. »Die gehören ins Wasser. Abgesehen davon will ich keinen Ärger mit meiner Chefin.«

»Solange du kein Honorar verlangst, drückt die bestimmt ein Auge zu.«

Rene schmunzelt und sieht mich an. Etwas zu vertraut und etwas zu lange. Mein Herz beginnt schneller zu schlagen.

Sein Lächeln hypnotisiert mich, und ich bleibe an seinen Lippen hängen.

»Ich weiß schon, welche Gegenleistung ich dafür erwarte«, sagt Rene plötzlich und reißt mich damit aus meiner Starre.

»Was denn?«

»Wirst du schon sehen.«

Mit diesen Worten und einem frechen Augenzwinkern schiebt er sich an mir vorbei und geht zurück in den Verkaufsraum.

»Hey, Rene!«, ruft meine Großmutter ihm zu. »Du könntest mir helfen, die Sträuße einzuwickeln.«

»Klar, wenn Sie mir zeigen, wie das geht?«

Rene ist höflich, fleißig und hilfsbereit. Nichts, womit ich jemals gerechnet hätte.

»Hallo, mein Schätzchen! Wie läuft's?«

Mein Vater kommt durch die Hintertür zu mir in das Lager.

»Frag nicht!« Ich gebe ihm einen Kuss auf die Wange und streiche mir die Haare hinter die Ohren. »Erik hat sich verletzt, und Clemens musste ihn ins Krankenhaus fahren.«

Er blickt an mir vorbei in den Verkaufsraum und zieht eine Grimasse.

»Steht Rene deswegen neben deiner Großmutter und trägt diese fürchterliche Schürze? Also dir und der Oma steht sie gut. Auch zu Erik passt sie. Aber so ein echter Mann wie Rene macht sich doch lächerlich damit.«

Da stimme ich ihm sogar zu, aber vor allem macht mir das klar, wer Rene ist. Einer von Papas Eishockeyspielern. Ein »echter Mann«, wie Papa es ausdrückt. Und mit dieser Kategorie Männer will ich nichts zu tun haben.

»Ich fahre zu deiner Mutter. Soll ich ihr etwas von dir mitnehmen?«

Seine Stimme hat wieder einen ernsten, leicht trau-
rigen Ton angenommen.

Ich nicke. Jedes Jahr am Muttertag kommt mein
Vater auf einen Sprung in meinen Laden, bevor er das
Grab meiner Mutter besucht. Ich hole einen Rhodo-
dendrenblütenkranz aus der Kühlzelle, den ich heute
Morgen gebunden habe. Er ist nicht besonders schön
geworden, weil die Blüten sich eigentlich nicht zum
Binden eignen, doch die Bedeutung der Rhododend-
ren ist umso schöner.

Wann sehen wir uns wieder?

»Der ist sehr hübsch, Schätzchen.«

Mein Vater mustert die rosa Blüten und versucht
zu lächeln.

Ich wende mich ab und hole ein Glas mit einer blau-
en Hyazinthe.

»Gib diese hier Tanja von mir, okay?«

Ich will, dass auch sie etwas am Muttertag bekommt. Sie hat keine eigenen Kinder, ist aber immer
für mich da. Ich finde, sie hat verdient, dass am Muttertag an sie gedacht wird.

»Natürlich. Danke dir!«

Er nimmt mein Geschenk erfreut an.

»Und sag ihr viel Grüße.«

Ich drücke ihm einen Kuss auf die Wange und gehe
wieder in den Verkaufsraum, wo Rene sich beim Einpacken offenbar tollpatschiger anstellt als gedacht.
Ich schiebe ihn sanft beiseite.

»Lass mich das lieber machen«, sage ich freundlich.

*** Margerite ***

Die bis zu einem Meter hohen Margeriten bestechen durch ihre weißen Zungenblüten und gelben Blütenkörbchen. Sie zählen zu den Korbblütlern, lieben sonnige Wiesen und blühen von Mai bis Oktober.

Die Margerite steht für die Unentschlossenheit zur Liebe. Bekannt ist auch der Abzählreim »Er/Sie liebt mich, er/sie liebt mich nicht«, zu dem die Blüten einer Margerite ausgezupft werden.

Eigentlich habe ich mir das Ganze aufregender vorgestellt.

So wie bisher, wenn Marcel und ich uns getroffen haben. Wir waren im Kino, sind essen gegangen und durch den Volksgarten spaziert, ständig begleitet von einem Flattern in meinem Bauch.

Seit zwei Wochen sind wir nun ein Paar. Es war an einem Sonntag, wir waren zum Brunch im Donauturm verabredet. Hoch über den Dächern Wiens – mit einem traumhaften Ausblick bei klarem Wetter – hat Marcel mich gefragt, ob ich »offiziell« mit ihm zusammen sein will.

Das Gefühl war fast wie damals, als ich fünfzehn, sechzehn war. Ein Prickeln, ein Hochgefühl, als würde ich die ganze Zeit schweben. Seit dem Tag laufe ich mit einem Dauergrinsen durch die Gegend. Im Donauturm hat er mich auch gefragt, ob ich ihn zu einem Schachturnier begleiten will. Er ist in einem Verein, und wann immer er Zeit hat, nimmt er an Wettbewerben teil.

Und ich habe begeistert zugestimmt, denn es klang spannend, was er mir darüber erzählte.

Doch das ist es leider ganz und gar nicht. An einem Sonntag Ende Mai sitze ich – statt die frühsommerlichen Temperaturen im Freien zu genießen – in einem zweistöckigen Container direkt vor dem Ernst-Happel-Stadion. Weiße Jalousien schirmen das einfallende Sonnenlicht ab.

Unterwegs dorthin hat Marcel von seiner ELO-Zahl erzählt. Dabei handelt es sich um eine Kennzahl, die die Spielstärke eines Spielers wiedergibt und sich nach jedem Match dem Ergebnis entsprechend verändert. Mein verständnisloser Gesichtsausdruck hat ihn wohl dazu animiert, mir das Ganze mit Formeln und fiktiven Rechenbeispielen, die er mühelos im Kopf gelöst hat, genauer zu erklären. Ich habe kein Wort verstanden.

Jedenfalls muss ich außerhalb der Spielergemeinschaft sitzen, die zu meiner Überraschung nicht nur aus schrägen Nerds, sondern auch aus normalen Männern und Frauen und sogar Kindern besteht. Ich hatte keine Ahnung, dass Schach so populär ist.

Das Spiel von hier aus mitzuverfolgen ist ziemlich mühsam, was in erster Linie daran liegt, dass es ewig dauert, bis ein Spieler seinen nächsten Zug ausführt. Stattdessen starren die Spieler minutenlang mit auf die Hände gestützten Köpfen auf die karierten Bretter, ohne ein Wort zu sagen. Wenn nicht einem von ihnen gleich die Augen zufallen, werde ich die Erste sein, ich bin unglaublich müde.

Schach ist vermutlich das Langweiligste, was ich je in meinem Leben gesehen habe. So fad, dass ich mich geradezu nach einem Eishockeyspiel sehne, das Tempo, das Herumgehüpfe der Trainer, das Geräusch der Kufen auf dem Eis und sogar das Grölen der Fans.

Ein Vibrieren in meiner Handtasche kündigt eine eingehende Nachricht an. Einen Moment lang zögere ich, nach dem Handy zu greifen. Marcel hat mich vorher darauf hingewiesen, dass Handys im Spielareal verboten sind. Ich schaue mich unauffällig um, doch niemand beobachtet mich. Alle Anwesenden konzentrieren sich auf das »Geschehen« an den

Tischen. Ich spähe in meine Handtasche und lese die Nachricht. Sie ist von Klara, die wissen will, wo ich bin. Ich antworte ihr, meine Hand in der Tasche verborgen.

Am anderen Ende des Raums wird es unruhig. Zwei Spieler schütteln einander die Hände und erheben sich. Offenbar ist die erste Partie zu Ende, doch leider ist es nicht die von Marcel.

Klaras Antwort lässt nicht auf sich warten. Sie wolle kommen, schreibt sie, und mich retten, in zwanzig Minuten warte sie auf mich vor dem Container. Ich atme auf, dankbar, erleichtert und froh.

Es dauert eine Weile, bis auch Marcel seine Partie beendet hat. Er hat gewonnen und erklärt mir, wie sich dadurch seine ELO-Zahl verändert. Als ob ich danach gefragt hätte ... Dann wirft er einen leicht gehetzten Blick auf seine Armbanduhr.

»Mein nächster Gegner wartet schon.«

»Ich werde kurz rausgehen, frische Luft schnappen«, sage ich und lasse das Treffen mit Klara lieber unerwähnt.

»Okay. Denk an mich, und drück mir die Daumen!«

Er drückt mir noch schnell einen Kuss auf den Mund.

»Klar, mach' ich.«

Ich verlasse den Container. Draußen stehen zwei Männer, die gemütlich eine Zigarette rauchen. Der Platz vor dem Stadion ist menschenleer. Wenn hier Konzerte oder Fußballspiele stattfinden, ist die Hölle los.

»Hier!«, höre ich es rufen und schaue mich suchend um.

Dort, wo die Fußballskulpturen aus Beton den Platz säumen, entdecke ich Klara, die in ihrem Rucksack wühlt.

»Zieh die Schuhe aus!«

»Was?«

Klara holt ein Paar weiße Rollschuhe aus dem Rucksack. Rollen und Stopper sind ebenso rosa wie die Schuhbänder.

»Ich hoffe, die passen dir.«

»Die sind ja der Hammer!«, rufe ich aus.

Ich reiße ihr begeistert die Schuhe aus der Hand, steige aus meinen Stiefeletten und ziehe die Rollschuhe an. Sie passen wie angegossen. Hätte ich geahnt, dass ich heute auf Rollschuhen stehen würde, hätte ich etwas Bequemeres angezogen.

»Die habe ich gestern erst bekommen«, erklärt Klara.

Sie selber hat welche mit Leopardenmuster auf türkisfarbenen Rollen. Dazu trägt sie eine kurze Jeans mit fransigen Enden und ein bauchfreies T-Shirt mit der Aufschrift »Ich wäre lieber reich als sexy, aber was soll man machen?«. Ein typisches Klara-Outfit!

»Eine Runde ums Stadion?«, schlage ich voller Bewegungsdrang vor.

»Wer schneller ist?«

Klara sieht mich von der Seite mit einem mir vertrauten Gesichtsausdruck an, der »Ich will gewinnen« besagt. Damit war zu rechnen. Sie bringt sich in Position, als warte sie auf einen Startschuss, und kneift mir keck ein Auge zu.

»Ha, du hast bestimmt heimlich geübt«, sage ich kichernd.

Ich selber bin noch nie mit solchen Dingern gefahren und stelle mir vor, dass es ähnlich funktioniert wie beim Eislaufen.

»Eins, zwei, drei!«

Noch bevor ich so weit bin, startet Klara, als hätte sie nie etwas anderes getan. Und sie macht trotz ihrer nicht gerade sportlichen Kleidung eine gute Figur.

Ich gebe mir redliche Mühe, kann sie jedoch weder einholen noch mit ihr mithalten. Außerdem fehlt es mir an Gleichgewichtsgefühl, weshalb ich ununterbrochen mit den Armen rudere, um nicht auf den Hintern zu fallen – sehr zum Amüsement einiger Passanten.

Nach und nach werde ich aber sicherer, und wir umrunden mit dem größten Vergnügen mehrmals das Stadion.

Ein paarmal halten wir einander an den Händen und drehen uns im Kreis, so schnell, dass uns die Haare durchs Gesicht flattern und uns schwindelig wird. Aber wir schaffen es jedes Mal, ohne hinzufallen.

Wann immer Leute stehenbleiben und zuschauen, setzt Klara zu Pirouetten an, als wäre sie eine professionelle Eiskunstläuferin. Bei einem Versuch stürzt sie und landet hart auf ihrem Po. Obwohl es so aussieht, als wenn sie sich wirklich wehgetan hätte, steht sie einfach auf und sagt:

»In meiner Fantasie klappte das besser.«

Dann fährt sie unbekümmert weiter.

Das Rollschuhfahren macht so viel Spaß, dass ich nicht auf die Zeit achte. Ich vergesse sogar, warum wir eigentlich hier sind, und es fällt mir erst wieder ein, als ich Marcel sehe, der vor dem Container steht und uns beobachtet.

Ich rolle auf ihn zu und lasse mich erschöpft in seine Arme fallen.

»Du hast mir ja gar nicht von deiner Leidenschaft fürs Rollschuhfahren erzählt«, sagt Marcel und gibt mir einen Kuss auf den Kopf.

»Habe ich selber gerade erst entdeckt«, keuche ich und nehme die Wasserflasche entgegen, die er mitgebracht hat.

»Und das wird noch ganz Wien!«, sagt Klara und entreißt mir die Wasserflasche.

Klara und Marcel sehen sich heute nicht zum ersten Mal. Sie haben bereits über Klaras Geschäftsidee gesprochen, und Marcel hat ihr Tipps zur Gestaltung ihres Ladenlokals gegeben. Ich bin froh, dass die beiden sich gut verstehen.

»Nächsten Freitag streichen wir die Wände im Laden und stellen Möbel auf. Du könntest ja dazukommen«, schlage ich Marcel vor und nehme meiner Freundin die Flasche wieder weg. Sie ist fast leer.

»Solange ihr nicht erwartet, dass ich mich handwerklich betätige«, antwortet Marcel lächelnd. »Da hab' ich nämlich zwei linke Hände.«

»Keine Sorge, wir haben ja Ritas Bruder«, erklärt Klara.

Sie hat Clemens einfach eingespannt, trotz vehementer Versuche seinerseits, dieser Aufgabe zu entgehen.

»Ich habe am Freitag einen Termin mit einem neuen Auftraggeber, aber im Anschluss daran komme ich gerne vorbei.«

Marcel legt seinen Arm um meine Taille und zieht mich an sich, um mir einen Kuss auf die Wange zu geben.

»Kommst du noch mit rein?«, fragt er. »Ich habe gleich mein letztes Spiel.«

Ich hatte gehofft, er hätte das schon hinter sich. Die Vorstellung, da wieder drinnen zu hocken, lockt mich nicht.

»Nur noch fünf Minuten«, bettelt Klara, wie ein kleines Mädchen, das noch länger aufbleiben will, und damit rettet sie mich.

»Also gut.« Marcel setzt ein gespielt nachsichtiges Gesicht auf, als könnte er uns sowieso nichts abschlagen. Dann geht er zurück in den Container.

Wir setzen unsere Runden über den Asphalt in gemächlichem Tempo fort.

»Dein Marcel ist also ein Schachgenie?«, erkundigt Klara sich.

»Ob er ein Genie ist, weiß ich nicht«, antworte ich mit einem Seufzen. »Aber ich muss mir irgendeine Ausrede einfallen lassen, falls er mich das nächste Mal fragt, ob ich zu einem Turnier mitkomme.«

»Also es soll kein Eishockeyspieler sein und auch kein Schachspieler?« Klara schnalzt mit der Zunge. »Du musst dich langsam mal entscheiden.«

»Ich habe mich doch schon längst entschieden«, protestiere ich.

»Ich mein' ja nur ...«

Klara stützt ihre Hände auf die Knie und rollt so neben mir her.

»Und wie läuft's mit deinem neuen Mitbewohner?«, fragt sie nach einem kurzen Schweigen.

Natürlich weiß sie von Rene, auch wenn ich ihr nicht alles erzählt habe. Dass er am Muttertag eingesprungen ist, dass er unseren Haushalt immer mit frischem Obst und Gemüse bestückt ... Nicht erwähnt habe ich allerdings die Glut in seinen Augen, die jedes Mal auflodert, wenn wir allein sind. Das ist eigentlich der Hauptgrund, warum ich ihm möglichst aus dem Weg gehe.

»Ach, ganz gut«, antworte ich leichthin. »Viel Small Talk. Wann wer das Badezimmer braucht, wer einkauft, was fehlt und so weiter. WG-Geschichten halt.«

»Klingt ja spannend«, meint Klara und gähnt vorgeblich. »Sag, was macht der denn eigentlich beruflich?«

»Keine Ahnung.«

»Du hast keine Ahnung?«

Klara sieht mich verblüfft an.

»Nein. Hab' ihn nicht danach gefragt«, antworte ich knapp.

Sie soll ja nicht denken, es interessiere mich. Auch Rene soll so etwas nicht denken. Ich habe den ersten Monat überstanden, ohne mich näher mit ihm zu beschäftigen, und das werde ich auch die verbleibenden drei Monate schaffen. Er ist ein Kumpel meines Bruders, und aus.

* * *

Einigermaßen geschlaucht komme ich zu Hause an. Die Kombination aus dem todlangweiligen Schachturnier und dem lustvollen Rollschuhfahren hat mich müde gemacht. Den restlichen Sonntag werde ich mit einem Buch im Bett verbringen. Das tue ich ohnehin viel zu selten.

Ich lasse Handtasche und Stiefeletten im Vorraum und gehe mit den Rollschuhen in der Hand in mein Zimmer. Am liebsten würde ich gleich morgen wieder mit Klara fahren. Es hat mir wirklich einen Riesenspaß gemacht.

Ich beginne, mir die Bluse aufzuknöpfen, da ich mir bequemere Sachen anziehen will. Mein Blick fällt auf die weiße Kommode an der Wand, die mit Fotos, Lippenstiften und diversen Kerzenständern zugestellt ist. Doch die Vase mit weißen Margeriten stand noch nicht hier, als ich heute Vormittag aufgebrochen bin. Ich halte inne, als ich das auf einmal realisiere. Eine schlanke Glasvase, die ich sonst in der Küche verstaut habe. Jetzt steht sie mit Wasser und einem guten Dutzend Wiesenmargeriten gefüllt auf meiner Kommode. Nur sehr selten kauft mal jemand bei mir einen einfachen weißen Margeritenstrauß, dabei finde ich Margeriten wunderschön. Die kantigen Stängel mit den gezahnten, schmalen Blättern bilden einen wunderbaren Kontrast zu den feinen, weißen Blüten mit den gelben Körbchen.

Allerdings – die Blumen können unmöglich von Marcel sein. Er war ja die ganze Zeit beim Turnier. Und da ich bezweifle, dass mein Bruder mich zum ersten Mal in all den Jahren mit einer solchen Aufmerksamkeit überraschen wollte, kann es nur ... Rene gewesen sein.

Ich stürme hinaus auf den Flur und reiße, ohne anzuklopfen, die Tür zu meinem früheren Kinderzimmer auf.

Seit Rene bei uns wohnt, habe ich dieses Zimmer gemieden wie der Teufel das Weihwasser. Tatsächlich haben die Jungs Platz geschaffen, sodass der Raum bewohnbar ist, zumindest für eine befristete Zeit. Ein einzelnes Bett, ein Billy-Regal für die Kleidung und Papas alter Klapptisch als Schreibtisch. Nicht schlecht, denke ich.

Rene sieht überrascht von seinem Buch auf, als ich hereinplatze. Er klappt es sofort zu und verdeckt das Cover mit seinem Arm.

Neben und hinter ihm stapelt sich unser ganzer Krempel, den wir eines Tages aussortieren müssen. Bis heute haben wir noch immer eine Ausrede gefunden, um uns vor dieser ungeliebten Arbeit zu drücken. Doch wenn ich Rene zwischen meiner Kindergitarre, unseren zerfransten Schulbüchern und einem uralten Röhrenfernseher sitzen sehe, wünsche ich, wir hätten es längst getan.

»Kann ich etwas für dich tun?«, fragt Rene und reißt mich aus meinen Gedanken.

»Sind die Blumen von dir?«

»Vielleicht«, antwortet Rene mit einem liebenswürdigen Lächeln.

Er legt den Stift beiseite, den er in der Hand gehalten hat, und dreht sich auf dem alten Holzstuhl, dessen roter Lack an den Ecken absplittert, zu mir um.

»Ja oder nein?«, beharre ich.

»Okay, okay. Ja. Ich wollte dir eine kleine Freude machen«, erklärt er gelassen. »Sozusagen als Dank dafür, dass ich hier wohnen darf.«

Aber warum ausgerechnet Margeriten?

Na ja, wahrscheinlich weil man sie ihrer Symbolik entsprechend eigentlich allen schenken kann. Verwandten, Freundinnen, Freunden, Mitbewohnerinnen. Oder der Frau, die man gerne küssen will ... Auf die Unentschlossenheit zweier Liebender, wie es früher üblich war, wird er vermutlich nicht anspielen wollen, nein, nicht Rene ... Oder etwa doch?

»Ich hoffe, du magst Gänseblümchen«, sagt er in dem Moment und erstickt damit jeden noch so leisen Hauch von Romantik zwischen uns.

Ich atme aus, mache auf dem Absatz kehrt und gehe zurück in mein Zimmer. Unfassbar, dass er hier in meine Privatsphäre einfach so hineinspaziert ist! Unfassbar, dass ich mich sogar wirklich über die Blumen gefreut habe! Vor allem aber unfassbar, dass dieser Typ mir einfach nicht aus dem Kopf geht.

Ich starre die Margeriten an. Was soll ich damit tun? Es wäre schade, sie einfach wegzuwerfen, nur weil sie von dem falschen Mann kommen. ... Stopp, Moment mal! Habe ich gerade »falsch« gedacht? Und etwa schon vergessen, wie toll Rene mir am Muttertag im Geschäft geholfen hat? Und dass er sich weit besser auskannte, als ich es ihm jemals zugetraut hätte?

Ha, das ist es – der Mann macht sich über mich lustig!

Erneut will ich sein Zimmer stürmen, da laufe ich auch schon direkt in ihn und sein breites Grinsen hinein.

»Du weißt ganz genau, dass es keine Gänseblümchen sind«, sage ich, und es ist mir selber nicht klar, ob ich ärgerlich, amüsiert, genervt oder erfreut bin. Von allem etwas wahrscheinlich.

»Sagte ich Gänseblümchen?«, fragt er leise.

Er steht ganz nah vor mir, und ich rieche sein Aftershave.

»Ich meinte natürlich Margeriten.«

Ich will einen Schritt zurückweichen, doch seine Lippen ziehen mich in ihren Bann.

»Es wundert mich, dass du nicht zuerst deinen Freund gefragt hast, ob die Blumen von ihm sind.«

Ich schlucke, aber ich will mir den Ärger über seine Meldung nicht anmerken lassen.

»Er könnte doch gar nicht in die Wohnung«, sage ich, und es klingt wie eine Entschuldigung. Als müsste ich Marcel verteidigen.

»Ein guter Liebhaber findet immer einen Weg, um seine Herzdame zu überraschen …« Rene beugt sich ein wenig vor und flüstert mir ins Ohr: »… und um ihr noch mehr schöne Momente zu bescheren.«

Ich spüre, wie sein Atem mein Haar streift. Ein Prickeln breitet sich auf meiner Kopfhaut aus und lässt mein Herz schneller schlagen. Ich kann mir noch so sehr einreden, dass ich ihn nicht mag, aber das Knistern zwischen uns lässt sich nicht verleugnen.

»Marcel ist ein guter Liebhaber«, bringe ich mit schwacher Stimme hervor. Warum sage ich das überhaupt? Und warum klinge ich dabei nicht überzeugender?

Überrascht rückt Rene ein Stück von mir ab und zieht eine Augenbraue hoch. Er sagt nichts, sondern starrt mich nur an.

»Da fällt mir ein«, sagt er schließlich, »ich habe ja noch etwas gut bei dir.«

Seine Stimme verursacht eine Gänsehaut auf meiner Haut. Dann legt er seine Hand um mein Kinn. Sie ist warm und weich und streichelt zärtlich über meine Haut. Man könnte glatt vergessen, dass er in seiner Freizeit einen Hockeyschläger über das Eis führt. Er leckt sich über die Lippen und zieht mich ganz sanft näher zu sich heran.

Jede Faser meines Körpers spannt sich an. Meine Lippen zittern. Er wird mich küssen, und auf einmal wehre ich mich nicht mehr. Das Blut rauscht in meinen Ohren. Meine Finger kribbeln, weil sie sich in Renes T-Shirt krallen und ihn an mich ziehen wollen. Ich balle die Hände zu Fäusten und schließe die Augen.

Seine Lippen streichen kaum merkbar über meine. So leicht, dass ich nicht weiß, ob wir uns schon berühren. Dann lässt er seine Hand hinter mein Ohr gleiten und legt sie behutsam um meinen Kopf. Er verstärkt den Druck auf meinem Mund, und zupft mit den Zähnen an meiner Unterlippe, als wolle er mich auffordern, ihm Einlass zu gewähren.

Ein Schauer fährt durch meinen Körper. Meine

Unterlippe pulsiert und sehnt sich nach mehr. Ich bin kurz davor, mich gegen seine Brust fallen zu lassen. Doch noch bevor ich zu Ende gedacht habe, ob das angemessen ist oder nicht, zieht Rene sich ein paar Zentimeter von mir zurück. Ich öffne die Augen und begegne seinem zufriedenen Blick. Erst jetzt merke ich, dass meine Hände auf seiner Brust liegen. Sie brennen wie Feuer.

»Also«, Rene rückt noch ein Stück weiter weg. »Hast du nächste Woche Freitag Zeit?«

»Was?« Meine Stimme ist nicht mehr als ein Hauchen. Verwirrt sehe ich ihn an, die Hände in der Luft, als lägen sie auf einer imaginären Brust.

»Nächsten Freitag«, wiederholt er fröhlich. »Ich will etwas mit dir unternehmen.«

»Etwas unternehmen?«, frage ich lahm. »Was denn?«

Und vor allem warum?

Lässig schiebt Rene seine Hände in die Hosentaschen. Dabei spannt er die Arme an, wodurch Muskeln und Sehnen zum Vorschein kommen. Ob ihm nicht bewusst ist, wie sexy das aussieht, oder macht er's, weil er es weiß?

»Eine kleine Überraschung«, antwortet er leichthin. »Du musst dir nur ein paar Stunden freihalten.«

Ich öffne den Mund und will fragen, wie er darauf kommt, dass ich etwas mit ihm unternehmen würde. Doch es kommen keine Worte heraus, und so stehe ich einfach nur da und starre ihn an.

»Ich habe doch etwas gut bei dir«, wiederholt Rene, als hätte er meine Gedanken gelesen. »Und ich hätte gerne, dass du etwas mit mir unternimmst. Nächsten Freitag wäre ideal.«

»Da kann ich nicht«, presse ich hervor, immer noch überrumpelt von seiner Aufforderung, »da helfe ich Klara in ihrem Laden.«

»Ach ja, stimmt«, sagt er, als sei er darüber informiert und habe es nur vergessen.

Ja, er hatte wegen seines Einspringens am Muttertag noch etwas gut bei mir. Aber zeige ich mich nicht längst erkenntlich, indem ich ihn hier wohnen lasse?

Mein Herz beginnt plötzlich wieder zu rasen, und ich weiß nicht, ob es an meinem Ärger über seine Dreistigkeit liegt oder darüber, dass ich meine Lippen am liebsten sofort wieder auf seine legen würde.

»Ich werde noch mal darauf zurückkommen«, sagt er, grinst und macht Anstalten, in sein Zimmer zurückzugehen.

»Warum sollte ich das tun?«, rufe ich ihm eilig nach.

»Vielleicht, damit wir uns endlich besser kennenlernen? Ich wohne jetzt schon seit einem Monat hier, und du weißt eigentlich gar nichts über mich.«

Das stimmt.

»Und wenn es mich gar nicht interessiert?«

»Du lässt einfach einen fremden Mann hier wohnen, ohne mehr über ihn zu wissen?«

»Ist ja nicht so, als täte ich das freiwillig«, entgegne ich trotzig.

Wenn ich mich ernsthaft gegen Clemens zur Wehr hätte setzen können, wäre Rene nie hier eingezogen.

»Du weißt ja nicht mal, was ich beruflich mache«,

fährt Rene unbeeindruckt fort. »Ich könnte Auftrags-killer sein. Oder Pornodarsteller. Oder noch schlim-mer, Balletttänzer.«

»Und? Was machst du beruflich?«, frage ich pflicht-schuldig, als würde mich die Antwort gar nicht wirk-lich interessieren.

»Das erzähle ich dir, wenn du mitkommst.«

»Aber bilde dir bloß nichts darauf ein«, sage ich schließlich zu, um einen gelangweilt klingenden Ton bemüht.

»Zu spät.« Seine Lippen kräuseln sich spöttisch.

»Ich bin mit Marcel zusammen«, sage ich mit Ve-hemenz, »das zwischen uns hat nichts zu bedeuten.«

Sein Blick verharrt einen Moment lang auf mir, ehe er aus der Vase auf der Kommode eine einzelne Mar-gerite herauszieht und mit der Fingerspitze über die gezackten Enden der weißen Blüten streicht.

»Wusstest du, dass man die Margerite früher als Liebesorakel verwendete?«

Natürlich weiß ich das. Als Kind habe ich unzäh-ligen Margeriten die Blüten ausgezupft, um heraus-zufinden, ob dieser oder jener in mich verliebt war oder nicht. Wenn das Ergebnis nicht meinen Vorstel-lungen entsprach, habe ich einfach die nächste Mar-gerite genommen und so lange gezupft, bis ich hatte, was ich wollte. Nur war ich damals zehn, nicht sie-benundzwanzig.

Später, längst wieder allein in meinem Zimmer, habe ich es getan. Ich habe mit den Fingerspitzen die wei-ßen Blüten ausgezupft und »er liebt mich, er liebt mich nicht« vor mich hingemurmelt. Jedes Mal kam »er liebt mich« dabei heraus.

Eine Margerite nach der anderen musste dran glauben, und wenn es nicht so unwahrscheinlich wäre, würde ich glauben, Rene hätte die Blüten zuvor abgezählt.

* * *

Ich bin auf dem Weg zu Klaras Laden, den wir für die baldige Eröffnung herrichten wollen. Eigentlich hätte ich viel früher da sein sollen, doch weil Erik am Vormittag dringend zum Zahnarzt musste, bin ich spät dran. Es ist sehr warm geworden, fast schon zu heiß für Anfang Juni.

In einem ausrangierten roten T-Shirt und weiter Jeanslatzhose betrete ich das Geschäft. Unter meinen Füßen raschelt braunes Abdeckpapier, und der Geruch frischer Wandfarbe steigt mir in die Nase.

»Da bist du ja!«, ruft Klara erfreut aus.

Sie kommt barfuß in verschlissener Jogginghose und hellblauem Tanktop von hinten auf mich zu. Ihr Haar hat sie zu einem Dutt hochgesteckt. Weiße, rosa- und türkisfarbene Farbspritzer zieren ihren ganzen Körper.

»Du hast ja schon alles gestrichen!«

Staunend betrachte ich Klaras Meisterwerk. Die Zwischenwand, die den Raum teilte, wurde herausgerissen. Der Laden wirkt jetzt viel größer, und der bunte Anstrich verleiht ihm einen hippen Eindruck. Die hintere Wand ist in einem zarten Türkis gestrichen, ebenso wie die langen Bretter, die versetzt an die

Wand geschraubt sind. Vermutlich sollen dort später die Schuhe ausgestellt werden. Die Wände rechts und links davon sind weiß, während die auf der Seite des Schaufensters und der Eingangstür in einem kräftigen Pink leuchtet.

»Dein Vater, Clemens und ich bauen schon die Regale für das Lager auf.«

»Und was kann ich tun?«, frage ich voller Tatendrang.

Ich bin handwerklich zwar nicht ganz so geschickt wie mein Vater und Clemens, aber es gibt sicher auch für mich eine Arbeit.

»Die Parkbank draußen im Hof, die müsste pinkfarben gestrichen werden.«

Klara holt einen Eimer Farbe und zwei Pinsel aus dem Büroraum.

»Eine Parkbank?«

»Ja, ich dachte, es ist cool, wenn die Kunden sich auf eine Parkbank setzen können, um die Schuhe anzuprobieren.« Sie zeigt zu der türkisfarbenen Wand. »Ich will sie dort an die Seite stellen.«

Die Idee gefällt mir. Meinen Blumenladen würde ich nicht so bunt gestalten, aber zu einem Rollschuhgeschäft passt das super, finde ich.

»Also einfach alles pink streichen?«

»Genau. Das Holz und das Metallgestell.«

Klara schiebt mich durch das Lager, wo Clemens und mein Vater Regale zusammenbauen, bugsiert mich weiter in den Innenhof und schließt hinter mir das Tor.

Mit dem Farbeimer und den Pinseln in der Hand stehe ich im Hof. Vor einer gewöhnlichen, alten

Parkbank kniet Rene und raut das Holz mit Schmir-gelpapier an.

Aha, deswegen also zwei Pinsel! Wenn ich ihr die Margeritenstrauß-Geschichte erzählt hätte, hätte sie mich bestimmt nicht dazu verdonnert, ausgerechnet mit Rene zusammenzuarbeiten.

»Hat sie die Bank gestohlen?«, gebe ich mich lässig und stelle den Kübel neben die Bank auf den Boden.

Rene erhebt sich und wischt sich mit dem Ärmel seines Sweaters den Schweiß von der Stirn. Hier im Hof sind wir der prallen Sonne ausgesetzt, vermutlich der Grund, warum Klara das Tor zugemacht hat. Drinnen ist es angenehm kühl.

»Ich frage mich nicht nur, woher sie die hat, sondern auch, wie sie auf die Schnapsidee kommt, sie rosa zu streichen«, knurrt Rene, der mit der Arbeitseinteilung anscheinend nicht zufrieden ist.

»Pink«, korrigiere ich spitz. »Bist du mit dem Schleifen fertig?«

Er nickt und zieht mit einem lauten Knacken den Deckel vom Eimer. Rosa Farbspritzer landen auf seinem Gesicht und Shirt. Er stöhnt genervt, beißt die Zähne zusammen und nimmt einen Pinsel in die Hand.

»Bringen wir's hinter uns.«

Er taucht den Pinsel in das flüssige Pink und streift die überschüssige Farbe am Rand des Kübels ab.

Ich entdecke einen rosa Farbspritzer direkt über seiner Oberlippe. Ohne lange darüber nachzudenken, beuge ich mich vor und wische die Farbe ab. Ein zartrosa Schatten zieht sich nun von seiner Lippe aus über die Wange. Er starrt mich sekundenlang reglos an, murmelt kaum hörbar »danke« und wendet sich sofort wieder ab. Dann verteilt er die Farbe großzügig auf der Sitzfläche der Parkbank.

Seine Reaktion überrascht mich. Ausgerechnet er, der sonst vor Körperkontakt nicht zurückschreckt, weicht vor mir zurück.

Schließlich knie ich mich neben ihn und tauche meinen Pinsel in den Eimer. Gleichzeitig tunkt auch Rene seinen wieder hinein, sodass unsere Hände aneinanderstoßen. Ich bin wie elektrisiert. Unsere Blicke treffen sich, ehe Rene mit finsterer Miene den Pinsel abstreift und weiterstreicht.

Keiner von uns sagt ein Wort, und wir sehen einander nicht an. Ich habe inzwischen das Gefühl, dass Rene gar nicht wegen dieser Arbeit sauer ist, sondern wegen mir.

Als die Sitzfläche fertig ist, drehen wir die Bank ganz vorsichtig um, damit wir die Unterseite streichen können.

Meine Finger sind mittlerweile rosa, obwohl ich mich bemüht habe, sauber zu arbeiten. Auch auf meiner Latzhose verteilen sich Farbspritzer, und über den Bauch zieht sich ein breiter rosa Streifen, weil ich mich einmal versehentlich an die Bank gelehnt habe.

Während wir die Unterseite streichen und ich mich langsam mit der Spannung zwischen uns abgefunden habe, bricht Rene sein Schweigen.

»Dein Freund kommt auch noch vorbei«, sagt er.

Ich sehe überrascht auf. Natürlich weiß ich das, ich selbst habe ja Marcel gebeten zu kommen, aber doch nicht damit gerechnet, dass Rene heute auch dabei ist!

Ich räuspere mich, lege die Hand mit dem Pinsel auf meinen Schoß und versaue mir die Hose noch mehr. Es ist mir peinlich auszusprechen, was ich denke, aber ich habe keine Wahl.

»Bitte sag Marcel nichts von dem Kuss.«

Ohne von seiner Arbeit aufzusehen, fragt Rene gelangweilt: »Von welchem Kuss?«

»Du weißt, welchen Kuss ich meine!«, zische ich so leise wie möglich.

Die Tür hinter uns könnte jeden Moment aufgehen und Klara, Clemens oder mein Vater könnten herauskommen.

Die sollen alle nichts davon erfahren. Am liebsten wäre mir, wir würden den kleinen Ausrutscher einfach vergessen.

»Sag bloß, dein Traummann weiß nichts davon?«, fragt Rene mit leisem Sarkasmus im Ton, noch immer, ohne mich anzusehen.

»Und ich wünsche auch, dass es dabei bleibt«, antworte ich.

Er streicht stumm weiter.

Ich überlege nachzuhaken, doch dann beschließe ich, sein Schweigen als Zustimmung zu deuten. Auch wenn ich nicht sicher sein kann – ich glaube nicht, dass Rene so boshaft wäre, es Marcel zuzutragen.

»Und?«, fragt er plötzlich, nachdem auch ich wieder zu streichen begonnen habe. »Ist er denn dein Traummann?«

Irritiert über seine Frage zögere ich zu antworten, doch ehe er das womöglich falsch interpretiert, sage ich schnell: »Ja, ich denke schon.«

»Du *denkst* schon?«

Zum ersten Mal sieht Rene mich an.

»Na ja, das kann man doch gar nicht so schnell wissen«, füge ich schnell hinzu. Ich höre mich ziemlich unentschlossen an, was mich ärgert, denn eigentlich geht das Rene gar nichts an.

»Nicht wissen. Aber spüren.«

Rene sagt das mit einer solchen Leichtigkeit, dass eine wilde Wut in mir aufsteigt. Was mischt der sich da überhaupt ein?

»Marcel ist toll«, sage ich entschieden – in einem Ton, der, wie ich glaube, absolut keinen Widerspruch duldet. »Er bringt mich zum Lachen, er hört mir zu und ist in jeder Hinsicht rücksichtsvoll. Im Gegensatz zu anderen Männern hat er Manieren und außerdem vernünftige Pläne für die Zukunft.«

»Vernünftige Pläne für die Zukunft?«, wiederholt Rene meine Worte und beißt sich auf die Unterlippe, als müsste er ein Lachen unterdrücken.

Ist eh klar, dass er das nicht versteht. Da könnte ich genauso gut mit Clemens darüber sprechen.

»Ja, ganz genau! Du hast richtig gehört!«, erwidere ich scharf.

Ich werde mir doch mein Glück mit Marcel nicht madig machen lassen, schon gar nicht von jemandem wie Rene!

»Weißt du, was mir auffällt?«, fragt Rene, meinen wütenden Blick ignorierend. »Dass zwischen euch keine Leidenschaft existiert. Kein Feuer.«

Mir klappt der Mund auf.

»Was weißt du schon von Leidenschaft?«, frage ich

abschätzig und versuche, mir nicht anmerken zu lassen, dass er mich verunsichert.

»Viel. Einmal von ihr erfasst, lässt sie dich nicht mehr los.«

Seine Stimme ist auf einmal ganz heiser, und ich bekomme eine Gänsehaut. Warum sagt er das? Worauf will er hinaus?

Ich gehe nicht auf ihn ein, sondern springe auf.

»Ich hol' was zu trinken.«

Ohne mich noch einmal umzusehen, öffne ich das Metalltor und verschwinde im Lager. Drinnen in der Kühle hole ich tief Luft, doch die Erholung hält nicht lange an.

Klara, Clemens und mein Vater streiten miteinander, was zwischen ihnen immer mal vorkommt und deshalb nicht wirklich beunruhigend ist.

»Wer besorgt denn zum Zusammenbauen von Regalen nur einen Kreuz- und einen Schlitzschraubenzieher?«, schimpft mein Bruder und hält dabei die Seitenteile eines Regals zusammen.

Klara hat einen Zettel in der Hand, wahrscheinlich die Montageanleitung.

»Sie schreiben ein Kreuzschraubenzieher und ein normaler«, verteidigt sie sich.

»Steht da nichts von einem Inbusschlüssel?«

Mein Vater dreht unentschlossen ein Päckchen Schrauben in seiner Hand hin und her.

»Was ist ein Inbusschlüssel?«, fragt Klara.

»Na das da!«

Clemens zeigt auf das Piktogramm auf dem Zettel. Sein Gesicht ist rot vor Ärger. Vermutlich passieren hier gleich Mord und Totschlag, und ich werde mich lieber wieder verdrücken.

»Das komische L?«

»Das kommt dabei heraus, wenn Frauen solche Arbeiten übernehmen«, murmelt mein Vater.

Erst jetzt bemerkt Klara mich.

»Hey Süße, brauchst du was?«

»Wasser«, antworte ich nur knapp und schiebe mich an den dreien vorbei.

»Im Büro steht eine Kühlbox«, ruft sie mir nach, ehe sie sich wieder Clemens zuwendet.

»Wollte Mister Neunmalklug nicht seinen Akkuschrauber samt Aufsätzen mitbringen?«

»*Du* hast den?«, fragt mein Vater. »Und ich hatte Tanja schon im Verdacht, ihn entsorgt zu haben!«

Im Büro finde ich die Kühlbox, voll mit Bier, Limonade und Mineralwasser. Ich schnappe mir zwei Wasserflaschen und gehe wieder hinaus in den Innenhof. Wenn sie so weiterdiskutieren, werden sie nie fertig.

Rene nimmt mir dankbar ein Wasser ab und trinkt die ganze Flasche auf einmal leer. Dann wischt er sich mit dem Handrücken über seine feuchten Lippen.

Ich kann nicht anders, als hinzusehen.

»Was ist denn da los?«, fragt er und deutet auf das Metalltor.

»Das willst du gar nicht wissen«, murmele ich und trinke einen großen Schluck Wasser.

In der Zwischenzeit hat Rene die Unterseite fertiggestrichen und die Bank wieder aufgestellt. Jetzt fehlt nur noch die Rückenlehne.

»Tut mir leid wegen vorhin«, sagt er plötzlich, als ich neben ihm den Pinsel über das Holz gleiten lasse.

Perplex sehe ich ihn von der Seite an. Habe ich mich gerade verhört, oder hat Rene sich tatsächlich entschuldigt?

»Atmen nicht vergessen, Rita!« Rene schüttelt grinsend den Kopf und widmet dann wieder der Bank seine Aufmerksamkeit.

Er hat recht, ich habe nicht einmal gemerkt, dass ich aufgehört habe zu atmen.

»Es geht mich nichts an, was zwischen dir und Marcel läuft«, sagt er, und bevor ich ihm zustimmen kann, fährt er fort: »Du wirst schon wissen, was du tust.«

Das klingt, als würde er das anzweifeln.

Ich will gerade zu einer schlagfertigen Antwort ausholen, als hinter uns die Tür geöffnet und wieder geschlossen wird. Es ist Marcel, der zu uns in den Hof kommt.

»Hey, da drinnen geht's aber rund«, sagt er statt einer Begrüßung.

»Haben sie sich noch immer nicht eingekriegt?«, frage ich und hoffe, dass Marcel nichts von der angespannten Stimmung zwischen Rene und mir mitbekommt.

Marcel drückt mir einen flüchtigen Kuss auf den Mund und weicht sofort wieder zurück, wahrscheinlich aus Sorge um sein sauberes Hemd.

»Sie diskutieren über die Montageanleitung und wie man sie richtig liest.«

Dann betrachtet Marcel die pinke Parkbank und sagt: »Schickes Teil.«

Ich weiß nicht, ob er es ernst meint oder ironisch.

»Wie schade, dass in meinem Zimmer kein Platz dafür ist«, murmelt Rene, ohne aufzusehen.

Okay, das war eindeutig Ironie.

»Für einen Mann vielleicht schwer nachvollziehbar, aber Klara hat einen wirklich guten Geschmack, was Innendesign betrifft«, erklärt Marcel und zieht sein Smartphone aus der Jackeninnentasche. »In Kombination mit den farbigen Wänden und ein paar anderen Dekorationsideen ist eine pinke Parkbank ein richtiger Eyecatcher.«

»Aha.«

Rene hält kurz inne, starrt Marcel einen Moment lang an, als hätte er sich verhört, und wirft dann mir einen kurzen Blick zu.

Ich zucke nur mit den Schultern. Ist mir doch egal, was Rene von Marcel hält. Als Architekt versteht Marcel jedenfalls mehr davon als Rene.

»Bloß Empfang gibt's drinnen keinen«, fügt Marcel seufzend hinzu und tippt mit beiden Daumen auf seinem Display herum. Nach einer Weile wendet er sich uns wieder zu.

»Was hast du da eigentlich an?«, fragt er mich auf einmal und sieht sich mein Outfit an.

»Eine Latzhose«, antworte ich.

Gut, sie ist nicht der letzte Schrei, aber wir sind ja schließlich zum Arbeiten hier.

»Solange du damit nicht auf der Straße rumläufst«, sagt Marcel, die Nase rümpfend.

Sein Smartphone beginnt zu läuten. Er entschuldigt sich und entfernt sich von uns. Offenbar will er nicht, dass wir zu viel von dem Telefonat mitbekommen, denn er geht zielstrebig auf die andere Seite des Innenhofs.

»Also ich finde, du machst selbst in dieser ausgewaschenen, alten und unförmigen Latzhose eine klasse Figur.«

Renes Gesichtsausdruck ist nicht wie erwartet belustigt, sondern vollkommen ernst.

»Es würde mir noch besser gefallen, wenn du nichts darunter anhättest.«

Diesmal grinst er mich an.

Ich kann nicht anders, als auch zu lächeln. Wie auch immer, ich werde diese Latzhose nach dem heutigen Tag endgültig ausrangieren.

»Wäre ja auch idiotisch, wenn du hier in Sommerkleidchen und Pumps die Bank lackierst«, sagt Rene, nun wieder ganz ernst.

Der Seitenhieb gegen Marcel ist eindeutig. Aber ich sage nichts dagegen, sondern murmele kaum hörbar:

»Finde ich auch.«

»Rita?«

Klara ruft aus dem Lager.

»Hast du kurz Zeit? Ich brauche deine Hilfe.«

Ich werfe einen hilfesuchenden Blick zu Rene, der jedoch ratlos mit den Schultern zuckt. Gut, dann muss ich eben hinein in die Höhle der Löwen. Ein wenig besorgniserregend jedoch finde ich es, Rene und Marcel alleine zu lassen. Wer weiß, worüber sie in meiner Abwesenheit sprechen, aber das ist jetzt leider nicht zu ändern.

»Komme!«

*** Klatschmohn ***

Die ein- bis zweijährige Pflanze besticht durch ihre vier großen Blütenblätter. Diese sind meist rot bis purpurrot, seltener weiß
oder violett. Im unteren Bereich kennzeichnen schwarze Flecke, die
meist weiß umrandet sind, die Kronblätter. Nach der Blüte bilden
sich Kapselfrüchte, die Hunderte Samen enthalten.

In einem Feldblumenstrauß mit Margeriten und Kornblumen
kommt der Klatschmohn besonders schön zur Geltung. Da der
Klatschmohn nach der Ernte schnell verwelkt, empfiehlt es sich,
das Stielende mit einem Feuerzeug abzubrennen.

Widerwillig stapfe ich hinter Rene her. Er hat mir eine längliche Tasche, knapp einen Meter lang und in einem matten Farngrün, in die Hand gedrückt. Im ersten Moment habe ich gedacht, es sei ein Gewehr, aber dafür ist die Tasche zu leicht. Nicht, dass ich schon mal eine Waffe in der Hand gehalten hätte …

Mittlerweile weiß ich, dass er mich zum Fischen mitnimmt. Zum Fischen! Das ist doch die langweiligste Beschäftigung, die es überhaupt gibt! Mal abgesehen von Schach vielleicht. Vermutlich trage ich also eine Angelrute.

»Ist es noch weit?«, frage ich genervt.

Das Auto haben wir am Rande des Waldes auf einem schmalen Feldweg geparkt. Von dort aus könne man nur zu Fuß weitergehen, hat Rene gesagt. Die Luft hier im Wald ist feucht und kühl. Es riecht nach Moos, Holz und Wasser.

»Dort vorne ist es schon«, antwortet Rene bald darauf.

Rene rückt seine Baseballkappe zurecht und pirscht weiter vor mir her durchs Gehölz. Über seiner Schulter hängt eine kompakte Tasche mit vielen Reißverschlüssen und Fächern.

Vor uns wird der Wald lichter, bis wir eine Wiese erreichen, die uns ziemlich steil bergab führt. Plötzlich stehe ich vor einem großen Teich, dessen Ufer nahezu ringsherum aus Wald besteht.

Die langen Gräser kitzeln meine nackten Unterschenkel. Weil es draußen so warm geworden ist, trage ich nur eine dreiviertellange Leinenhose, ein T-Shirt und Espadrilles. Hätte ich gewusst, dass Rene mich in die Wildnis verschleppt, hätte ich wohl eher Gummistiefel angezogen.

»Dort drüben ist es.«

Rene zeigt am Ufer entlang zu einer flachen Stelle, an der man direkt zum Wasser gelangt. Er geht wieder voraus, ich hinterher. Endlich kommen wir an dem Platz an, den er gemeint hat. Rene sieht sich noch einmal prüfend um und stellt dann seine Tasche ab.

»Perfekt«, sagt er und fährt sich mit dem Handrücken über die Stirn.

Ich stelle mir unter »perfekt« allerdings etwas anderes vor, als mich hier zu langweilen und von Gelsen zerstechen zu lassen. Ständig schwirren irgendwelche Insekten um mich herum. Auch wenn ich mich gerne in der Natur aufhalte, lasse ich mich nicht gerne stechen. Oder gar beißen?

»Sag mal, gibt es hier Schlangen?«

Ich sehe misstrauisch hinunter ins Gras. Hier kommen bestimmt nicht oft Menschen vorbei, wer weiß, was da im Verborgenen kreucht und fleucht.

»Das hoffe ich«, antwortet Rene.

Rene nimmt mir die längliche Tasche ab und zieht den Reißverschluss auf. Er holt wie erwartet eine Angelrute hervor und zieht sie mit wenigen Handgriffen zu ihrer vollen Länge aus.

»Sie sind immerhin wichtig für das Ökosystem. Aber keine Sorge, in dieser Gegend gibt es keine giftigen. Sowieso sind die schneller auf und davon, als du sie bemerkst.«

»Sagen das die Leute mit Schlangenbissen auch?«

Und woher will er das überhaupt wissen?

»Mal ehrlich, wie viele Leute kennst du, die schon mal von einer Schlange gebissen worden sind?«

Seinem Gesichtsausdruck nach zu urteilen rechnet er nicht mit einer Antwort, sondern werkelt weiter an der Angel und dem Zubehör herum und fährt fort: »Die meisten merken es nicht mal, wenn sie gebissen werden. Abgesehen davon hängt es meistens mit dem Verhalten der Menschen zusammen. Wenn Schlangen, egal ob harmlos oder giftig, sich bedroht fühlen, auch wenn's unabsichtlich passiert, verteidigen sie sich.«

Ich stehe etwas unsicher hinter ihm. Soll mich das jetzt beruhigen?

»Wieso weißt du so viel über Schlangen?«

Ohne aufzusehen, antwortet Rene: »Weil ich mich dafür interessiere.«

Dann rammt er ein Metallteil in den Boden.

»Das ist der Angelständer. Damit man die Angel nicht die ganze Zeit halten muss.«

Er rüttelt an dem Ständer, um zu schauen, ob er hält.

Dann legt er einen Hebel um, zupft an der Schnur und überprüft den Haken.

»Ich zeig' dir, wie man auswirft.«

»Aber wozu?«, frage ich.

Als wär's nicht genug, dass ich an diesen gottverlassenen Ort mitgekommen bin, da muss ich wohl nicht auch noch …

»Damit du weißt, wie es geht«, unterbricht Rene meine Gedanken. »Komm her!« Er winkt mich zu sich.

Also gut, je schneller ich das hinter mich bringe, desto schneller kommen wir von hier wieder weg. Wenig begeistert wate ich durch das hohe Gras zu ihm.

In der einen Hand hält Rene die Angelrute fest, mit der anderen berührt er mich an der Schulter.

»Blick nach vorne zum Wasser.«

Dann stellt er sich so nah hinter mich, dass ich seinen Oberkörper an meinem Rücken spüre.

Auf meinen Oberarmen breitet sich Gänsehaut aus. Ich spüre die Hitze, die sein Körper ausstrahlt, und seinen Atem auf meinem Kopf. Sekundenlang überlege ich, von ihm abzurücken, aber dann streckt er seine Arme vor und umfasst meine Hände mit seinen. Ich kann mich zwischen seinen kräftigen Armen kaum noch bewegen, aber das stört mich nicht. Im Gegenteil. Es fühlt sich gut an.

»Jetzt nimm das untere Ende der Angel in die linke Hand.«

Er greift mit seiner Hand nach meiner rechten und legt sie auf die Rolle, um die eine Angelschnur gewickelt ist.

»Mit dem Zeigefinger fixierst du die Schnur. Dann öffnest du den Rollbügel und hebst die Rute über deinen Kopf.«

Seine Hände liegen auf meinen und halten den Zeigefinger fest auf der Schnur, während seine Füße links und rechts von meinen stehen.

»Dann lässt du die Angelrute mit einer gleichmäßigen Bewegung über deinen Kopf schwingen. Auf dieser Höhe lässt du die Schnur los und senkst die Rute noch ab.«

Ich kann mich kaum konzentrieren auf das, was er sagt, weil sein Kinn meinen Kopf berührt und beinahe elektrisierend über meine Haare streicht. Nur gut, dass er hinter mir steht und mir die Erregung nicht ansehen kann.

Ich schlucke schwer, weil ich gar nichts dagegen machen kann.

»Probier mal den ersten Wurf mit geschlossenem Rollbügel.«

Er zieht seine Hände zurück und tritt zur Seite.

Augenblicklich fährt ein kühler Schauer meinen Rücken hinunter, am liebsten hätte ich es, wenn er so nah hinter mir bliebe …

Ich versuche, mir noch einmal seine Erklärung ins Gedächtnis zu rufen und mich an die Anweisungen zu halten. Also gut, fester Stand, den Finger auf der Schnur. Dann war da noch etwas mit einem Rollbügel.

»Ist der jetzt offen oder zu?«, frage ich.

»Zu. Lass ihn so.«

Ich werde einfach die Bewegung wiederholen, die er zuvor mit mir zusammen ausgeführt hat. Ich erinnere mich an seine Berührung, wie er meine Arme gelenkt und sich der Druck um meine Fingerknöchel verstärkt hat. Mit festem Griff hebe ich die Rute über den Kopf. Die Schnur drückt sich in meinen Zeigefinger. Mit einer ausholenden Bewegung lasse ich die Rute nach vorne schwingen und nehme den Finger weg von der Schnur. Ich verharre einen kurzen Moment so, bevor ich Rene ansehe, der seine Arme vor der Brust verschränkt hat und mich genau beobachtet.

»Und jetzt öffnest du den Bügel und wirfst den Haken so weit hinaus, wie du kannst.«

»Gut.«

Das Ganze nimmt wahrscheinlich erst ein Ende, wenn ich getan habe, was er von mir will. Auch wenn ich nach wie vor bezweifle, nach diesem einen Mal jemals wieder eine Angel in die Hand zu nehmen.

Ich stelle mich also wieder aufrecht hin und führe alle Bewegungen noch einmal durch, nur dass ich dieses Mal den Bügel der Rolle offen lasse. Mit etwas mehr Kraft schwinge ich die Rute nach vorne. Der Haken am Ende der Angel landet auf dem trockenen Boden. Na super!

»Du hast zu spät losgelassen. Roll die Schnur wieder ein und mach es noch einmal!«

Ich tue, was er sagt. Wieder und wieder. Beim vierten Mal berührt der Köder immerhin das Wasser. X Versuche später landet der Haken unweit des Ufers und versinkt dort.

»Großartig!«, ruft Rene begeistert aus.

Er strahlt mich an, als hätte ich gerade einen Fünf-Kilo-Karpfen aus dem Wasser gezogen, dabei weiß ich gar nicht, ob Rene überhaupt einen Köder an dem Haken befestigt hat.

»Und jetzt?«, frage ich, stehe mit der Angel in der Hand unbeholfen da und sehe Rene an.

Ich habe nicht die geringste Ahnung, was zu tun wäre, wenn wirklich ein Fisch anbeißt. Vor Schreck würde ich vermutlich einfach loslassen.

»Geben wir die Angel mal in die Halterung.«

Renes ruhige Bewegungen lassen darauf schließen,

dass er selbst nicht glaubt, es könnte sich so schnell ein Fisch an die ausgeworfene Angel verirren.

»Jetzt heißt es warten«, sagt er.

»Und wie lange?«

»Bis ein Fisch anbeißt.«

Er rückt seine Baseballkappe zurecht und lässt den Blick übers Wasser schweifen.

»Und wie lange dauert so etwas?«

»Eine Minute. Oder eine Stunde. Vielleicht auch zwei. Manchmal beißt auch gar keiner an.«

»Das ist nicht dein Ernst.«

Warum gerate ich eigentlich an so merkwürdige Männer? Der eine hockt sich bei schönstem Wetter freiwillig in einen stickigen Container, um Schach zu spielen, und der andere starrt stundenlang auf das Ende einer Angelschnur, an deren Haken sicher nie ein Fisch anbeißt.

»Ich dachte, dass es dir hier gefallen würde. Die Natur, die Ruhe, die Abgeschiedenheit ...«

Wahrscheinlich würde es mir ja wirklich gefallen – ohne zu angeln und dafür mit Marcel an meiner Seite.

»Na schön, also bevor du dich langweilst, könntest du mir die Pflanzen hier erklären.«

»Sehe ich aus wie eine Botanikerin?«

»Du bist aber Floristin, oder? Hier gibt es unzählige Blumen.« Er macht eine weit ausladende Geste mit dem Arm.

»Ich sehe nicht viele«, entgegne ich und sehe ihn weiterhin an.

»Zum Beispiel da unten, das Gelbe am Ufer.«

Eigentlich habe ich keine Lust auf dieses Spielchen,

aber ich will auch nicht nur rumstehen und nichts tun.

»Sag bloß, du kennst keine Sumpfdotterblume?«

»Ich war nicht sicher«, verteidigt sich Rene und zuckt mit den Schultern. »Mit Pflanzen kenne ich mich nicht so gut aus.«

Bevor ich einwenden kann, dass das so aber nicht wahr sei, ist er schon beim Nächsten: »Und das Weiße dort drüben?«

Jetzt zeigt er auf einen Busch zwischen zwei Bäumen, der mit weißen Schirmrispen übersät ist, die von unzähligen Insekten umschwirrt werden.

Widerwillig lasse ich mich darauf ein, und wir gehen ein Stück am Waldrand entlang. Ich zeige Rene Holler, Gemeine Schafgarbe, die ich gerne in Sträuße einarbeite, Disteln und Gänseblümchen. Kühle Waldluft weht uns entgegen.

»Dort drüben zwischen den Birken wachsen Einbeeren.«

Wir gelangen in den Wald. Ich zeige auf ein Grüppchen der niedrigen Pflanze, die markant aussieht. Sie hat vier auffallend große Blätter und in der Mitte einen Stiel, an dem eine einzelne, dunkelblaue Beere hängt.

»Siehst du? Die Frucht erinnert an eine Heidelbeere«, erkläre ich.

Von meiner Mutter weiß ich, dass sie giftig ist.

»Brennnesseln kennst du aber schon, oder?«, frage ich, stapfe zwischen den Bäumen her und versuche mich zu erinnern, wann ich das letzte Mal im Wald war. Vermutlich mit Clemens, als wir noch Kinder waren.

»Die schmecken aber nicht so gut wie Heidelbeeren«, sagt Rene hinter mir.

»Was meinst du?«

Ich drehe mich um.

Rene hält ein Häufchen Einbeeren in der Hand, kaut auf einer herum und verzieht angewidert das Gesicht.

»Aber ...« Ich starre ihn erschrocken an. »Wie viele hast du davon gegessen?«

Das darf doch nicht wahr sein!

»Keine Ahnung«, antwortet Rene. »Vier, fünf, vielleicht sechs.«

Er hält sich die Beeren unter die Nase und riecht daran.

»Nein!«, brülle ich, bin mit einem Satz bei ihm und schlage sie ihm aus der Hand.

»Die sind hochgiftig, spuck sie sofort aus!«

»Was meinst du damit?«

Rene sieht mich mit großen Augen an und spuckt den Rest in das Gehölz.

»Bist du verrückt? Hat man dir denn nicht beigebracht, dass man sich niemals unbekannte Beeren oder Früchte in den Mund steckt?«, rufe ich entsetzt. »Du lieber Himmel, was machen wir denn jetzt?«

»Du hast gesagt, die sind wie Heidelbeeren«, verteidigt Rene sich.

»Ich meinte damit nur, dass sie so aussehen!«

»Die ersten beiden schmeckten unreif, deshalb habe ich noch ein paar probiert.«

Ich gerate immer mehr in Panik und überlege fieberhaft, was zu tun ist. Noch dazu mitten im Nirgendwo, und ich würde nicht einmal das Auto wiederfinden, wenn Rene schlappmacht.

»Wie äußern sich denn die Symptome bei einer Vergiftung?«, fragt Rene, der die Tragweite des Unglücks noch nicht begriffen zu haben scheint, anders kann ich es mir nicht erklären, dass er so ruhig bleibt.

»Weiß ich nicht«, antworte ich, um Fassung ringend. »Übelkeit und Erbrechen, nehme ich an.«

Vielleicht ist man auch sofort tot. Das spreche ich aber nicht aus, ich will gar nicht daran denken.

»Gehen wir zurück zum Teich«, sagt Rene, »ich habe Wasser dabei.«

»Okay!«, willige ich ein, auch wenn ich keine Ahnung habe, ob das etwas bringt.

Als wir den Angelplatz erreicht haben, sehe ich ihn an. Ist er blasser, oder bilde ich mir das nur ein? Seine Pupillen haben sich geweitet, glaube ich. Wenn ich bloß wüsste, ab welcher Dosis Einbeeren Vergiftungserscheinungen zeigen.

»Lass uns am besten schnell zurück zum Auto laufen und ins Krankenhaus fahren«, sage ich.

Rene trinkt aus seiner Wasserflasche, hält plötzlich inne und verzieht das Gesicht.

»Ich glaube, meine Zunge wird taub«, stammelt er. »Und irgendwie«, er reibt sich mit der flachen Hand über den Bauch, »... o Mann, in mir krampft sich gerade alles zusammen.«

»Musst du kotzen?«, frage ich und merke jetzt erst, wie zittrig ich bin.

Hektisch taste ich meine Hosentaschen ab, aber ich

finde mein Handy nicht. Es liegt wahrscheinlich im Auto. Super!

»Gib mir dein Handy, Rene, schnell! Ich rufe Hilfe.«

»Ich muss mich kurz hinsetzen.«

Als hätte er nicht gehört, was ich gesagt habe, sinkt Rene aus dem Stand auf die Wiese. Mit einer Hand massiert er seine Stirn, schließt die Augen und sagt mit matter Stimme: »Mir ist ganz schwindelig.«

»Dein Handy. Dein Handy!«

Doch Rene lässt sich zurück ins Gras fallen und streckt die Beine aus.

»Nur ganz kurz«, murmelt er mit geschlossenen Augen.

Ich schnappe nach Luft, knie mich neben ihn und nehme seine Hand.

»Rene? Rene! Schau mich an!«

Ich klopfe auf seine Stirn, reibe seine Wangen, doch er rührt sich nicht mehr. Sein Kopf kippt zur Seite. Er ist bewusstlos.

Bewusstlose Menschen müssen in die stabile Seitenlage gedreht werden, daran erinnere ich mich aus dem Erste-Hilfe-Kurs. Vorher prüfen, ob die Person noch atmet, ob ihr Puls schlägt.

Was, wenn nicht?

Ich halte meine zitternden Finger an seinen Hals und taste nach der Halsschlagader. Es dauert einen Moment, bis ich einen Pulsschlag spüre, auch wenn ich zuerst nicht sicher bin, ob das nicht meine zitternden Finger sind. Ich halte ihm eine Hand vor die Nase, er scheint nicht zu atmen. Ein Atemstillstand? Ohne lange nachzudenken, rücke ich seinen Kopf gerade und öffne mit einer Hand seinen Mund. Mit der anderen halte ich ihm die Nase zu. Dann hole ich tief Luft, beuge mich über ihn und lege meinen Mund auf seinen. Seine Wangen blähen sich auf. Aus den Augenwinkeln kann ich erkennen, wie sich sein Brustkorb hebt und wieder senkt.

Es funktioniert!

Ich setze ein zweites Mal an. Als unsere Lippen sich wieder berühren, spüre ich plötzlich eine Hand an meinem Hinterkopf. Erschrocken stoße ich einen Schrei aus und fahre hoch. Mein Herz rast, erst vor Schreck und dann vor Wut, als ich langsam begreife.

Rene setzt sich ebenfalls auf, blinzelt mich an und grinst von einem Ohr zum anderen.

Ich verpasse ihm eine so schallende Ohrfeige, dass mir die Handfläche wehtut.

»Du Arsch!«, brülle ich ihn an.

Er reibt sich die Wange, kann sich das Grinsen aber noch immer nicht verkneifen. »Das war doch bloß ein Spaß«, beteuert er.

»Ein Spaß?«

Ich platze fast vor Zorn und stehe lieber auf, bevor ich ihn erschlage. Ich streiche mir die Haare aus meinem verschwitzten Gesicht und zische ihn böse an: »Ihr Eishockeyspieler habt doch alle dieselbe beschissene Art von Humor!«

Dann drehe ich mich um und renne los, ohne einen blassen Schimmer, in welche Richtung ich muss, nur ganz schnell weg von ihm!

* * *

Mein Vater hat Marcel inzwischen schon kennengelernt, nun möchte auch Tanja meinen neuen Freund
endlich zu Gesicht bekommen. Früher oder später
muss es ja doch sein, denke ich und schlage vor, Marcel am Wochenende mitzubringen. Meine Bedingung
ist jedoch, dass es ein Mittagessen zu viert wird.

Am Sonntag ist herrliches Wetter. Wir essen im Garten im Schatten eines Sonnenschirms. Tanja hat eine
vegane Zucchini-Lasagne und eine mit Faschiertem
und Käse vorbereitet. Sie gibt mir wie selbstverständlich von der veganen auf den Teller und meinem Vater
natürlich von der fleischigen, die sie Marcel ebenfalls
anbietet. Aber Marcel zieht die Gemüsevariante vor.

»Meine Schwester ernährt sich auch vegan«, erklärt
er und hält Tanja seinen Teller hin. »Wenn ich bei ihr
zu Besuch bin, tischt sie immer wieder neue interes-
sante Gerichte auf.«

»Die in Schweden?«, frage ich und nehme etwas
lustlos die Zucchini-Lasagne entgegen.

»Sie haben eine Schwester in Schweden?« Tanja
sieht ihn interessiert an.

»Ja. Sie arbeitet dort als Herzchirurgin und ist mit
einem Schweden verheiratet.«

»Großartiges Eishockey!«, nuschelt mein Vater mit
vollem Mund. »Wirklich großartiges Eishockey haben sie dort!«

»Rita hat mir schon erzählt, dass Sie und Ihr Sohn
begeisterte Eishockeyfans sind«, sagt Marcel lachend
an meinen Vater gewandt.

Dann kostet er von der Lasagne und versichert Tanja, dass sie köstlich schmecke. Wenn er sie nicht schon

mit seinem adretten Sonntagshemd überzeugt haben sollte, so hat er spätestens jetzt Tanjas Herz erobert.

»Nicht Fans«, korrigiere ich Marcel rasch, solange Papa noch kaut. »Mein Vater ist Trainer der Steelheads, und Clemens ist der Kapitän des Teams.«

Marcel nickt – mit einem Gesichtsausdruck, als würde das für ihn keinen großen Unterschied machen.

»Sie sind also Architekt? Erzählen Sie uns doch, woran arbeiten Sie gerade?«

Tanja hängt ihm begeistert an den Lippen, während Marcel von seinen Aufträgen und aktuellen Projekten berichtet. Sie ist ganz hin und weg, als sie erfährt, was er in seinem Alter schon erreicht hat.

Mit einer bescheidenen Handbewegung winkt Marcel ab.

»Rita ist viel jünger und längst eine hervorragende Geschäftsfrau.«

»Ich hatte das Glück, den Blumenladen von meiner Mutter übernehmen zu können«, sage ich und schiebe mir den letzten Bissen der Zucchini-Lasagne in den Mund. »Deine Mutter wäre stolz, wenn sie sehen könnte, wie gut du das machst«, sagt mein Vater.

Überrascht sehe ich ihn an. Er ist nämlich äußerst sparsam mit Lob. Umso gerührter bin ich und lächle ihn dankbar an.

»Ja, Rita hatte wirklich tolle Voraussetzungen.« Marcel legt seine Hand auf meinen Unterarm und drückt ihn sanft. »Rückblickend kann ich sagen, dass die Gründungsphase unseres Büros mit den ersten Auftragsakquisen die schwierigste Zeit meiner beruflichen Laufbahn war.«

Tanja räumt den Tisch ab, wobei sie sich partout nicht helfen lassen will.

Marcel hält sein Smartphone diskret zur Seite und starrt stirnrunzelnd aufs Display.

»Kannst ruhig telefonieren, wenn es wichtig ist«, sage ich.

Marcel zögert erst, doch dann entschuldigt er sich und geht ans andere Ende des Gartens, um in Ruhe zu telefonieren.

»Ein netter Mann«, sagt mein Vater und trinkt einen Schluck Bier aus seinem Glas. Tanja hat ihm nämlich verboten, aus der Flasche zu trinken, während Marcel dabei ist. Während Papa das Glas abstellt, bemerke ich seinen Blick auf Marcels Soda Zitrone.

Wenn es nach ihm geht, gehören ein Bier zum Mittagessen und Turniere zum Sport, nicht zum Schachspiel. Aber er kommentiert das nicht weiter, was ich ihm hoch anrechne. Denn Marcel ist sicher nicht der Typ Mann, den Papa für mich ausgewählt hätte ...

»Ja, und er macht mich glücklich«, sage ich, mehr zu mir selbst als zu meinem Vater.

»Das ist ja schön zu hören«, sagt Tanja, die gekommen ist, um die beiden Auflaufformen abzuräumen. »Er passt sehr gut zu dir.« Und damit eilt sie wieder zum Haus.

Bevor ich noch etwas bezüglich Marcel zu meinem Vater sagen kann, kommt der quer durch den Garten zurück zu uns an den Tisch. Er lacht mich an, wirkt allerdings ein bisschen zerstreut.

»Hast du Rita schon wegen nächster Woche gefragt?«

Tanja ist mit einem Teller Muffins zum Tisch zurückgekommen.

»Ist das schon nächste Woche?«, fragt mein Vater und kratzt sich am Kopf. »Jedenfalls habe ich das Team zum Grillen eingeladen und wollte dich fragen, ob du Tanja bei den Vorbereitungen helfen kannst.«

Ich nehme an, Tanja hat kein Problem damit, alleine eine Horde Spieler zu verköstigen, sondern keine Lust, als einzige Frau mit ihnen alleine zu sein. Abgesehen davon kann sie mit Eishockey ebenso wenig anfangen wie ich, nicht einmal Papa zuliebe geht sie mit in die Eishalle. So fanden sie einen Kompromiss, der Papa davor bewahrt, ausschließlich vegane Kost vorgesetzt zu bekommen.

»Ich frage Erik, ob er meinen Dienst übernehmen kann. Wenn ja, dann komme ich gerne.«

Gerne ist zwar gelogen, aber ich finde, ein bisschen Solidarität unter Frauen schadet nicht.

»Natürlich können Sie auch mitkommen«, bietet Tanja Marcel umgehend an.

Marcel auf einer Grillparty mit einer besoffenen Eishockeymannschaft? Er in Stoffhose und Hemd, die Jungs in Trikots und oben ohne? Irgendwie kann ich mir spontan kein komischeres Bild vorstellen.

»Ich fürchte, ich bin am Samstag verhindert«, antwortet er mit einem schmallippigen Lächeln.

Ich kann's ihm nicht verübeln, auch wenn das mit Sicherheit eine Ausrede ist.

»Schade«, sagt Tanja ehrlich enttäuscht.

»Der volle Terminkalender eines Architekten«, sagt Marcel entschuldigend. »Apropos, es ist mir zwar unangenehm, aber ich muss mich leider jetzt schon verabschieden. Ich habe morgen eine wichtige Präsentation und muss noch einmal ins Büro. Da passt etwas mit den Unterlagen nicht.«

»Natürlich!«, ruft Tanja schnell, als fühle sie sich schuldig, ihn so lange aufgehalten zu haben. »Soll ich Ihnen ein paar Muffins einpacken? Als Stärkung für die Arbeit?«

Dankend nimmt Marcel ihr Angebot an, dann sieht er mich an und fragt:

»Soll ich dich zu Hause absetzen?«

»Nein, ich bleibe noch hier.«

An einem so sommerlichen Sonntag kann ich mir weiß Gott Besseres vorstellen, als in meiner Wohnung zu sitzen, wo sich womöglich auch Rene gerade aufhält. Mit dem ich seit dem Angelausflug kein Wort mehr gesprochen habe, daran hat auch seine Entschuldigung nichts geändert. Seine Einbeeren-Show war so dermaßen daneben, ich könnte immer noch platzen vor Wut, wenn ich dran denke.

Ich begleite Marcel zum Auto.

»Es tut mir leid, dass ich schon weg muss«, sagt er, als wir vor seinem Wagen stehenbleiben. »Ich dachte, es sei alles vorbereitet für morgen, aber offenbar wurden zwei Projekte miteinander vertauscht.«

Ich weiß, dass sein Beruf ihm so wichtig ist wie mir meiner, deshalb kann ich ihm nicht böse sein. Auch wenn ich mir den freien Tag etwas anders vorgestellt habe.

»Ruf mich doch morgen nach der Präsentation an und erzähl, wie es gelaufen ist.«

»Mach' ich.«

Marcel drückt mir einen Kuss auf die Lippen und öffnet die Fahrertür.

»Marcel? Warte noch kurz!«

Ich zwinge mich, ihn endlich zu fragen, was ich schon viel zu lange vor mir herschiebe.

»Du weißt doch, dass ich im August zu einer Hochzeit eingeladen bin.«

»Ja, stimmt. Dieser Rene hat so was erwähnt.«

Sofort spüre ich, wie der Groll in mir wieder aufsteigt. Dieser Idiot von Rene!

»Ich wollte ... dich fragen, ob du meine Begleitung sein willst.«

»Natürlich komme ich mit. Sprechen wir morgen am Telefon noch mal drüber? Dann trage ich mir den Termin in meinen Kalender ein.«

Ich nicke erfreut. Damit hat sich das Singletisch-Thema zum Glück erledigt.

»Und keine Sorge, da bleibe ich dann bis zum Ende bei dir«, fügt Marcel hinzu und gibt mir noch einen Kuss, bevor er einsteigt.

Ich sehe ihm nach, wie er die Straße hinunterfährt und hinter der Kurve verschwindet.

* * *

»Wow, in zwei Wochen ist schon die Eröffnung? Ich kann's kaum glauben, Klara!«

Inzwischen fühle ich mich in den Rollschuhen schon viel sicherer und glaube auch, eine ganz gute Figur darin zu machen. Passend zu den Schuhen trage ich pfirsichfarbene Shorts und ein hellblaues Tanktop, das mit dem Logo von Klaras Rollschuhladen bedruckt ist. Am coolsten finde ich aber die weißen Kniestrümpfe, die meine Freundin besorgt hat. Die sehen zu meinen rosaweißen Rollschuhen hammermäßig aus.

»Was soll ich sagen?« Klara seufzt. »Die Vorbereitungen laufen auf Hochtouren, damit ich den Sommer noch ausnutzen kann.«

In der Hand hält sie einen Stapel druckfrischer Flyer. Damit sind wir auf der Donauinsel unterwegs, um Werbung für die bevorstehende Eröffnung zu machen.

Denn zu dieser Jahreszeit tummeln sich hier unzählige Badegäste, Fahrradfahrer, Jogger und auch Spaziergänger. Wenn es nach Klara geht, sollen bald auch hippe Rollschuhfahrer ihre Runden auf der Insel drehen. Vor allem Frauen, deshalb verteilen wir die Flyer in erster Linie an Passantinnen.

»Ich glaube, dein Laden wird gut laufen«, sage ich und drücke im Vorbeifahren zwei Mädchen Flyer in die Hand. »Rollschuhfahren ist echt super!« Und das sage ich nicht nur, weil ich mir in dem Outfit ziemlich trendy vorkomme. Es ist so, wie Klara mir immer wieder vorgeschwärmt hat.

»Deshalb mache ich das ja.«

Klara grinst zufrieden und fährt in einem eleganten Slalom durch einen Pulk von Spaziergängern.

»Morgen Nachmittag verteilen wir die Flyer auf der Mariahilfer Straße, und am Samstag könnten wir uns im Stadtpark treffen.«

»Samstag kann ich nicht«, antworte ich und lasse mich entspannt den leicht abfallenden Weg hinunterrollen. »Papa schmeißt eine Grillparty für die

Steelheads und hat mich gebeten, Tanja in der Küche zu helfen.«

»Oha! Ein Haufen testosterongesteuerter Hockeyschläger, die sich in dem kleinen Garten deines Vaters den Bauch vollschlagen und vollaufen lassen?«

»Du sagst es. Willst du auch kommen?«

»Geht nicht.«

Geschickt steckt Klara jeder vorbeikommenden Frau einen Flyer zu, egal ob die ihn will oder nicht.

»Als Geschäftsfrau habe ich leider keine Zeit mehr für solche Späße. Sag, wie machst du das eigentlich, dass du dich ständig aus deinem Laden verdrücken kannst?«

Ich muss lachen. Schließlich hat Klara ja noch gar keine Ahnung, wie es als Geschäftsfrau wirklich ist. Aber sie wird auch eine Routine entwickeln, die ihr das Leben erleichtert. Es stimmt, dass ich immer wieder einen freien Nachmittag habe oder mir Samstage freihalten kann, trotzdem arbeite ich weit mehr als die üblichen vierzig Stunden eines Vollzeitangestellten. Ich bin morgens die Erste im Geschäft und bleibe oft auch nach Feierabend länger, um mich um die Buchhaltung zu kümmern oder Vorbereitungen für den nächsten Tag zu treffen.

»Angestellte heißt das Zauberwort«, antworte ich leichthin.

»Die kann ich mir nicht leisten«, stellt Klara seufzend fest.

»Noch nicht«, erwidere ich munter. »Ich habe Erik auch erst seit zwei Jahren. Davor war ich rund um die Uhr im Geschäft.«

»Aber du hattest deine Oma.«

»Und du hast mich«, sage ich, ohne den Einsatz meiner Großmutter schmälern zu wollen.

Sie hat mir mit ihrer Erfahrung dabei geholfen, nach und nach alle Aufgaben einer selbstständigen Floristin zu lernen und zu perfektionieren. Ohne meine Oma wäre ich heute nicht da, wo ich bin.

»Übrigens habe ich Erik von deinen Leopardenschuhen erzählt, und er lässt fragen, ob du ihm dieselben in Größe 43 besorgen kannst?«

»Klar. Ich werde mal im Lager nachschauen. Hey, weißt du was?« Klara reißt die Augen weit auf, wie immer, wenn sie eine Idee hat. »Du könntest doch die Spieler am Samstag fragen, ob sie Rollschuhe bei mir kaufen wollen. Ich habe auch ein paar fesche Modelle für Männer. Damit würde ich auf einen Schlag ein gutes Dutzend verkaufen!«

»Du glaubst doch nicht im Ernst, die ziehen sich Rollschuhe an?«

Ich muss meiner Freundin wohl doch noch etwas über Zielgruppenanalyse beibringen. Frauen, Kinder und schwule Männer, ja, aber bei Heteros wird sie keinen großen Absatz machen. Schon gar nicht bei Eishockeyspielern.

»Wenn man vom Teufel spricht ...«

Noch ehe ich begreife, was sie damit meint, stellt sie einen Fuß quer und verlangsamt so ihre Geschwindigkeit. Mir hat sie nur gezeigt, wie ich mit dem Stopper bremsen kann, doch dafür bin ich gerade zu schnell unterwegs. Ausgerechnet Rene und Clemens versperren uns den Weg. Sie sehen aus, als hätten sie schon auf uns gewartet. Ich sause geradewegs in Renes Arme hinein. Na toll!

»Nicht so stürmisch«, sagt er leise in mein Ohr. Sein Atem streift meine Wange, und ich halte erschrocken die Luft an. Er hilft mir wieder auf die Beine, wobei er seine Hände etwas länger als notwendig an meiner Taille lässt.

»Was macht ihr denn hier?«, fragt Klara, während sie ihre Flyer an eine Gruppe junger Mädchen verteilt.

»Wir haben gehört, dass ihr auf der Donauinsel seid und für Gesprächsstoff sorgt«, erklärt Clemens. »Das wollten wir uns nicht entgehen lassen.«

»Wo habt ihr das denn gehört?«, frage ich verdutzt und versuche, Abstand zu Rene zu gewinnen. Leider macht die abfallende Straße es mir nicht so leicht.

»Im Radio«, antwortet mein Bruder. »Kein Witz. Der Wettermoderator hat empfohlen, die sommerlichen Temperaturen auf der Donauinsel zu genießen. Dort seien auch zwei süße Mädels auf Rollschuhen unterwegs.«

Na klar!

»Perfekt«, sagt Klara und grinst so breit, als sei sie im Begriff, die Welt zu erobern. »Flächendeckende Werbung, und das auch noch gratis.«

»Du kommst am Samstag auch zur Grillfeier?«, fragt Clemens mich. »Tanja ist ganz traurig, dass dein neuer Freund keine Zeit hat.«

Er kichert albern. Seine Frotzelei vor Rene ärgert mich, und ich blaffe zurück:

»Tja, so ist das als Selbstständiger. Da muss man auch mal am Wochenende arbeiten. Das wär' nichts für dich. Dann könntest du dir nicht jeden Samstag die Birne volllaufen lassen und eine Frau nach der anderen abschleppen.«

Schlimm, wie schnell mein Niveau sich an das von Clemens anpasst.

Clemens hält sich schützend die Hände vor die Brust, als rechne er damit, dass ich zuschlage.

»Ganz ruhig, ganz ruhig! Ich freue mich doch auch für dich.« Und wieder sein dämliches Gegrinse. »Da sucht unsere Rita jahrelang ihren Märchenprinzen, und jetzt hat sie ihn tatsächlich gefunden! Ein Traum ist wahr geworden und …«

»Clemens, führ dich nicht auf wie ein Arsch!«, fährt Klara dazwischen und boxt ihm gegen den Oberkörper. Dass er fast zwei Köpfe größer ist als sie, schreckt sie nicht ab. Was den Beschützerinstinkt anbelangt, ist Klara wie ein Chihuahua: klein, aber eine große Klappe und ein noch größeres Ego.

»Komm, gehen wir weiter.«

Auch Rene will die Situation entschärfen und zupft Clemens am Ärmel. Er wirft mir einen entschuldigenden Blick zu, als hätte er nicht gewusst, was Clemens vorhat.

»Ist doch wahr.« Clemens steckt seine Hände in die Hosentaschen. »Bislang war ja keiner gut genug für unsere Prinzessin hier. Hand aufs Herz, wer hätte geglaubt, dass sie echt mal einen Typen findet, der ihren Ansprüchen genügt? Ich jedenfalls nicht.«

Ich beiße mir auf die Zunge. Er ist es nicht wert, dass ich seinetwegen zu einer Furie werde.

»Du hättest mal Papas Gesicht sehen sollen, als er

diesen Marcel zum ersten Mal gesehen hat. Da ist selbst Erik noch mehr Kerl.«

»Jetzt reicht's aber!«, fährt Rene seinen Kumpel an, packt ihn am Arm und will ihn weiterziehen. Doch Clemens macht sich mit einem Ruck wieder frei.

Jetzt ist es allerdings vorbei mit meiner Beherrschung.

»Was für eine maßlose Enttäuschung seine beiden Kinder für ihn sein müssen!«, zische ich. »Ich bin mit dem falschen Typen zusammen, und du wirst es nie zum Profispieler bringen. Sieh's endlich ein. Du hast deine Karriere verkackt, auch wenn du dich so benimmst, als wärst du mit fünfzehn stehengeblieben.«

Clemens starrt mich auf einmal an, als hätte ich ihm ins Gesicht geschlagen. Dann dreht er sich um und geht davon. Ohne ein weiteres Wort. Ungewöhnlich für meinen Bruder.

Rene zuckt mit den Schultern und folgt ihm dann.

»Der kann einem aber auch echt die Stimmung versauen«, sagt Klara und legt ihren Arm um mich. »Aber mach dir nichts draus. Der ist doch nur unzufrieden mit sich und neidisch auf dich, weil bei dir alles so läuft, wie du dir das immer gewünscht hast.«

»Du hast eh recht«, murmele ich.

Auch wenn ich gar nicht mehr so überzeugt davon bin.

* * *

»Hallo Schätzchen!« Mein Vater drückt mir im Vorbeigehen einen Kuss auf die Wange. »Schön, dass du gekommen bist.«

Er schiebt mich sanft zur Seite, um an den Kühlschrank zu gelangen, aus dem er eine Platte mit einem riesigen Berg Fleisch herausholt.

»Wer soll denn das alles essen?«, frage ich staunend.

Ich habe Erdäpfelsalat zubereitet, den ich noch abschmecken muss.

»Vier Kilo Koteletts, zwei Kilo Bratwürste und ein Kilo Ćevapčići«, antwortet Tanja, die bereits die dritte Salatgurke in Scheiben schneidet. Als Veganerin ist das für sie bestimmt kein schöner Anblick.

»In zwanzig Minuten essen wir.«

Mit diesen Worten verlässt mein Vater uns und geht wieder auf die Terrasse. Von draußen dringen die Stimmen und das Gelächter des Eishockeyteams herein.

»Wie will er diese Mengen denn in zwanzig Minuten grillen?«, frage ich und koste noch einmal von dem Salat.

Ich war noch gar nicht im Garten, sondern habe mich sofort, nachdem ich gekommen bin, in die Küche verzogen, wo Tanja mich dankbar eingeteilt hat.

»Du kennst doch deinen Vater. Wenn er sagt, er braucht zwanzig Minuten, dann braucht er zwanzig Minuten«, erklärt Tanja. »Und keine Minute länger. Kannst du die Folienerdäpfel rausbringen?«

»Wenn du willst, kann ich weiter Gurken schneiden«, biete ich hoffnungsvoll an, doch Tanja winkt mit einem Lächeln ab. Widerwillig nehme ich die Schüssel mit den in Alufolie gepackten Kartoffeln und gehe hinaus. Früher oder später muss es sowieso sein, warum dann nicht jetzt. Ich werde kurz Hallo sagen, die Schüssel abstellen und sofort wieder in die Küche zurückgehen. Auf Gespräche mit Eishockeyspielern, die bereits das dritte Fünf-Liter-Bierfass angezapft haben, kann ich getrost verzichten.

Im Türrahmen zur Terrasse bleibe ich kurz stehen. Mein Vater hat zwei Biergarnituren aufgestellt. Die Spieler sitzen auf den Bänken unter drei großen Sonnenschirmen, einige von ihnen, auch Clemens, mit nacktem Oberkörper. Mein Blick fällt jedoch auf Rene am hinteren Ende des Tisches. Ein weißes Shirt spannt sich um seine breite Brust und die kräftigen Oberarme und bietet einen schönen Kontrast zu seiner gebräunten Haut. Eine Pilotenbrille auf der Nase, unterhält er sich mit zwei Kollegen, die ihm gegenübersitzen. Seine strohblonden Haare wachsen ihm mittlerweile über die Ohren und bis in den Nacken.

Als hätte er meinen Blick gespürt, schaut er plötzlich auf. Ich halte einen Moment lang die Luft an und glaube, ein Lächeln über seine Lippen huschen zu sehen. Bevor er auf die Idee kommt, ich würde ihn von hier aus heimlich beobachten, fasse ich mir ein Herz und gehe in den Garten hinaus.

Das Gras kitzelt an meinen nackten Füßen. Ich trage ein ärmelloses, asymmetrisches Kleid, das mit einem dünnen Ledergürtel an der Taille zusammengebunden ist. Der blau-weiße Stoff ist angenehm leicht und umspielt luftig meine Knie.

»Hey Jungs.«

Ich setze ein freundliches Gesicht auf, während ich an den Bierbänken vorbeigehe. Die meisten von ihnen habe ich zuletzt auf Parkers Party gesehen, der natürlich auch dabei ist und soeben eine Zigarre an Ronnie weiterreicht.

Ein paar der Spieler winken kurz zum Gruß, andere rufen »Hallo« und wenden sich wieder ihren Gesprächen zu. Sport, Autos und Frauen. Aus den Augenwinkeln erkenne ich, dass Rene zu mir rüberschaut. Wenn auch ich eine Sonnenbrille aufhätte, könnte ich unbemerkt zurückschauen.

Aber warum sollte ich das wollen?, frage ich mich etwas irritiert.

»Hier, die Erdäpfel«, sage ich zu meinem Vater, der mit dem Torhüter Lukas am Grill steht. Lukas, bekannt für seine flippigen Frisuren, hat sein Haar kurz geschoren und wie ein Schachbrett schwarz und weiß gefärbt.

Ich frage mich, ob Marcel das gefallen würde.

»Gerade noch rechtzeitig, danke.«

Papa drückt Lukas sein Bier in die Hand, um mir die Schüssel abzunehmen. Vor ihm brutzelt das Fleisch, und es riecht schon sehr gut. Er wirft die Folienkugeln neben die glühenden Kohlen und stellt die leere Schüssel auf einen Klapptisch neben dem Griller.

»Kannst du uns bitte noch ein Baby bringen?«

So nennt mein Vater seine Bierfässer liebevoll.

»Bringe ich gleich.«

Als ich mich umdrehe, schaue ich Rene direkt ins Gesicht. Seine Pilotenbrille sitzt ein Stück tiefer als vorher, und über den Rand hinweg sieht er mich aus seinen dunkelblauen Augen ruhig an.

Ich spüre, wie sich jede Faser meines Körpers zusammenzieht und meine Wangen heiß werden. Schnell sehe ich weg und eile aufs Haus zu. Als ich die Terrassentür aufdrücke, legt sich eine warme Hand von hinten auf meine Schulter. Mein Herz setzt aus, und ich drehe mich langsam um. Doch nicht Rene steht da, sondern Clemens. Ich empfinde einen Anflug von Enttäuschung, und mein Herzschlag normalisiert sich sofort wieder.

»Hast du eine Minute?«, fragt mein Bruder und wippt von einem Bein auf das andere.

»Okay, was gibt's?«

Er zögert und druckst herum, dann sieht er mich wieder an.

»Es tut mir leid, was ich auf der Donauinsel zu dir gesagt habe.«

Ich habe den Eindruck, dass diese Entschuldigung ernst gemeint ist. Ich weiß, dass es ihm nicht leichtfällt, sich zu entschuldigen. Das tat es schon als Kind nicht.

»Als dein großer Bruder sollte ich dich vor Idioten beschützen und froh sein, dass du dich nicht auf solche Typen einlässt.«

»Typen wie dich?«, frage ich und muss grinsen.
Clemens lacht.

»Ich meinte eher Typen wie Ronnie.«

Er nickt zu seinem Teamkollegen hinüber, der gerade dröhnend laut lacht.

»Marcel scheint ein anständiger Typ zu sein. Zumindest hoffe ich das für ihn, sonst wehe ihm. Du hast nämlich nichts anderes verdient.«

Es tut gut, das aus dem Mund meines Bruders zu

hören. Clemens mag ein Idiot sein und einen unreifen Lebensstil pflegen, aber im Grunde ist er in Ordnung, auch wenn er manchmal erst spät checkt, dass er einen Fehler gemacht hat.

»Nein, nein, keine Sorge, Marcel ist anständig.«

»Und wenn es doch nicht funktionieren sollte, habe ich schon eine Idee für dein nächstes Blind Date.«

»Bitte bloß nicht! Keine Blind Dates mehr!«

Ich boxe sanft gegen seine Schulter.

Clemens nimmt mich in den Arm, klopft auf meinen Rücken und lässt mich dann wieder los.

»Ich nehme das Baby gleich mit, wenn ich schon hier bin.«

Er holt das Bierfass aus dem Kühlschrank, klemmt es sich wie einen Football unter den Arm und geht zurück in den Garten.

Tanja hat mittlerweile etliche Laibe Weißbrot in Scheiben geschnitten und in Körbe gelegt.

»Dann bringe ich mal das Geschirr raus«, sage ich und öffne den Küchenschrank.

»O nein, warte, nicht die Teller!«, ruft Tanja. »Denen gebe ich doch nicht mein schönes Porzellangeschirr!«

Sie zeigt zum Tisch, auf dem stapelweise Plastikteller stehen. Daneben liegen Gabeln, Messer und Papierservietten.

Bevor ich alles raustrage, suche ich in meiner Tasche nach der Sonnenbrille und setze sie auf. Damit fällt es mir sofort viel leichter, wieder hinauszugehen.

»Reicht die mal weiter«, sage ich zu Ronnie und Parker, die am Ende der Tischreihe sitzen.

Ich stelle die Plastikteller auf den Tisch und lege das Besteck daneben. Verstohlen schiele ich hinüber zu Rene, der ganz entspannt dasitzt und mich unverwandt ansieht.

»Traust du uns keine richtigen Teller zu?«, fragt Ronnie und inspiziert missbilligend die Plastikteller.

»In zwei Minuten essen wir«, ruft in dem Moment mein Vater in die Runde. Das nenne ich Timing, so etwas bringt wohl nur mein Vater zustande.

Auf dem Weg zurück ins Haus kommt Tanja mir mit den beiden Salatschüsseln entgegen. Sie stellt sie auf den Tisch und sagt: »Du kannst hierbleiben. Ich hole nur noch die Saucen und meinen Tofuburger.«

Ronnie macht Würgegeräusche, als er es hört, aber weder Tanja noch ich würdigen ihn eines Blickes.

Ich bin davon ausgegangen, dass sie und ich gemütlich zu zweit in der Küche bleiben und dort essen, aber bevor ich etwas sagen kann, ist sie schon wieder weg.

Langsam wende ich mich um. Lukas setzt sich schon zu den anderen auf eine der Bierbänke. Eine breite Schulter reiht sich an die nächste. Es ist nur noch ein Platz frei, den sie für meinen Vater frei gehalten haben. Der kommt mit zwei Platten herbei, auf denen sich das gegrillte Fleisch türmt. Duftschwaden ziehen durch unseren Garten. Mir läuft sofort das Wasser im Mund zusammen.

Papa reicht seinen Jungs das Essen, und die machen sich sofort gierig darüber her.

»Rück ein Stück zur Seite, damit meine Frau neben mir sitzen kann«, fordert er einen seiner Spieler auf, und zu mir sagt er: »Setz dich einfach wo dazu, Rita.«

Etwas unbeholfen stehe ich da. Das Salatbesteck klirrt in den Schüsseln, und vor lauter Gier hat niemand gehört, was Papa zu mir gesagt hat. Deshalb macht keiner von den Spielern Anstalten, mir Platz zu machen.

Aus den Augenwinkeln sehe ich, dass Rene zu seinem Sitznachbarn aufgerückt ist, dann winkt er mir freundlich zu und zeigt neben sich ans Ende der Bank. Bevor ich noch länger hier herumstehe wie bestellt und nicht abgeholt, schiebe ich mich an der Bankreihe vorbei und setze mich neben ihn.

»Danke«, sage ich leise.

»Hast du genug Platz?«

Ich nicke und sehe ihn an. Ich erkenne mein Spiegelbild in seinen Brillengläsern. Der Stoff seiner kurzen, schwarzen Sporthose streift meinen Oberschenkel, und es ist wie ein kleiner Stromschlag. Schnell wende ich mich ab.

»Hier ist ein Teller.«

Lukas, der uns gegenübersitzt, schiebt einen Plastikteller über den Tisch.

Neben ihm sitzt ein junger Mann mit dunklen Haaren und einem sympathischen Gesicht.

»Ich glaube, wir kennen uns noch nicht. Ich bin der Oliver.«

»Rita.«

»Sie ist die Tochter vom Coach«, erklärt Lukas ihm.

»Habe ich mir schon gedacht«, meint Oliver und grinst mich an. »Willst du ein Bier, Tochter vom Coach?«

Er weist mit einem Nicken Richtung Beistelltisch, auf dem das Fass steht.

Ich lehne dankend ab und nehme stattdessen die Schüssel mit Gurkensalat entgegen.

»Ein Wunder, dass der Oli überhaupt Bier trinkt«, sagt Lukas und stößt Oliver mit seinem Ellbogen gegen den Oberarm. »Unser alter Weinbauer.«

Dann stoßen sie mit ihren Bierbechern an.

»Weinbauer?«, frage ich interessiert nach.

»Nicht mehr«, klärt Oliver mich auf. »Meine Großeltern haben ein Weingut in Grinzing, wo ich aufgewachsen bin. Mittlerweile habe ich aber einen anderen Weg eingeschlagen.«

»Zu spät, wenn du mich fragst«, fügt Lukas hinzu. »Hätte er sich schon eher aufs Eishockey konzentriert, hätte er es locker in die EBEL geschafft.«

Oliver schüttelt den Kopf und verdreht die Augen.

Die EBEL ist die oberste Liga des österreichischen Eishockeysports. Mein Bruder hat schon als Kind davon geträumt, eines Tages da zu spielen. Als Teenager hoffte er sogar auf einen Sprung in die NHL in den USA. Geschafft hat er nichts von beidem, was er aber bis heute noch nicht ganz realisiert hat.

»Und der da neben dir«, fährt Lukas mit vollem Mund fort und zeigt auf Rene, »hätte es auch locker geschafft, wenn er schon früher mit dem Eishockey begonnen hätte.«

»Ach ja?« Ich sehe Rene überrascht an. »Wann hast du denn begonnen?«

»Vor sechs Jahren.«

Tatsächlich? Da muss er ja schon Anfang zwanzig

gewesen sein. Mein Bruder spielt Eishockey, seit er vier oder fünf Jahre alt ist.

»Ein Naturtalent eben«, sagt Oliver lachend.

Rene zuckt nur mit den Schultern und isst gelassen weiter.

Ich hätte ihn gerne gefragt, warum er erst so spät dazugekommen ist. Und was er vorher gemacht hat. Aber ich verkneife mir die Fragen, denn Rene soll nicht denken, dass ich mich für ihn interessiere. Stattdessen wende ich mich wieder Oliver zu.

»Und warum bist du nicht auf dem Weingut geblieben?«, will ich neugierig wissen. »Es ist doch sicher schön, dort zu leben und zu arbeiten.«

»Ist es auch«, antwortet Oliver. »Aber es hat ein paar Probleme gegeben.«

»Mit Problemen meint er bestimmt eine Frau. Stimmt's, Oli?«

Lukas hebt erneut seinen Becher.

»Wenn du es sagst«, hält Oliver sich bedeckt. Dann prosten die beiden einander zu und trinken einen großen Schluck Bier.

Gut, dass ich hier bei ihnen sitzen kann. Auf der anderen Seite des langen Tisches geht es nämlich weitaus ungesitteter zu. Ronnie und Parker heizen die Stimmung mit derben Sprüchen an. Obwohl ich versuche nicht hinzuhören, entgehen mir ihre ekelhaften frauenfeindlichen Kommentare nicht. Erst als mein Vater – wahrscheinlich aus Rücksicht auf Tanja – ihnen über den Mund fährt, reißen die beiden sich zusammen.

Während sie essen, unterhalten Lukas und Oliver

sich angeregt und ausschließlich über Eishockey. Mir fällt auf, dass Rene sich nahezu gänzlich aus der Unterhaltung heraushält. Es wirkt so, als würde er auf einen ruhigen Moment warten, um ungestört mit mir reden zu können. Auch ohne ihn anzusehen, bekomme ich mit, dass er immer wieder kurz davor ist, etwas zu mir zu sagen.

Statt ihm jedoch die Gelegenheit dazu zu bieten, springe ich auf, als sämtliche Teller leer sind. Ich schnappe mir das Tablett und sammle das schmutzige Geschirr und Besteck ein.

»Soll ich dir helfen?«, fragt Tanja über den Tisch hinweg.

»Nein, bleib ruhig sitzen, ich mach' das schon«, antworte ich.

Tanja hat anscheinend in zwei Spielern, die ich nicht kenne, anregende Gesprächspartner gefunden, auch wenn sie zwischen den bulligen Männern irgendwie fehl am Platze wirkt.

»Frauen in die Küche!«, grunzt Ronnie und beginnt lauthals zu lachen.

Clemens stößt ihm daraufhin so fest gegen den Arm, dass er fast von der Bank fällt.

Ich ignoriere den primitiven Sager und verschwinde in die Küche.

Das Besteck werfe ich in die Abwasch und die Plastikteller in den Mistkübel. Tanja hat zwei Fliegen mit einer Klappe geschlagen. Sie hat ihr teures Geschirr verschont und sich den lästigen Abwasch erspart.

Ich nehme mir ein Glas aus dem Küchenschrank und fülle es mit Leitungswasser. Da es draußen keine

Alternative zu Bier gab, habe ich nichts zum Essen getrunken.

Als ich mich umdrehe, verschlucke ich mich fast an meinem Wasser. Rene steht im Türrahmen. Die Sonnenbrille hat er abgenommen und mit einem Bügel in den Ausschnitt seines Shirts gehakt. Er sieht mich an.

»Brauchst du etwas?«, frage ich nervös.

Rene antwortet nicht.

»Soll ich noch ein Fass aus dem Keller holen?«, frage ich weiter.

»Wir sollten reden.«

Endlich sagt er etwas, aber es sieht nicht so aus, als ob er nur reden wollte. In seinen Augen funkelt das Verlangen, mich wieder zu küssen, und es wäre gelogen, wenn ich behauptete, dem ganz und gar abgeneigt zu sein.

Ich lehne mich gegen die Anrichte und umfasse mit beiden Händen die Kante der Arbeitsplatte hinter mir. Mein Blick ist auf Renes Lippen gerichtet, die einen kleinen Spalt geöffnet sind. Er macht jedoch keine Anstalten weiterzusprechen.

Wartet er auf eine Antwort von mir?

Doch bevor ich eine finde, stößt Rene sich vom Türrahmen ab und kommt auf mich zu. Ich halte den Atem an. Er bleibt dicht vor mir stehen und schiebt mir vorsichtig die Sonnenbrille auf den Kopf.

»Besser«, murmelt er und tritt einen Schritt zurück. »Ich mag es, wenn ich deine Augen sehen kann.«

Und ich mag es, wenn ich deine Augen sehen kann.

»Ich denke, es ist an der Zeit, dass wir einander besser kennenlernen.«

Was? Besser kennenlernen?

Ich schüttle mit dem Kopf und sage leise: »Diese Chance hattest du bereits.«

Rene nickt einsichtig.

»Das mit den Einbeeren war scheiße«, sagt er und senkt den Blick.

»Du wusstest, dass sie giftig waren.«

»Sagen wir mal so, ich kenne mich mit Pflanzen besser aus, als ich behauptet habe.«

Warum überrascht mich das nicht?

»Und wieso wolltest du dann, dass ich mitkomme?«

»Um Zeit mit dir zu verbringen«, antwortet Rene, als wäre das ganz selbstverständlich. »Um dich besser kennenzulernen und um dir zu zeigen, wer ich wirklich bin.«

»Und wer bist du, Rene?«

Diese Frage liegt mir seit Wochen auf der Zunge, auch wenn es mir unendlich schwerfällt, mir das einzugestehen. In Wahrheit platze ich vor Neugierde. Wer ist dieser Mensch, der in meinem alten Kinderzimmer wohnt? Der dafür sorgt, dass immer frisches Obst und Gemüse im Haus ist. Der jeden Morgen eine Kanne Kaffee bereitstellt.

»Willst du wissen, was für einen Beruf ich habe«, fragt Rene mich mit ruhiger Stimme, »oder wer ich bin?«

Ich spüre ein Ziehen im Magen. Mein Blick fällt auf die Terrassentür hinter Rene. Es könnte zwar jeden Moment jemand hereinkommen, doch zur Sekunde sind wir ungestört. Abgesehen davon spricht ja wohl nichts dagegen, dass ich mich mit einem Spieler in der Küche unterhalte. Noch herrscht ein respektabler Abstand zwischen uns, auch wenn ich nicht behaupten kann, dass mir das gefällt.

»Alles«, antworte ich schließlich. Meine Stimme ist kaum mehr als ein Flüstern.

Ein Lächeln huscht über seine Lippen. Er kommt näher und lehnt sich neben mich an die Anrichte.

»Wirklich alles?«, fragt er leise.

Ich nicke stumm.

»Hier und jetzt im Schnelldurchlauf, oder ausführlich bei einem Abendessen zu Hause?«

Was für eine Frage! Noch einmal lasse ich mich nicht vertrösten.

»Im Schnelldurchlauf. Bitte.«

»Also gut.«

Er wirkt ein bisschen enttäuscht, nickt aber einsichtig.

»Meine Mutter war alleinerziehend und musste doppelte Schichten einlegen, um die Schulden begleichen zu können, die mein Vater uns hinterlassen hat. Meine Schwester ist älter als ich. Sie zog nach der Lehre zu ihrem Freund, damit meine Mutter es leichter hatte.«

»Der Architekt?«

Ich erinnere mich wieder, dass er davon erzählt hat. Damals war ich nicht sicher, ob die Geschichte stimmt.

Rene nickt.

»Ich war meistens auf mich alleine gestellt. Irgendwann bin ich an die berüchtigten falschen Freunde geraten. Ich habe die Schule geschwänzt und Scheiße gebaut.«

Er macht eine Pause.

»Was denn für eine Scheiße?«, frage ich neugierig.

Seine Miene verfinstert sich, und es wirkt so, als wollte er nicht näher darauf eingehen.

»Viel Scheiße«, sagt er nur. »Das Jugendamt steckte mich zwei Mal in eine betreute Wohngruppe. Beide Male bin ich davongelaufen, bis ich mit siebzehn vor der Wahl stand: mein Leben in den Griff kriegen und die Schule abschließen oder noch weiter abrutschen und früher oder später im Knast landen.«

Ich habe mit vielem gerechnet, aber nicht damit. Rene wirkt auf mich so geradlinig, so konsequent. Als wüsste er immer genau, was er will. Außerdem ist er, wenn ich ausnahmsweise mal ehrlich bin, ein angenehmer Mitbewohner, ordentlich, unaufdringlich, sauber und gepflegt ...

»Als ich achtzehn war«, erzählt er weiter, »nahm ich einen Job im Warenlager einer Spedition an. Ich arbeitete nachts und ging tagsüber zur Schule. Danach konnte ich ins Büro der Spedition wechseln und habe zusammen mit einem Kollegen und seiner Freundin eine WG gegründet.«

»Aus der du dann so plötzlich rausmusstest?«

»Ja. Die Freundin meines Kollegen ist schwanger geworden, und die beiden brauchen jetzt mein Zimmer für das Baby. Eigentlich wollten wir so lange zusammenwohnen, bis wir alle unser Studium abgeschlossen haben.«

»Du studierst?«, platze ich ungläubig heraus.

Rene lacht über meine Reaktion laut los.

»Ich habe vor drei Jahren ein Lehramtsstudium begonnen«, antwortet er dann.

»Du bist Lehrer?«

Fragen über Fragen schwirren mir durch den Kopf. Die Sonnenbrille rutscht mir ins Gesicht. Ich nehme sie ab und lege sie zur Seite.

»Noch nicht«, antwortet er. »Nächstes Jahr mache ich erst mal den Bachelor und anschließend den Master.«

Warum bin ich so dermaßen erstaunt darüber? Hätte ich ihm ein Studium etwa nicht zugetraut?

»Und welche Unterrichtsfächer studierst du?«

»Sport und Biologie.«

»Biologie!« Ich schlage mir mit der flachen Hand gegen die Stirn. »Das erklärt einiges.«

Na klar. Deshalb weiß er, dass man Einbeeren nicht essen darf. Deshalb kennt er sich auch mit Pflanzen aus.

»Warum erzählst du mir denn erst jetzt davon?«, frage ich.

Er muss wieder lachen und antwortet: »Du hast mich ja nie danach gefragt.«

Stimmt. Ich habe mir alle Mühe gegeben, so desinteressiert aufzutreten wie möglich. Nicht mal mir selbst gegenüber hätte ich zugegeben, im Grunde genommen gerne mehr über ihn zu erfahren.

»Als wir uns zum ersten Mal gesehen haben«, fährt er fort, »auf dem Fest, weißt du noch?«

»Na klar!«

Was für eine Frage! Wie könnte ich das vergessen

haben? Abgesehen davon, dass es schließlich noch nicht ewig her ist …

»Du hast mich von vornherein in eine Schublade gesteckt. Ich denke, und bitte korrigiere mich, wenn ich da falschliege, dass dein Bruder und Spieler wie Parker oder Ronnie dieses Bild maßgeblich geprägt haben. Das Klischee von sport- und frauenbesessenen Eishockeyspielern, die in den Kabinen Wetten darüber abschließen, wer die heißeste Cheerleaderin flachgelegt hat.«

Seine Worte treffen mich wie ein Schlag in die Magengrube. Ich wünschte, ich könnte sie widerlegen. Kann ich aber nicht.

»Du wärst wahrscheinlich erstaunt zu sehen, wie viele der Spieler ganz normale, nette Typen sind. Die studieren, nebenbei arbeiten, in Beziehungen leben oder auf der Suche nach mehr als einer schnellen Nummer sind. Oliver und Lukas zum Beispiel.«

Stimmt. Die beiden machen wirklich einen sympathischen Eindruck.

»Es tut mir leid«, murmele ich.

Ich bin meinen Vorurteilen aufgesessen und habe auch Rene vorschnell in einen Topf mit Ronnie und Parker geworfen, ohne ihn zu kennen. Und Clemens? Auch mein Bruder kann ja ein ganz netter Kerl sein, manchmal …

Aber Rene wirft es mir nicht vor. Er hat es nur einmal in aller Ruhe gesagt. Das rechne ich ihm hoch an.

In dem Moment breitet sich eine Wärme in mir aus, die bis in meine Fingerspitzen fließt. Ich will Rene berühren, und ich will von ihm berührt werden. Diesmal will ich die Initiative ergreifen, aber dazu muss ich über meinen Schatten springen. Mein Herz rast, als ich mich ihm nähere. In seinen Augen lese ich, dass er darauf gewartet hat. Ich halte den Atem an und hebe die Hände, um sie an seine Brust zu legen.

»Hey, wisst ihr, wo das Klo ist?«

Ich zucke vor Schreck zusammen und rudere zurück. Mist! Was kommt dieser Idiot ausgerechnet jetzt herein?

»Hey Ronnie.«

Rene überspielt die Situation mit einem Lachen. Sein Teamkollege wirkt nicht so, als hätte er irgendetwas mitbekommen. Vermutlich ist er schon ordentlich abgefüllt.

»Die nächste Tür links«, sage ich und hoffe, dass er auch wirklich nichts gemerkt hat. Ich will nicht, dass Clemens oder mein Vater davon erfahren.

Ronnie verschwindet, und ich atme erleichtert auf.

»Übrigens.« Ronnie steckt seinen Kopf durch die Tür. »Das Bierfass ist fast leer. Könnt ihr eins mitbringen, wenn ihr wieder nach draußen geht?«

»Na klar.« Ich nicke vehement, damit er endlich verschwindet. Sekunden später höre ich die Badezimmertür ins Schloss fallen.

»Das ist keine gute Idee«, sagt Rene. »Wenn einer der Jungs oder gar dein Vater uns hier ... ich meine, während wir ...« Er bricht ab und weicht meinem Blick aus.

Von einer Sekunde auf die andere ist das erotische Knistern zwischen uns wie weggeblasen. Nur weil wir beide Angst haben, dass wir erwischt werden?

»Natürlich. Ich sollte mal in den Keller gehen und Bier raufholen.«

»Ich helfe dir beim Tragen.«

Rene folgt mir ein Stockwerk tiefer. Auf einmal kommt es mir so vor, als wäre er nur ein netter Mitspieler meines Bruders, der mir beim Bierfassschleppen hilft.

Ich sage mir, dass ich ja mit Marcel zusammen bin. Was wäre, wenn Rene und ich uns leidenschaftlich geküsst hätten? Wie sollte es danach weitergehen? So, als wäre nichts passiert?

Der kleine Keller ist mit Regalen und Gerümpel vollgestopft. Eigentlich erstaunlich, dass trotzdem noch ein Kühlschrank und eine Gefriertruhe hineinpassen. Ich öffne den Kühlschrank, zwei Fässer sind noch eingekühlt. Ob das für heute reicht, wird sich zeigen. Ich hole eines heraus.

»Warte, gib es mir.«

Rene nimmt das Fass entgegen und stellt es auf der Gefriertruhe ab, bevor ich ihm das zweite reiche.

Als ich mich umdrehe, sieht er mich an. In seinen Augen lodert ein Feuer, und sofort beginnt mein Herz wieder zu rasen.

»Scheiß drauf«, murmelt er und legt mir seine bierfasskalten Finger auf die Wangen. Entschlossen zieht er mein Gesicht an seines und legt seine warmen Lippen auf meine. Und dann verschlingt mich ein Kuss, als hätte er seit dem Tag, an dem wir uns das erste Mal begegnet sind, an nichts anderes gedacht.

Ich lasse mich gegen seine Brust sinken und gebe mich voll und ganz diesem Kuss hin. Er hält mich fest, und plötzlich wünsche ich mir, er würde mich nie wieder loslassen. Sein heißer Mund schmeckt nach Bier und Begehren. Begehren, das schon lange in unseren Körpern brennt.

Seine Hände gleiten langsam über meinen Rücken, umfassen meine Taille und ziehen mich noch fester an ihn. Er zieht meine Unterlippe mit den Zähnen in seinen Mund und saugt daran. Zart und so intensiv, dass es mir ein leises Stöhnen entlockt.

Sein heißer Körper presst sich an meinen. Ich schlinge meine Arme um seinen Hals und vergrabe meine Finger in seinem dichten, blonden Haar. Wie oft habe ich mir schon gewünscht, das zu tun?

Mein Körper sehnt sich nach jeder seiner Berührungen. Unsere Küsse werden immer leidenschaftlicher. Er schiebt mich sanft bis an die Kante der Gefriertruhe. Seine Hände wandern tiefer, und ohne seine Lippen von meinen zu lösen, hebt er mich ein wenig an, bis ich auf dem Deckel der Truhe sitze. Seine Finger fahren über den dünnen Stoff meines Kleides. Er schiebt sein Becken zwischen meine Knie. Ich stöhne leise, als er seine Fingerspitzen über meine nackten Knie kreisen lässt. Sein Mund erstickt mein Stöhnen mit einem heißen, endlosen Kuss. Ich vergesse alles um uns herum, wo wir sind, warum wir hier sind und wer ein Stockwerk über uns ist.

Renes Hände schieben sich langsam, aber bestimmt meine Oberschenkel hinauf. Seine Finger gleiten unter den Stoff und verursachen ein heißes Brennen auf der Haut. Zwischen meinen Schenkeln glüht das Verlangen nach mehr. Jetzt. Sofort. In dem Moment hält

Rene inne und lässt seine Hände auf meinen Oberschenkeln ruhen. Er löst seine Lippen von meinen und lässt seine Stirn auf meiner ruhen.

»Du weißt gar nicht, wie gerne ich hier weitermachen würde«, sagt er heiser.

Mein Herz rast. Warum sagt er das? Warum tut er es nicht einfach? Das Verlangen in mir wird mit jedem Atemzug stärker. Ich will nicht warten.

Mit seinem Daumen streicht er langsam über die Innenseiten meiner Oberschenkel. Ich bin kurz vor dem Explodieren.

»Warum tust du es nicht?«, flüstere ich.

»Weil du mehr verdienst als eine schnelle Nummer auf einer Gefriertruhe im Keller deines Vaters.«

Rene schließt die Augen und senkt den Kopf.

Ich fühle mich hin- und hergerissen zwischen dem unerfüllten Begehren und der zögerlich wiedererwachenden Vernunft und schätze ihn sehr für das, was er gerade gesagt hat.

Als er mich wieder ansieht, leckt er sich langsam über die Unterlippe.

»Du bist wunderschön«, sagt er leise. »Wenn wir das machen, will ich alle Zeit der Welt haben, um jeden Zentimeter deines Körpers zu entdecken.«

Vorsichtig hebt er mich von der Gefriertruhe herunter, und ich gleite langsam seinen Körper entlang zurück auf den Fußboden.

Statt mich noch einen Moment im Arm zu halten, tritt er unvermittelt einen Schritt zurück. Die kalten Bodenfliesen unter meinen nackten Füßen holen mich zurück ins Hier und Jetzt.

Was habe ich gerade getan?, frage ich mich erschrocken, und wie weit wäre ich gegangen? Ich muss unweigerlich an Marcel denken, und es fühlt sich an, als würde mein Brustkorb zusammengedrückt.

»Wir hätten das nicht tun dürfen«, sage ich flüsternd. Die Worte kommen wie von alleine aus meinem Mund. »Ich habe doch Marcel.«

»Wegen Marcel«, sagt Rene und stockt. Er beißt sich auf die Unterlippe, als sei er nicht sicher, ob er weitersprechen soll. »Ich meine …«

Ich weiß nicht, worauf er hinauswill, und auch nicht, ob ich überhaupt hören will, was er meint.

»Hast du …«

Wieder unterbricht Rene sich und presst die Lippen aufeinander.

»Was?«, fahre ich ihn harsch an. Soll er doch aussprechen, was ihm auf der Zunge liegt. Ich ahne es ohnehin schon.

»Ich weiß, es geht mich eigentlich nichts an, aber hast du schon mit ihm geschlafen?«

»Das geht dich tatsächlich nichts an«, antworte ich bissiger, als ich will. Ich räuspere mich und versuche, mich wieder zu beruhigen.

»Nein, habe ich nicht« antworte ich dann.

Überrascht zieht Rene die Augenbrauen hoch.

»Was ist?«, frage ich gekränkt.

Rene schüttelt den Kopf. Ich sehe ihm an, dass es in ihm arbeitet.

»Ich meine nur«, rückt er schließlich damit heraus, »also ich finde es bemerkenswert, dass du hier mit mir Sex gehabt hättest, aber noch nie mit Marcel geschlafen hast. Wie lange kennt ihr euch jetzt? Drei Monate?«

»Dich kenne ich auch drei Monate«, entgegne ich und merke im selben Moment, wie dumm das klingt. Verdammt, ich muss mich hier für nichts rechtfertigen!

»Ja, aber mit mir bist du nicht zusammen.«

Da hat er natürlich recht.

»Wer sagt denn, dass ich es so weit hätte kommen lassen?«

Natürlich hätte ich es so weit kommen lassen. Aber was will er von mir hören? Dass ich ihn sexuell attraktiver finde als Marcel? Das ändert nichts daran, dass Marcel gut zu mir passt. Er verkörpert alles, was ich mir immer gewünscht habe und mir immer noch wünsche. Ein sexuelles Abenteuer mit Rene wird mich davon nicht abbringen.

»Wir wissen beide, wie das geendet hätte«, sagt Rene leise. Er beugt sich zu mir und sieht mir tief in die Augen. »Und eins kann ich dir garantieren, du hättest keine Sekunde davon bereut.«

Ein heißer Schauer läuft über meinen Rücken.

»Rita?«

Es ist Tanja.

»Bist du noch unten?«, ruft sie von oben.

Ich wende meinen Blick nicht von ihm ab und rufe zurück: »Ja! Ich hole Biernachschub.«

»Bring bitte noch eine Flasche Cola mit!«

»Mach' ich!«

Widerwillig wende ich mich um und öffne noch einmal den Kühlschrank. Rene klemmt sich die Bierfässer unter die Arme. Er sieht mich erwartungsvoll an, aber ich sage mit einer Härte, die mich selber überrascht:

»Es wäre gut, wenn wir das Ganze hier vergessen könnten. Ich will die Beziehung mit Marcel nicht wegen einer kurzen Affäre mit dir aufs Spiel setzen.«

Mir ist bewusst, wie gemein sich das anhört, aber ich sehe keine andere Möglichkeit, meinen Kopf wieder aus der Schlinge zu ziehen.

»Ist er das wirklich wert?«, fragt Rene.

Sekundenlang schweigen wir.

»Ja, ist er.«

* * *

Mich meiner Buchhaltung zu widmen lenkt mich nicht wie erhofft von den Ereignissen ab. Unter dem Vorwand, noch ins Geschäft zu müssen, habe ich mich verabschiedet, unmittelbar nachdem ich Bier und Cola in der Küche abgeliefert habe. Ich wollte nur noch ganz schnell weg. Tanja hatte Verständnis und erinnerte mich noch daran, dass ich am Dienstag mit ihr und den Kindern in den Schlosspark Belvedere gehen wollte.

Die Buchhaltung auszulagern war eine meiner besten Entscheidungen. Meine Mutter hat das alles selbst gemacht, aber der Umgang mit Zahlen ist nicht meine Stärke. Ich konzentriere mich lieber auf die Blumen und schicke einmal im Monat die Unterlagen an eine Kanzlei, die den Rest für mich erledigt. Dennoch muss ich die Belege auf ihre Vollständigkeit kontrollieren und vorsortieren.

Ich schiebe den Packen Papier in ein Kuvert, als

mein Handy läutet. Marcels Name leuchtet auf, und sofort beschleicht mich ein schlechtes Gewissen.

»Schön, deine Stimme zu hören«, sagt er, als ich drangehe. »Bist du noch auf dem Fest?«

»Nein, ich habe mich schon abgeseilt, um die Buchhaltung zu erledigen. Ich bin gerade damit fertig geworden.«

»Hast du Lust, heute Abend zu mir zu kommen? Ich könnte dich in einer halben Stunde abholen.«

Im ersten Moment will ich absagen, besinne mich aber dann anders. Schließlich sind Marcel und ich ein Paar, und ich darf Rene nicht Einfluss auf unsere Beziehung nehmen lassen, auch wenn er das gar nicht beabsichtigt.

»Ja, gerne«, antworte ich und verabschiede mich schnell, um hier zusammenzuräumen und noch ein paar Sachen einzupacken.

Der Abend mit Marcel wird mich hoffentlich endlich auf andere Gedanken bringen.

Mit gemischten Gefühlen gehe ich durch den Hinterausgang in die Wohnung hinauf. Clemens und Rene sind noch nicht wieder zu Hause – sehr zu meiner Erleichterung.

Im Badezimmer schnappe ich mir meine Zahnbürste und die Zahnseide. Auf der Suche nach Abschminktüchern wühle ich durch die einzelnen Laden und lande in der untersten, die eigentlich Clemens gehört. Dort liegen unter anderem ein paar verpackte Kondome.

Es fällt ihm bestimmt nicht auf, wenn ich mir ein, zwei Stück davon mitnehme. Aber werde ich sie überhaupt brauchen?

Schließlich schiebe ich die Lade einfach wieder zu und gehe ins Schlafzimmer. Ich weiß nicht, was ich will. Von diesem Abend, von Marcel, von Rene. Was zwischen Rene und mir heute passiert ist, hat mich ziemlich aufgewühlt.

Ich suche mir ein T-Shirt und Shorts aus dem Schrank, und dabei fällt mein Blick auf ein rotes Negligé, das ich schon ewig nicht mehr getragen habe. Wenn ich das mitnehme, denke ich, kann ich auch gleich die Kondome einpacken. Ich hole sie aus dem Bad und lege dann alles auf mein Bett.

In dem Moment entdecke ich die scharlachrote Mohnblume auf meinem Kopfkissen. Ich starre auf die zarten, roten Blätter, so zerbrechlich wie Schmetterlingsflügel. Daneben liegt ein zusammengefaltetes Stück Papier. Ich schlucke, nehme es hoch und falte es auseinander. Ich weiß sofort, von wem der Brief und die Blume sind.

»Ist er das wirklich wert?«, lese ich leise. »PS: Auch ich kenne die Blumensprache.«

Ich hole tief Luft, lasse den Brief aufs Bett fallen und starre die Mohnblume mit offenem Mund an. Ich weiß, was Mohnblumen sagen, aber ich weiß nicht, was Rene mir damit sagen will. Meint er damit sich selbst oder mich?

Man muss im richtigen Moment auch schweigen können.

Ich halte mir die Blume unter die Nase und muss auf einmal schmunzeln. Wahrscheinlich hat Rene sie aus

Tanjas Garten stibitzt, sie pflanzt Mohnblumen in ihren Beeten an.

Ohne länger nachzudenken, eile ich aus meinem Zimmer geradewegs in mein altes Kinderzimmer, stelle jedoch fest, dass Rene nicht da ist. Auch Wohnzimmer und Küche sind leer. Außer mir ist niemand zu Hause.

*** Edelweiß ***

Es gilt als Wahrzeichen der Alpen und ist meist zwischen 1300 und 3000 Metern Seehöhe zu finden. Das Edelweiß erreicht eine Höhe von bis zu 20 Zentimetern und ist – wenn überhaupt – auf steinigen, alpinen Wiesen und schwer zugänglichen Felsbändern zu finden.

Die charakteristischen weißen, sternförmig angeordneten Hochblätter sind nur Scheinblüten. Sie umrahmen die eigentlichen Blüten, die in Blütenkörbe zusammengefasst sind. Die schimmernde, leuchtend weiße Farbe der Hochblätter entsteht durch Luftbläschen, die sich unter feinen Härchen halten und das Licht reflektieren.

Da es als beliebtes Souvenir galt und auch gewerbsmäßig gepflückt wurde, ist das Edelweiß stark gefährdet und steht in Österreich bereits seit 1886 unter Naturschutz. Berühmt sind Kaiserin Sisis Edelweiß-Sterne, mit denen sie ihre Frisuren schmückte.

Ich habe Marcel nichts von dem Kuss erzählt. Ich konnte einfach nicht. Einerseits ist meine Angst, unsere Beziehung zu gefährden, zu groß, und andererseits hat es auch mit den Worten zu tun, die Rene mir geschrieben hat:

Man muss im richtigen Moment auch schweigen können.

Der Satz geht mir nicht mehr aus dem Kopf.

Die Mohnblume hat schon Montag ihre Blüten verloren. Leider verwelken Mohnblumen schneller, als man sich an ihrer schönen Farbe und Form sattsehen kann.

Jetzt stehe ich am Verkaufstisch und arbeite an einem Kranz, der sich ideal als Haustür- oder Tischdekoration eignet. Ein Weidenkranz, in dem bunte Tulpen stecken, mit Drähten befestigt. Ich binde ein breites, grün-silbernes Seidenband um den Kranz und verknüpfe die Enden zu einer hübschen Masche. Vorher habe ich einen Kranz aus rosa Hortensien und Wildrosen und einen aus Margeriten und violetten Sommerastern gesteckt.

Erik berät eine Kundin bei der Auswahl von Blumen für ein Bukett. Sie will gelbe Orchideen in einem Geburtstagsstrauß für ihre Tochter, weil es deren Lieblingsblumen sind. Die meisten bevorzugen Orchideen im Topf, doch gelegentlich werden sie auch in einem Strauß gewünscht.

»Dazu empfehle ich Ihnen violette Lilien, mit ein bissl Schleierkraut dazwischen.«

Erik zieht Lilien und Schleierkraut aus den

Zinktöpfen und arrangiert sie zu den Orchideen. Dann dreht er den Strauß in seiner Hand, damit die Kundin ihn begutachten kann. Als Kontrast zu den zarten Blüten bietet er einen Weidenast an, der sich holzig zwischen den Orchideen erhebt.

Eine schöne Wahl, wie ich finde.

Ich säubere die Arbeitsplatte vom Grünschnitt, der vom Kranzbinden liegen geblieben ist. Es ist kurz nach halb zehn. Um zehn bin ich mit Tanja und ihrer Feriengruppe vor dem Schloss Belvedere verabredet.

Erik weiß Bescheid, also verabschiede ich mich nur mit einem kurzen Nicken und eile nach hinten, um meine Tasche zu holen. Erschrocken halte ich inne, denn ich wäre fast in Rene hineingelaufen.

»Was machst du denn hier?«, frage ich und merke, wie sich die Nervosität sofort auf meine Stimme schlägt.

Seit Samstag bin ich ihm mehr oder weniger erfolgreich aus dem Weg gegangen. Nur um jetzt festzustellen, dass mein Herz einen kleinen Sprung macht, als er mich freudig anschaut.

»Tanja hat mich auch eingeladen«, sagt er und deutet zur Tür. »Wollen wir?«

Wie kommt sie bloß auf die Idee? Hätte ich das gewusst, hätte ich mir bestimmt eine Ausrede einfallen lassen, um mich vor dem Treffen zu drücken. Nein, um mich vor Rene zu drücken.

»Musst du nicht für das Spiel nächste Woche trainieren?«, frage ich und schultere meine Tasche.

Ein Freundschaftsspiel. Clemens spricht von nichts anderem mehr, es ist, als wäre er auf Eishockeyentzug.

»Ja, am Nachmittag«, antwortet Rene und folgt mir durch die Hintertür auf die Straße. »Es sei denn, ich kann dich überreden, mit mir essen zu gehen.«

»Oh«, sage ich schnell, »da muss ich dich leider enttäuschen.«

Schweigend gehen wir über die Mariahilfer Straße in Richtung Innenstadt. Ich versuche, mir meine Anspannung nicht anmerken zu lassen. Rene hingegen macht einen so gechillten Eindruck, dass es mich fast provoziert.

»Wie kommt es eigentlich, dass du Zeit hast?«, frage ich ihn leicht gereizt.

»Ich bin Student«, antwortet Rene vergnügt. »Ich schlafe bis mittags, lungere den halben Tag auf der Couch rum und gehe abends aus, um die Nacht zum Tag zu machen.«

Natürlich will er mich nur aufziehen, und ich zwinge mich, nicht darauf zu reagieren.

»Außerdem bin ich Eishockeyspieler, da ist es doch ...«

»Schon gut!«, unterbreche ich ihn, jetzt echt genervt. »Ich habe dich verstanden. Ich bin voreingenommen. Ich war voreingenommen!«

Mein strenger Ton dürfte wirken, jedenfalls hört er damit auf. Bis zur Straßenbahnhaltestelle reden wir kein Wort mehr. Dann steigen wir in den hinteren Triebwagen einer alten Garnitur der Linie D, auf deren Strecke das Belvedere liegt.

Ich lehne mich ganz hinten an und starre aus dem Fenster, um Rene nicht anzusehen. Um mich nicht in seinen unbeschreiblich blauen Augen zu verlieren.

Die Sonne brennt auf die Fensterscheiben und heizt den Waggon auf. Es ist August, und die Temperaturen halten sich in einem zwar hochsommerlichen, aber noch erträglichen Rahmen.

Bei jedem Ruckeln der Bahn berührt Renes Arm meine Schulter, ich weiß nicht, ob er es absichtlich macht. Dann legt er einen Arm hinter mir auf die Querstange, an der man sich festhalten kann. Sein Daumen streift meinen Rücken, und sofort fährt mir ein Schauer durch den ganzen Körper.

Er beugt sich tiefer und flüstert mir ins Ohr: »Ich weiß nicht, wie es dir geht, aber ich bekomme den Gedanken an unseren Kuss nicht mehr aus dem Kopf.«

Sein heißer Atem auf meiner Haut und das Timbre seiner Stimme lösen ein begehrliches Ziehen in meinem Unterleib aus. Ich schlucke und versuche, mir die Erregung nicht anmerken zu lassen.

»War es nicht deine Idee, im richtigen Moment zu schweigen?«, frage ich heiser und räuspere mich schnell.

Lässig legt Rene einen Fuß über den anderen und sieht grinsend über meinen Kopf hinweg aus dem Fenster hinaus.

»Du hast also meine kleine Anspielung verstanden.«

Natürlich habe ich das, und das weiß er auch!

»Allerdings habe ich nicht gesagt, wer von uns beiden schweigen sollte«, fügt er jetzt ernst hinzu.

Ich verstehe nicht, was er damit meint, scheue mich aber davor, ihn zu fragen. Wer weiß, wozu das führen würde.

»Ich hoffe, ich war nicht der Grund dafür, dass du am Wochenende zu Marcel geflüchtet bist.«

Ein Themenwechsel kommt mir gelegen, doch will ich eigentlich weder über den Kuss noch über Marcel mit ihm reden.

»Ich bin nicht geflüchtet«, widerspreche ich, aber Rene schaut schon wieder grinsend aus dem Fenster.

Auf dem Fußweg zum Schloss schweigen wir wieder. Was mir nur recht ist. Ich will mich nämlich voll und ganz auf die Zeit im Schlosspark einlassen und nicht von Rene davon abgehalten werden.

Vor dem Schloss erstrecken sich drei Parterres mit wunderschönen Brunnen und großen Blumenbeeten, ähnlich wie in Schönbrunn.

Schon von Weitem erkenne ich Tanja und eine zweite Frau, die von einer Gruppe Kinder umringt sind. Tanja winkt, als sie uns entdeckt.

»Schön, dass ihr gekommen seid«, sagt sie strahlend. »Hey, hört mal zu, das hier sind Rita und Rene. Rita ist Floristin, und Rene studiert Biologie. Wenn ihr Fragen zu den Blumen und Pflanzen habt, können die beiden sie euch hinterher beantworten.«

Die Kinder starren uns neugierig an, und wir starren Tanja verwundert an.

»Fragen?«

Tanja hält einen Stapel Zettel hoch.

»Wir machen eine kleine Führung, bei der ich ein bisschen über das Schloss und den Garten erzähle. Anschließend haben die Kinder eine Stunde Zeit, ein Quiz zu lösen.«

»Aha.«

Meine Begeisterung hält sich in Grenzen. Ich sehe Rene an, doch der hebt nur die Schultern zum Zeichen, auch nichts davon gewusst zu haben.

Tanja lenkt die Aufmerksamkeit der Kinder wieder auf sich. Sie führt uns vor das Schloss und erzählt, dass es sich beim Oberen Belvedere eigentlich um eine Gloriette handelt, die rein repräsentative Zwecke hat. Prinz Eugen, der dieses Anwesen Anfang des 18. Jahrhunderts erbauen ließ, nutzte das Untere Belvedere am anderen Ende des Gartens als Sommerresidenz.

Es fällt mir schwer zuzuhören. Tanja jongliert mit Jahreszahlen und mit mir unbekannten Namen, dass mir fast schwindelig wird. Sie scheint dieses Quiz wirklich ernst zu nehmen. Hoffentlich prüft sie Rene und mich nicht. Er wirkt nämlich auch nicht sehr konzentriert.

Ein paar deutschsprachige Touristen schließen sich uns unauffällig an und hören Tanja zu. Die lässt sich nicht weiter davon stören und ist ganz in ihrem Element. Die geborene Stadtführerin. Wenn sie bloß weniger Daten und dafür mehr Geschichten erzählen würde! Das Untere Belvedere, wo Kunstausstellungen und Veranstaltungen stattfinden. Der Kammergarten, die Orangerie, die vielen Wasserspiele überall in der Parkanlage ... In den Alpengarten mit seiner Sammlung historischer Pflanzen können wir leider nicht hinein, da er kostenpflichtig ist.

Als die überraschende Geschichtsstunde endlich zu Ende ist, fordert Tanja die Kinder auf, Paare zu bilden. Dann händigt sie ihnen die Quizfragen aus.

Die Kinder haben eine Stunde Zeit, das Gelände zu erkunden und Antworten auf die Fragen zu finden.

Tanja und ihre Kollegin lassen sich auf einer Parkbank in der Sonne nieder, von wo aus sie ihre Schützlinge im Auge behalten können. Ich beschließe, mich abzuseilen, um durch den Schlossgarten zu spazieren. Wenig überraschend schließt Rene sich mir an.

Ehe ich protestieren kann, legt Rene seine Hand auf meinen Rücken und schiebt mich entschlossen in Richtung Oberes Belvedere.

»Jetzt weiß ich wieder, warum ich nicht Geschichte als Lehrfach gewählt habe«, sagt er, als wir sicher außer Hörweite sind. »Zahlen konnte ich mir noch nie gut merken, und auch den Unterschied zwischen Barock und Renaissance nicht.«

Mir geht es ganz ähnlich, aber das behalte ich für mich.

»Wie läuft es mit Klaras Laden?«, fragt Rene unvermittelt. »Hat sie alles geschafft? Ist nicht am Samstag die Eröffnung?«

Ich sehe ihn an, ein wenig überrascht, dass er sich dafür interessiert.

»Bis auf ein paar Kleinigkeiten ist alles erledigt«, antworte ich.

Ich war gestern Abend noch bei ihr. Wir haben die Schuhe in die Regale eingeordnet und das Schaufenster dekoriert. Die vielen bunten Schuhbänder hängen nun nach Farben sortiert an einer Vorhangstange über dem Fenster.

»Kommst du auch?«, frage ich so beiläufig wie möglich.

»Ja. Klara hat Clemens und mich gebeten, mit ein paar Jungs vorbeizukommen«, antwortet Rene. »Sie will nicht, dass auf den Pressefotos nur Frauen zu sehen sind.«

»Aha, verstehe, Quoten-Testosteron.«

Klara denkt wirklich an alles, denke ich, in mich hineingrinsend.

»Sie weiß, was sie will«, sagt Rene anerkennend, und dann fragt er vorsichtig: »Sag mal, hat Klara eigentlich einen Freund?«

Wie von der Tarantel gestochen bleibe ich stehen und sehe Rene sprachlos an. Er interessiert sich für Klara? Für meine beste Freundin Klara? Ich versuche, den Stich zu ignorieren, den mir seine Frage versetzt hat.

»Ach so, nein, es geht nicht um mich«, klärt Rene mich auf und beginnt schallend zu lachen.

»Nein«, antworte ich schnell, »nein, hat sie nicht. Warum?«

»Ich kenne jemanden, der zu ihr passen könnte.«

»Wirklich?«

Jetzt bin ich neugierig. Klara ist so ein flippiger und eigenwilliger Mensch, was äußerlich schon an ihren Frisuren und dem schrillen Outfit erkennbar ist, dass selbst ich nicht sagen könnte, welcher Mann zu ihr passt.

»Nur so ein Gedanke«, erklärt Rene mit einem Schulterzucken. »Wenn du versprichst, nichts zu verraten, sage ich dir, wen ich meine.«

»Ich kenne ihn?«, frage ich ungläubig.

»Du musst es versprechen«, beharrt Rene.

»Ja, ja, ich verspreche es. Jetzt sag schon!«

»Lukas.«

Lukas?

»Der Torhüter der Steelheads«, fügt Rene hinzu. »Beim Grillen saß er uns gegenüber.«

»Ich weiß, wer Lukas ist, der mit der Schachbrettfrisur.«

Ein netter Kerl, aber er wäre nicht mein Typ. Sein Aussehen ist mir zu gewöhnungsbedürftig. Wenn ich mich recht erinnere, hat er nicht nur ein Zungenpiercing, sondern auch mehrere Tätowierungen. Aber je länger ich darüber nachdenke, desto besser kann ich Renes Gedankengang nachvollziehen.

»Hatte er da die Schachbrettfrisur?«, fragt Rene nachdenklich. »Kann sein. Jetzt sieht er schon wieder anders aus.«

Rein äußerlich betrachtet, könnten die beiden tatsächlich zusammenpassen.

»Da gibt es nur ein Problem«, sage ich bedauernd. »Die beiden kennen sich schon.«

»Tatsächlich?«

»Ja. Auf Parkers Party haben sie sich über seine Wahl der Musik ›unterhalten‹.« Ich male beim letzten Wort imaginäre Gänsefüßchen in die Luft.

»Stimmt. Ich erinnere mich wieder. Lukas hatte sich an dem Abend über eine Rothaarige mit einem miserablen Musikgeschmack beschwert.«

Auf die Schnelle fällt mir nichts ein, womit ich Klaras Musikgeschmack verteidigen könnte. Auch der ist außergewöhnlich.

»Einen Versuch ist es wert«, sagt er nach einer

Weile. »Ich werde ihn jedenfalls fragen, ob er mitkommt.«

»Viel Glück«, sage ich und kann mir das Grinsen nicht verkneifen.

»Wir brauchen Hilfe bei den Fragen.«

Wir drehen uns um. Es sind zwei Mädchen aus Tanjas Gruppe. Die eine hält den Fragebogen hoch, der mit Sternchen und Pfeilen und Notizen vollgekritzelt ist.

»Dann lass mal hören«, meint Rene.

Interessiert wirft er einen Blick auf das Papier.

»Wie heißt der Architekt des Schlosses?«, liest ein Mädchen die Frage vor.

»Hmmm.«

Rene sieht mich an, doch ich zucke ratlos mit den Schultern.

Ich könnte Marcel anrufen, als Joker. Der weiß das bestimmt.

»Das hat Tanja doch am Anfang erzählt«, sagt Rene und reibt sich grübelnd über sein Kinn.

Wenigstens bin ich nicht die Einzige, die nicht aufgepasst hat. Und zum Glück müssen Rene und ich dieses Quiz nicht mitmachen. Tanja wäre bestimmt geschockt, wenn sie unser Ergebnis sehen würde.

»Okay«, sagt das Mädchen seufzend und wendet sich der nächsten Frage zu. »Was bedeutet der Name ›Belvedere‹?«

»Das hat sie, glaube ich, auch erwähnt«, antwortet Rene nachdenklich. »Bel hat etwas mit schön zu tun, oder? Schönes Haus? Oder vielleicht schönes Schloss?«

»Schöne Aussicht«, sage ich, ohne zu zögern.

So heißt es schließlich zu Recht.

Das Mädchen schreibt die Antwort auf und liest die nächste Frage vor: »Was wurde 1955 im Marmorsaal im Oberen Belvedere unterschrieben?«

»Ich dachte, es soll um Pflanzen gehen«, sage ich.

Tanja hat doch extra erwähnt, dass ich Floristin bin und Rene Biologiestudent. Mit Geschichte haben wir beide wenig am Hut.

»Ach, die konnten wir alleine beantworten«, antwortet das Mädchen herablassend.

»Die waren kinderleicht«, sagt die andere. »Komm, wir suchen uns jemand anders.«

Und damit laufen die beiden davon.

»Gern geschehen«, knurrt Rene.

»Schau mal dort!«

Zwei Jungs mit Quizbogen kommen über das mittlere Parterre des Schlossgartens in Richtung Unteres Belvedere direkt auf uns zu.

»Ich glaube, die meinen uns.«

»Kannst du darin laufen?«, will Rene wissen und zeigt auf meine Sandalen.

»Laufen?«

Statt einer Antwort packt Rene meine Hand, rennt los und zieht mich hinter sich her. Ich versuche, mit ihm Schritt zu halten und gleichzeitig meine Handtasche nicht zu verlieren.

Rene zieht mich immer weiter. Auch beim Oberen Belvedere hält er nicht an, obwohl ich schon schnaufe wie eine Dampflok. Wir rennen zwischen den Touristenpulks hindurch, die wie wild fotografieren, und bringen fast eine Stadtführerin zu Fall, die einen roten Regenschirm hoch in die Luft hält.

»Was soll das? Wo laufen wir hin?«

Ich lache und keuche gleichzeitig. Ich kann nicht mehr. Schon gar nicht in diesen Schuhen. Abgesehen davon glaube ich nicht, dass die Kinder uns noch folgen. Es wird sich schnell herumsprechen, dass wir in Geschichte die absoluten Nieten sind.

Rene lotst mich an einem riesigen Wasserbecken vorbei. Ihm macht der Sprint keine Probleme, schließlich ist er Sportler. Keine Ahnung, was er vorhat, aber ich lasse mich einfach überraschen.

»Wir gehen in den Alpengarten«, sagt er augenzwinkernd.

Vor dem Eingang zum Garten halten wir endlich an. Ich bin noch völlig außer Atem, während Rene für uns beide den Eintritt zahlt. Ich fürchte, dass nicht nur mein Haar vollkommen zerzaust ist, sondern dass ich auch einen knallroten Kopf habe. Wir gehen hinter einem älteren Touristenpärchen durch den aus Backsteinziegeln gemauerten Eingangsbogen.

»Und was machen wir hier?«

Ich könnte hier natürlich Stunden verbringen und mir die vielen Pflanzen ansehen.

»Ungestört sein«, antwortet Rene und schiebt lässig die Daumen in die vorderen Taschen seiner Jeans.

Wir schlendern die schmalen Pfade entlang, zu deren Seiten sich hügelige Beete mit Sträuchern, Blumen und Bäumen erstrecken. Auf grünen Schildern stehen die lateinischen Begriffe, die deutschsprachigen Namen und die Herkunftsländer der teils heimischen, teils exotischen Pflanzen aus allen Kontinenten. Sie faszinieren mich jedes Mal aufs Neue.

Seltene Pfingstrosen, farbenvielfältige Rhododendren und eine Klematis, die entlang einer Mauer rankt und durch ein Meer weißer Blüten bezaubert.

Ein mit Tausenden gelben Wildrosenblüten übersäter Strauch ist von Bienen beschlagnahmt worden. In fast jeder Blüte sitzt eine und sammelt den kostbaren Nektar.

»Gefällt es dir?«, fragt Rene und beobachtet mich, wie ich fasziniert das Schauspiel der Bienen beobachte.

»Es ist traumhaft«, sage ich leise.

Es gibt noch so viel mehr zu sehen. Und in ein paar Wochen sieht alles wieder anders aus, manche der Blumen werden verwelkt und andere gerade erst erblüht sein.

»So etwas wird dir der Architekt nie zeigen«, fügt Rene stichelnd hinzu.

Ein wehmütig-dumpfes Gefühl breitet sich in meiner Brust aus. Je mehr Zeit ich mit Rene verbringe, desto öfter frage ich mich, ob Marcel tatsächlich der Glücksstreffer ist, für den ich ihn gehalten habe. Es gibt nichts, was ich an ihm auszusetzen hätte. Er sieht gut aus, ist intelligent und nett, und er steht mit beiden Beinen im Leben. Aber er löst nicht dieses Prickeln in mir aus wie Rene, wenn ich in dem Blau seiner Augen versinke und daran denke, wie seine weichen Lippen sich auf meinen anfühlen.

»Dafür hätte Marcel bestimmt alle Fragen zur Geschichte vom Belvedere beantworten können«, antworte ich mit leicht belegter Stimme.

Bis vor Kurzem wäre ich stolz darauf gewesen.

Und jetzt?

Ich versuche mir vorzustellen, mit Marcel durch den Alpengarten zu gehen, ohne dass er ständig auf sein Smartphone schaut und sich für dieses oder jenes wichtige Kundengespräch entschuldigt. Und um ehrlich zu sein, denke ich, dass Rene der bessere Begleiter auf dieser kleinen Exkursion ist.

»Damit hätte er bestimmt die elfjährigen Mädchen beeindruckt«, meint Rene, »aber auch eine schöne Frau?«

Mein Herz macht einen Aussetzer, ehe es wild zu schlagen beginnt. Rene hat mich als schöne Frau bezeichnet! Es ist nicht das erste Mal, aber jetzt löst es in mir plötzlich ein Feuer aus, das sich lodernd in meinem Körper ausbreitet. Die Sehnsucht, mich in Renes Arme fallen zu lassen, wird übermächtig. Was kümmern mich die Leute hier? Als hätten die noch nie ein sich küssendes Paar gesehen!

Doch anstatt die Initiative zu ergreifen, stehe ich wie angewurzelt vor Rene und kaue auf meiner Unterlippe herum. Warum kann ich nicht ein Mal so kühn sein wie Klara?

»Ich dachte, dich beeindruckt es mehr, mit der richtigen Blume überrascht zu werden.«

Mit *der richtigen* Blume. Immer noch bin ich fasziniert, wie gut Rene sich mit der Blumensprache auskennt und sie einzusetzen weiß. Margeriten, Mohnblumen …

Aber als Marcels Freundin fühle ich mich dazu verpflichtet, ihn zu verteidigen.

»Marcel hat mir bei unserer ersten Verabredung Veilchen geschenkt.«

»Ach ja?«

Rene wendet sich einem Rhododendronstrauch zu, der bereits seine Blüten verliert. Mir kann er nichts vormachen. Er weiß, welche Symbolik Veilchen haben.

»Sie stehen für eine unschuldige, süße Liebe«, füge ich sicherheitshalber hinzu.

»Und das beim ersten Date?«, fragt Rene skeptisch.

»Ich fand die Geste sehr schön«, beharre ich. »Welche Blume schenkst du denn beim ersten Date?«

Rene sieht nicht aus, als müsste er über diese Frage nicht lange nachdenken.

»Eine Sonnenblume. Jede Frau lächelt, wenn sie eine Sonnenblume bekommt, und ich finde, das Schönste, was eine Frau tragen kann, ist ein Lächeln im Gesicht.«

Ich schlucke. Eins zu null für Rene. Klar, damit wird er bei fast allen Frauen punkten.

»Aber dir«, sagt er dann und kommt einen Schritt näher auf mich zu, »jetzt, da ich dich besser kenne, würde ich ein Edelweiß schenken. Eines wie das da.«

Ich folge seinem Blick. Die weißen, sternförmigen Blüten glitzern im Sonnenlicht.

Ich betrachte die krautige Pflanze mit ihren außergewöhnlichen, unverwechselbaren Blüten.

Da legt Rene seine Hand an meine Wange und streicht eine Haarsträhne hinter mein Ohr.

Ich schließe die Augen.

»Du bist wunderschön«, flüstert er.

Und damit meint er nicht nur die Symbolik der Alpenblume.

In dem Moment verliere ich die Kontrolle über

meine Hände, die sich an seine Brust legen, seine Wärme spüren und langsam hinaufstreichen, über seinen Hals, seine Wangen.

Ich öffne die Augen wieder. Wie in Zeitlupe stelle ich mich auf Zehenspitzen und strecke mich ihm entgegen. Als hätte er nur darauf gewartet, beugt er sich mir zu. Unsere Lippen treffen sich in der Mitte und verschmelzen zu einem leidenschaftlichen Kuss.

Rene schlingt seine Arme um mich und zieht mich fest an seinen Körper. Er strahlt eine Hitze aus, die mich zu verbrennen scheint und dennoch so guttut.

Eine unendliche Leichtigkeit überkommt mich, fast als würde ich schweben. Die Welt um uns herum scheint auf einmal stillzustehen. Ein intensives Gefühl der Verbindung mit Rene, der Wärme und Zuneigung zu ihm mischt sich mit meinem Begehren und der puren Lust.

Ich sehne mich nach seinem Körper, seinen Berührungen und Worten, die aus seinem Mund so verführerisch und ehrlich klingen. Ich schmiege mich noch fester an ihn und kann seinen Herzschlag spüren, der ähnlich außer Kontrolle ist wie meiner. Zu wissen, was ich in ihm auslöse, ist aufregend und erstaunlich zugleich.

Marcel hat seine Gefühle stets im Griff, auch wenn er mich mit schönen Worten liebkost. Er würde mich in der Öffentlichkeit nie so küssen. Rene hingegen sendet Signale aus, die er nicht zu kontrollieren scheint. Es ist der Druck seiner Finger auf meinem Rücken, sein flacher Atem, seine Lippen, die sich zärtlich auf meine legen.

Meine Hände gleiten langsam über seine Brust und seinen Bauch, sie berühren das raue Leder seines Gürtels. Ich kralle mich in den Bund seiner Jeans und ziehe ihn noch fester an mich.

Ich kann mich nicht erinnern, mich je in den Armen eines Mannes so geborgen gefühlt zu haben.

Ein leiser Wind fährt durch mein Haar, und obwohl die Brise schwach ist, durchrieselt mich ein Schauer. Es ist, als hätte ich schon sehr lange auf diesen Moment gewartet. Ob es ein Zeichen dafür ist, dass ich gefunden habe, wonach ich immer suchte? Und woran erkenne ich die Antwort?

»Guck dir doch mal diesen schönen Rhododendronstrauch an!« Eine Frau mit deutschem Akzent klingt plötzlich sehr nahe. »Genau so einen hätte ich gerne für den Garten.«

Widerwillig lasse ich ein wenig von Rene ab. Eine kleine, ältere Frau bewundert den Strauch neben uns. Ihr schlaksiger Mann mit schütterem, weißen Haar steht neben ihr und nickt.

»Ich denke, wir sollten langsam zurückgehen«, flüstert Rene in mein Ohr. Er zieht seine Hand aus meinem Nacken und weicht nur ein kleines Stück von mir zurück.

Mir kommt es so vor, als würde mein Herz vor Erschöpfung ohnmächtig. In den letzten Sekunden – oder waren es Minuten? – hat es sich völlig verausgabt. Ich weiß nicht, wie lange wir einander geküsst haben, und meine Lippen sehnen sich danach, einfach weiterzumachen. Weiter alles um uns herum zu vergessen. Die Zeit, die Menschen, den Alpengarten und auch Tanja und ihre Kindergruppe, die bestimmt schon auf uns warten.

Nur ungern lasse ich den Bund seiner Jeans los, befreie mich vorsichtig aus seinem Griff und trete ein kleines Stück zurück. Ich berühre meine Unterlippe, die durch die heißen Küsse ganz taub geworden ist.

»Rene?«

Ich bin heiser und klinge verunsichert. Ich habe Angst auszusprechen, was mir durch den Kopf geht, denn ich weiß nicht, wie viel es zerstören wird. Doch mir bleibt nichts anderes über.

»Bitte ... bitte gib mir Zeit, darüber nachzudenken, was das bedeutet.«

Überrascht zieht Rene seine Augenbrauen hoch.

»Was das bedeutet?«, wiederholt er kaum hörbar.

»Es ist ... Hier geht es nicht nur um dich und mich«, sage ich und merke, wie in mir ein Chaos zu brodeln beginnt. Ich könnte gleichzeitig lachen und weinen, so absurd kommt mir die Situation vor. Früher gab es keinen Mann, zu dem ich mich hingezogen fühlte, und jetzt müssen es plötzlich zwei sein?

»Im Moment weiß ich nicht, was ich wirklich will«, sage ich mit gepresster Stimme.

Auch wenn sich das schlimm anhört, es ist die Wahrheit, und Rene verdient es, dass ich ehrlich zu ihm bin.

Zu meinem Erstaunen nickt Rene nach sekundenlangem Schweigen, lächelt mich vertraut an und deutet Richtung Ausgang.

»Komm, lass uns zurückgehen.«

* * *

Weiße und pinkfarbene Luftballons zieren die Eingangstür des Hauses, dessen Fassade hellblau gestrichen ist. Über dem Schaufenster prangt rosa und in Großbuchstaben »KLARAS«, darunter kleiner und kursiv »*Rollschuhe*«. Ein Werbeaufsteller mitten auf dem Gehweg kündigt die heutige Geschäftseröffnung an.

»Bisschen viel Rosa«, meint Clemens, als wir ankommen.

»Passt doch zu Klara«, entgegne ich gelassen.

Klaras neuer Laden ist so außergewöhnlich und eigenwillig wie sie selbst. Wir treten ein. Verglichen mit der Erstbesichtigung ist es hier beinahe nicht wiederzuerkennen. Die türkisen, weißen und pinken Wände harmonieren perfekt mit den ausgestellten Rollschuhen. Flippig, trendy, frisch.

Im Verkaufsraum verteilen sich schon an die zwanzig Gäste. Dabei geht's gerade erst los, für den weiteren Nachmittag haben sich noch mehr angekündigt. In die Raummitte hat Klara einen Stehtisch gestellt, mit rosa Tüll überzogen und einem breiten weißen Band umwickelt. Auf dem Tisch stehen zwei geöffnete Flaschen Sekt und etliche Gläser. Aus den Boxen oben in den Ecken des Raumes tönt ein Stück der Scissor Sisters, und ich nehme an, es wird nicht das Einzige heute bleiben. Wenn Rene wirklich Lukas mitbringt, wird die Musik bestimmt wieder zu Diskussionen führen.

An der rechten Seite hat Klara einen Verkaufstisch anbringen lassen. Auf dem schwarz lackierten Sockel ist ein pinkfarbener Rollschuh abgebildet. Die

Arbeitsplatte ist aus Plexiglas, und darunter hat sie unzählige bunte Rollschuhrollen geschlichtet. Nur als Dekoration, versteht sich, denn die verkäuflichen Rollen bewahrt sie in großen Glasvasen auf, die zwischen den Schuhen in den Regalen stehen. Nach Farben sortiert sind sie zugleich praktisch verstaut und bunte Hingucker.

Überall stehen Glasschüsseln mit roten Fruchtgummischnüren, an den Wänden hängen Bilder mit Rollschuhmotiven, und ein bodentiefer Spiegel bietet den Kunden die Möglichkeit, sich in den Rollschuhen von allen Seiten zu betrachten. In ein Regal hat Klara Kniestrümpfe eingeordnet. Da wir beide finden, Frauen sollten beim Rollschuhfahren coole Kniestrümpfe tragen, hat Klara eine bestimmte Stückzahl davon ins Sortiment aufgenommen.

Auf bunten, an die Wand montierten Brettern reihen sich die Schuhe aneinander. Lichterketten bringen sie optimal zur Geltung und machen sie zum Highlight des Verkaufsraumes. Ich finde, Klara hat ihr kleines Reich wirklich perfekt in Szene gesetzt.

»Rosa Hölle«, murmelt Clemens hinter mir.

Er hat sich genau wie ich alles angesehen, ist aber offensichtlich zu einer anderen Einschätzung gelangt.

»Wenigstens hübsche Mädels sind da. Also wenn du mich suchst …«

Mit diesen Worten lässt mein Bruder mich stehen und geht lässig zu zwei jungen Frauen hinüber, die interessiert die Rollschuhe begutachten. Damit war zu rechnen.

Klara zeigt gerade einer Frau ein Rollschuhmodell

im Retrodesign, und als sie mich entdeckt, winkt sie mir erfreut zu und gibt mir ein Zeichen, dass sie gleich zu mir kommt. Ihr Haar hält sie mit einem um den Kopf gebundenen Bandana zurück. Sie trägt schwarze Hotpants mit einem rosa Gürtel, ein weißes Shirt mit der Aufschrift »Klaras Rollschuhe« und weiße Kniestrümpfe mit vielen kleinen rosa Schleifen. Ihr Outfit passt umwerfend zur Einrichtung, zu dem ganzen Geschäftsstil.

Die Tür zum Geschäft schwingt auf, und zwei Männer kommen herein. Rene, gefolgt von Lukas. Lukas, der keine Ahnung hatte, was auf ihn zukommt, stößt einen leisen Fluch aus. Wenn ihn dieser erste Eindruck noch nicht vergrault, sehe ich eine reelle Chance für Klara und ihn. In ihrem heutigen Outfit sieht Klara zwar schräg, aber auch sexy aus. Das könnte ihm gefallen. Allerdings weiß ich nicht, ob Lukas meiner Freundin gefällt. Seit dem Grillabend, an dem ich ihn das letzte Mal gesehen habe, hat er wieder seine Frisur verändert. Dieses Mal hat er die Haare schwarz gefärbt – bis auf einen schmalen, azurblauen Streifen quer über den Kopf.

Noch haben die beiden Männer mich nicht gesehen. Ich bleibe im hinteren Bereich und beobachte Rene. Seit unserem intensiven Kuss im Alpengarten haben wir Abstand zueinander gehalten. Ich bin mir noch immer nicht klar über meine Gefühle. Doch ich kann verstehen, dass Rene von mir wissen will, woran er ist. Und Marcel habe ich inzwischen noch nicht wiedergesehen.

»Rene, Lukas!«, höre ich meinen Bruder rufen.

Clemens begrüßt sie erfreut mit Handschlag.

»Das hier sind Rebecca und Leonie«, stellt er die beiden Frauen vor, mit denen er zusammensteht.

Es handelt sich eindeutig um Zwillinge, sie sehen praktisch identisch aus, nur trägt die eine ein gelbes und die andere ein blaues T-Shirt. Sie haben ihr braunes Haar stufig geschnitten, dunkle Augen und ein grelles Rot auf den Lippen.

»Sie sind Zwillinge«, erklärt Clemens überflüssigerweise. »Und Musicaldarstellerinnen.«

Sie begrüßen einander freundlich, doch Rene scheint sich nicht näher für sie zu interessieren. Stattdessen richtet er so gezielt seinen Blick auf mich, als hätte er die ganze Zeit schon gewusst, wo ich stehe.

»Sie wollen mir am Abend eine neue Bar in der Stadt zeigen. Kommt ihr mit?«

Während Lukas nicht abgeneigt wirkt, schüttelt Rene nur den Kopf.

»Komm schon, Rene! Seit du bei mir wohnst, waren wir kein einziges Mal gemeinsam fort. Du willst mir doch nicht etwa weismachen, dass du dir eine solche Gelegenheit entgehen lässt!«

Damit legt er seine Arme um die Schultern der beiden Frauen und zieht sie fester an sich. Die geben daraufhin ein Kichern wie aus einem Munde von sich.

»Ich überleg's mir«, antwortet Rene ausweichend und wirft mir wieder einen Blick zu. Als hätte ich einen Einfluss auf seine Entscheidung.

»Ich sag's dir, das läuft super bislang!«

Klara ist auf Rollschuhen an meine Seite gekommen und sieht sich stolz in ihrem Geschäft um.

Mittlerweile hat sich die Anzahl der Gäste bestimmt verdoppelt.

»Es waren schon zwei Journalisten da, um mich zu interviewen und Fotos zu machen.«

»Das ist ja großartig!«, rufe ich begeistert aus.

Ich freue mich wirklich für sie. Sie hat sich schwer ins Zeug gelegt und verdient den Erfolg.

»Wo sind denn die Blumen?«, frage ich, weil ich sie nirgendwo im Raum entdecke. Am Vormittag hatte sich Klara noch Buketts bei mir abgeholt, abgestimmt auf die Deko im Laden.

»Tja. Ich hätte lieber ohne die Rollschuhe kommen sollen«, antwortet sie verlegen. »Hatte einen kleinen Crash an der Ecke. Nichts Ernstes. Aber könntest du sie vielleicht noch einmal zusammenstecken? Sie liegen hinten im Büro.«

»Ja klar, mache ich sofort.«

»Ich werd' schnell mal Clemens und Rene Hallo sagen.«

Klara rollt hinüber und bremst gekonnt vor ihnen ab.

Ich bleibe stehen, um mitzubekommen, wie Rene seinen ersten Versuch startet, um Klara und Lukas zu verkuppeln. Das will ich ungern verpassen.

»Hey, ihr! Schön, dass ihr kommen konntet.«

»Das können wir uns doch nicht entgehen lassen«, sagt Rene charmant.

»Willst du vielleicht ein Paar Schuhe probieren? Ich habe welche bis Größe 45.«

Ich weiß, dass meine Freundin es vollkommen ernst meint.

»Auch in dem Leopardenmuster?« Grinsend deutet Rene auf Klaras Rollschuhe.

Sie zieht die Luft scharf zwischen den Zähnen ein und antwortet: »Da muss ich dich leider enttäuschen, fürchte ich.«

»Dann muss ich leider passen«, sagt Rene und weicht kaum merklich einen Schritt zurück, um den Blick auf Lukas freizumachen.

Clemens hat sich mit den Zwillingen in der Zwischenzeit wieder abgewandt.

»Darf ich dir Lukas vorstellen? Er ist der Torwart der Steelheads. Lukas, das ist Klara, seit heute offiziell stolze Besitzerin dieses tollen Ladens.«

Zaghaft schütteln die beiden sich die Hand.

»Ich glaube, wir kennen uns schon«, sagt Lukas mit einem schmallippigem Lächeln. »Nur dass ich jetzt einen Namen zu diesem ... furchtbaren Musikgeschmack habe.«

»Furchtbarer Musikgeschmack?« Klaras Stimme schießt in die Höhe.

Sie lacht, auch wenn sie eher entsetzt als amüsiert aussieht. Hätte sie Türsteher, würde sie Lukas jetzt hochkant hinauswerfen lassen, jede Wette. Das fängt ja schon mal gut an.

»Gut, die Scissor Sisters sind vielleicht nicht jedermanns Sache, aber ihre Musik passt super hierher.«

Klara nimmt eine Stellung ein, als wäre sie gewappnet für die nächste Diskussion mit Lukas. Rene stößt Lukas mit seinem Ellenbogen unauffällig in die Seite.

Ich muss mich zusammenreißen, um nicht laut loszulachen. Es sieht aus, als hätten sie schon im Vorfeld darüber gesprochen.

»Einigen wir uns drauf, dass nicht alle denselben Musikgeschmack haben können?«, knurrt Lukas.

Klara wirkt unentschlossen, ob sie sich mit diesem Kompromissangebot zufriedengeben soll. Mit zusammengekniffenen Augen sieht sie Lukas an.

»Oder Geschmack, was Einrichtungen betrifft«, fügt Lukas hinzu und seufzt.

Damit hat er allerdings den Bogen überspannt.

»Oder Geschmack, was Frisuren betrifft«, kontert Klara und wirft einen verächtlichen Blick auf seinen neuen Haarschnitt.

»Touché.«

Grinsend wende ich mich ab. Mit etwas Ähnlichem habe ich zwar gerechnet, dennoch war es amüsant zuzusehen.

Ich gehe nach hinten ins Büro und schließe die Tür hinter mir. Gegen eine kurze Auszeit von den Scissor Sisters habe ich nichts einzuwenden. Auf Klaras Schreibtisch, der mit unzähligen Papieren und leeren Schachteln beladen ist, stehen auch die drei Cupcake-Blumensträuße, die ich für die Eröffnung gebunden habe. Es sind farbige, breite Töpfe, in denen ein kugelförmiger Strauß steckt. Diese Form erinnert an einen Riesen-Cupcake, nur besteht das Topping nicht aus Buttercreme, sondern aus hellrosa Rosen und beigefarbenen Ranunkeln. Ich fand, dass dieser ausgefallene und leicht kitschige Blumenschmuck sich zu diesem Anlass gut eignen würde. Einer der Sträuße hat den Unfall fast unbeschadet überstanden, aber die anderen beiden muss ich in Form bringen, damit sie wieder an einen Cupcake erinnern.

Ich bin konzentriert darauf zu retten, was zu retten ist, als jemand das Büro betritt. Ich habe schon damit gerechnet, dass Rene mir folgt, obwohl ich mich für unser zweifellos anstehendes Gespräch noch nicht bereit fühle.

Er schließt die Tür hinter sich, kommt auf mich zu und bleibt direkt neben mir stehen. Seine Hände sind zu Fäusten geballt, als müsste er sich zwingen, mich nicht zu berühren.

Ich glaube, das ist auch besser so.

»Was machst du hier?«

»Ich muss die Sträuße ein wenig nachjustieren«, erkläre ich und versuche, entspannt und unbekümmert zu wirken. Ich will mich von seiner Anwesenheit nicht aus der Ruhe bringen lassen.

»Aha.« Das klingt nicht sonderlich interessiert, was mich aber auch nicht weiter wundert.

»Hat Klara versucht, dir ein Paar Rollschuhe anzudrehen?«, frage ich, als hätte ich es nicht ganz genau mitbekommen.

Ich will Zeit gewinnen und unser Gespräch so lange wie möglich hinauszögern. Ich muss nur mit den Sträußen fertig werden, bevor er auf das Thema zu sprechen kommt. Sobald wir wieder unter Leuten sind, wird er das nicht tun, davon bin ich überzeugt. Jedenfalls sicher nicht, solange Clemens in der Nähe ist.

»Ich bin nicht gekommen, um mich mit dir über Rollschuhe zu unterhalten.«

Es klingt so, als würden meine Ausweichmanöver ihm schon ziemlich auf den Wecker gehen. Er sieht mir tief in die Augen. Aber die Leidenschaft ist aus seinem Blick verschwunden.

»Ich weiß«, sage ich kleinlaut.

Warum noch länger um den heißen Brei reden? Warum ihn und auch mich noch länger auf die Folter spannen?

»Hattest du Zeit genug, um über alles nachzudenken?«, fragt Rene. Es ist ihm also ganz ernst. Er will eine Antwort von mir, und zwar sofort.

»Ja«, sage ich und lasse die Cupcakes liegen, um mich ihm ganz und gar zu widmen. Ich bin ihm eine Antwort schuldig.

»Es war ein Fehler, dich in eine Schublade zu stecken, ohne dich zu kennen. Ich habe gedacht, du bist wie Clemens.«

Auch wenn ich ihm das schon gesagt habe, fühle ich mich verpflichtet, es noch einmal zu wiederholen. Es fällt mir nicht leicht, das zuzugeben, auch wenn ich wie alle anderen nur ein Mensch bin und mich irren kann.

Rene sagt nichts, als habe er beschlossen, mir nicht mehr ins Wort zu fallen, bis ich sage, was er hören will.

»Es … wäre schön gewesen zu sehen, wie es zwischen uns gelaufen wäre, wenn ich dir schon früher die Chance gegeben hätte zu zeigen, wie du wirklich bist.«

Rene holt tief Luft. Dann schüttelt er den Kopf, als könnte er nicht fassen, was ich gerade gesagt habe.

»Dafür ist es nicht zu spät«, sagt er schließlich mit seltsam brüchiger Stimme, und ich kann die Enttäuschung in seinem Blick lesen.

»Es tut mir leid«, flüstere ich, auch wenn ich weiß, dass er diese Entschuldigung nicht annehmen wird.

In dem Moment wird die Tür ins Büro aufgestoßen, und jemand platzt mitten in unser Gespräch. Erschrocken zucke ich zusammen.

Es ist Marcel, der zuerst irritiert zwischen uns hin- und hersieht und Rene dann unfreundlich zunickt. Schon bei ihrer ersten Begegnung war eine gewisse Spannung zwischen den beiden spürbar. Auch Rene reagiert wenig begeistert. Er richtet sich zu seiner vollen Größe auf und verzieht wütend das Gesicht. Ich kann es ihm noch nicht einmal übel nehmen.

»Ich wollte nur sagen, dass ich da bin«, sagt Marcel, an mich gewandt, auch wenn es zugleich wie eine Warnung an Renes Adresse klingt. Natürlich weiß Marcel nichts von unseren leidenschaftlichen Küssen, dennoch scheint er mitbekommen zu haben, dass etwas ist zwischen Rene und mir.

Die ohnehin geladene Stimmung in Klaras Büro wird langsam unerträglich.

»Ist alles in Ordnung?«, fragt Marcel, weil weder Rene noch ich etwas sagen, sondern nur wie angewurzelt dastehen. Das Misstrauen ist Marcel anzusehen. Wenn ich es nicht besser wüsste, würde ich befürchten, dass er Rene gleich an die Kehle springt.

»Ja klar, alles in Ordnung«, versichere ich schnell, bevor hier alles aus dem Ruder läuft, und hoffe, mein aufgesetztes Lächeln trägt dazu bei, die Situation zu entschärfen. Eigentlich hat Marcel ja gar keinen Grund, misstrauisch zu sein. Schließlich weiß er von nichts.

»Kannst du den hier schon mal Klara rausbringen?« Ich nehme einen der bunten Töpfe und reiche ihn Marcel. »Ich komme gleich nach.«

Marcel zögert kurz, nimmt den Cupcake-Strauß aber dann entgegen und verschwindet aus dem Büro.

Für den Bruchteil einer Sekunde bin ich erleichtert und atme auf.

Doch was jetzt kommt, ist viel schwerer. Ich muss es hinter mich bringen, kein Weg führt mehr daran vorbei.

»Ich habe mir wirklich Gedanken gemacht«, beginne ich.

»Ja genau«, unterbricht Rene mich mit kaum verhohlener Wut. »Und zwar die falschen!«

Ich hasse es, ihn so zornig zu sehen. Vor allem, weil ich schuld daran bin.

»Ich habe mir immer einen Beziehungspartner wie Marcel gewünscht«, sage ich, bemüht, ruhig zu bleiben und ohne auf seinen Kommentar einzugehen.

Mir ist vollkommen klar, dass Rene mich nicht verstehen kann, aber ich hoffe inständig, dass er meine Entscheidung respektiert. Es war nicht vorhersehbar, dass ich zwischen zwei Männern wählen muss. Ich kann nicht *wissen,* ob der eine von ihnen richtiger ist als der andere, sondern muss versuchen, mich *vernünftig* zu entscheiden. Aber für wen auch immer ich mich entscheide – sicher ist, dass ich einen von ihnen verliere.

»Du widersprichst dir doch selbst, Rita«, sagt Rene plötzlich nur noch traurig und mit leerem Blick. »Wie hättest du dir denn jemanden wie mich wünschen sollen bei all deinen Vorurteilen?«

Sein Einwand ist berechtigt, daran habe ich selber schon gedacht. Und darüber hinaus an noch viel mehr. Meine Familie, Freundinnen und Freunde, den Blumenladen, meine Wünsche und Träume, meine Bilder von der Zukunft ... Leidenschaft allein kann doch nicht die Basis für eine dauerhafte Beziehung sein.

»Ich ... Es tut mir leid, Rene.«

Es schnürt mir fast die Kehle zu. Wie gerne würde ich ihn jetzt trösten, meine Hand an seine Wange legen und ihm seine Enttäuschung abnehmen. Aber das kann ich nicht.

Es fällt mir unendlich schwer, ihn in diesem Büro stehenzulassen. Für immer, wie ich jetzt weiß.

* * *

Ich mache das Licht in der Küche an und lasse meine Handtasche auf den Boden fallen. Unschlüssig öffne ich den Kühlschrank, um festzustellen, dass ich gar nicht hungrig bin. Ich will nur noch ins Bett und einfach schlafen.

Der Tag war lang und hat mich erschöpft. Das Gespräch mit Rene hat mich mehr Kraft gekostet, als ich zugeben will. Dann die vielen Menschen ... Bis zum Ende der Eröffnung war Klaras Geschäft ständig voll.

Marcel hatte sich bald abgeseilt, weil er wieder in sein Büro musste. Rene und Clemens sind noch vor ihm gegangen, in Begleitung der Zwillinge. Ich war ganz froh darüber, denn Renes Anwesenheit hat für mich alles nur noch schwerer gemacht.

Aber ich habe meine Gefühle für Marcel nicht vergessen. Er macht mich glücklich, denn er gibt mir Sicherheit und Geborgenheit. Und das ist es, was ich mir wünsche.

Kurz nach acht hat Klara ihr Geschäft geschlossen und dabei übers ganze Gesicht gestrahlt. Ich weiß allerdings nicht, ob es an der erfolgreichen Eröffnung lag oder daran, dass Lukas sie auf einen Drink eingeladen hat. Wer hätte das gedacht?

Ich gähne und fülle den Wasserkocher, um mir noch einen Tee zu machen, bevor ich ins Bett gehe. Während er zieht, gehe ich ins Bad, wasche mein Gesicht und schlüpfe in eine bequeme Jogginghose und T-Shirt. Dann hocke ich mich müde auf die Küchenbank und trinke den heißen Tee.

Ich frage mich, ob Clemens das Interesse der Zwillinge halten konnte oder ob ihnen bald klar geworden ist, dass er nur auf eine kurze Bettgeschichte aus ist?

Die heiße Tasse wärmt meine Finger, während ich den darin schwimmenden Teebeutel anstarre.

Plötzlich höre ich Schritte nackter Füße auf den Vorzimmerfliesen. Es ist also doch jemand in der Wohnung. Dann taucht eine Frau mit zerzaustem dunklem Haar und nur mit einem dünnen Hemdchen bekleidet im Türrahmen auf. Das Hemdchen endet knapp unterhalb ihres Pos, und ihre Beine wirken in diesem Outfit endlos lang.

»Oh, hallo«, sagt sie verlegen lächelnd.

Ich bin mir nicht ganz sicher, ob sie eine der Zwillinge ist.

Ich nicke ihr zu und trinke weiter meinen Tee. Hat Clemens also wieder mal einen Volltreffer gelandet. Wenn sie jetzt noch vor Sonnenaufgang freiwillig geht, ist mein Bruder ein glücklicher Mann.

»Ich wollte mir nur schnell eine Cola holen.«

Sie geht an den Kühlschrank und sucht nach der Cola. Seit Rene bei uns wohnt, ist der Kühlschrank zwar immer gut bestückt, aber ob er auch an Cola für Clemens' Betthäschen gedacht hat, weiß ich nicht.

»Habt ihr keine Diätcola?«

Sichtlich enttäuscht wirft sie ihr braunes Haar über die Schulter und steckt noch einmal ihren Kopf in die Tiefen des Kühlschranks.

Sehen wir aus wie ein Supermarkt? Ich verdrehe genervt die Augen. Jetzt hat man hier also nicht mal mehr abends seine Ruhe, geschweige denn am Morgen danach. Wenn sie etwas trinken will, muss sie nehmen, was da ist.

»Du kannst ja meinem Bruder sagen, er soll das nächste Mal Diätcola besorgen, bevor er dich mit heimnimmt.«

Was er aber nie wieder tun wird, nur damit du es weißt …

Ich bin gereizt, und es ist mir auch egal, dass ich mir das anmerken lasse. Der einzige Vorteil an Clemens' One-Night-Stands ist, dass ich seine Eroberungen nie wiedersehen muss.

»Rene ist dein Bruder?«

Mit großen Augen sieht die Frau mich an, bevor

sie den Kühlschrank zumacht. Sie schüttelt den Kopf. »Ihr seht euch ja gar nicht ähnlich.«

»Rene?«

Ich verschlucke mich an meinem Tee und huste. Hat sie gerade Rene gesagt?

»Ja, er ist doch blond und hat blaue Augen.« Sie lacht. »Er hat doch blaue Augen, oder? Ich habe gar nicht darauf geachtet.« Sie kichert kokett.

Wie kann sie nicht darauf geachtet haben? Rene hat fantastische blaue Augen! Sie hatte ganz offensichtlich gerade Sex mit ihm und will nicht gesehen haben, wie umwerfend seine Augen sind?

»Ja, sie sind blau«, knurrt Rene, der jetzt ebenfalls in die Küche kommt.

Er trägt ausgeblichene, weite Jeans, die ihm auf den Hüften hängen. Der oberste Knopf ist offen. Wow!

Doch das Lächeln, das er mir zuwirft, kann er sich sonstwo hinstecken. Wenn ich mir vorstelle, was die beiden gerade getan haben, wird mir schlecht. Wie kann er mir das nur antun? Dabei hat er von sich behauptet, nicht wie Clemens zu sein. Und mir angekreidet, dass ich ihn in dieselbe Schublade gesteckt habe. Und jetzt steht er mit einer halb nackten Frau in meiner Küche. In *meiner* Küche!

»Ihr habt keine Diätcola«, sagt die Frau und sieht Rene vorwurfsvoll an.

»Nimmst du auch normale?«, fragt er, ohne seinen Blick von mir abzuwenden.

»Wenn's sein muss.«

»Dann nimm dir eine und geh schon mal zurück. Ich komme gleich nach.«

Die Frau schnappt sich eine Flasche und geht endlich hinaus. Rene setzt sich mir gegenüber an den Tisch.

Was soll das denn jetzt? Wie kann er die Dreistigkeit besitzen, mit mir reden zu wollen? Ich wünschte, er würde verschwinden. Aus dieser Küche, aus meiner Wohnung, aus meinem Leben. Will er mich damit etwa eifersüchtig machen? Was auch immer er damit bezweckt, es beweist nur, dass meine Entscheidung richtig ist. Goldrichtig!

»Die solltest du dir warmhalten«, sage ich bissig. Am liebsten würde ich ihm den heißen Tee in den Schoß kippen. »So eine bekommst du so schnell nicht wieder.«

Rene scheint mein Zynismus nichts auszumachen. Oder hat er sogar damit gerechnet? Aber warum hat er die Frau dann überhaupt hierher mitgenommen?

»Darf ich deine Entscheidungen auch kritisieren?«

»An meinen Entscheidungen gibt es nichts zu kritisieren!«, antworte ich scharf. Nur weil sie seinen Vorstellungen nicht entsprechen, heißt das noch lange nicht, dass sie falsch sind. Und davon abgesehen interessiert mich seine Meinung nicht. Nicht mehr.

»Dachtest du etwa, ich würde dir auf ewig nachlaufen?«

Nein, dachte ich nicht. Ich habe erwartet, dass er mir weiterhin respektvoll begegnet. Doch seinem aggressiven Ton entnehme ich den Vorwurf, dass ich selbst nicht fair zu ihm war. Vielleicht hat er damit ja recht.

»Ich habe dir mehr als nur einmal gezeigt, wie groß

mein Interesse an dir war. Du hast dich für Marcel entschieden, und auch wenn ich zu gern wüsste, ob er ein solches Feuer in dir entfachen kann wie das, was ich in dir ausgelöst habe, werde ich dich nicht danach fragen.«

Ich rühre mich nicht und sage auch nichts dazu. Ich wüsste nicht was.

Dafür echoen seine Worte in meinem Kopf. ... *wie groß mein Interesse an dir war.* War? Hat sich das so schnell geändert? Innerhalb von ein paar Stunden? Oder liegt es an seiner neuen Eroberung? Ich weiß, dass es mir gleichgültig sein sollte, trotzdem breitet sich unvermittelt ein bohrender Schmerz in meiner Brust aus.

»Du glaubst, du kennst ihn gut genug, um zu wissen, dass er der Richtige ist«, führt Rene fort, und mir läuft ein eisiger Schauer über den Rücken. »Du irrst dich, Rita. Aber das wirst du früher oder später selbst herausfinden.«

Ich weiß nicht warum, aber seine Worte machen mir Angst. Ich will sie nicht hören. Ich will auch nicht wissen, was er damit meint. Er hat kein Recht, sich hier aufzuspielen. Er wusste von Anfang an, dass ich in einer Beziehung bin.

Entschlossen hebe ich das Kinn und schlucke den Kloß hinunter, der sich in meinem Hals festgesetzt hat.

»Und deswegen suchst du dir noch am selben Tag eine andere Frau?«

»Was ändert es, ob heute oder morgen?«

Viel. Alles. Mir steigen Tränen in die Augen. Warum versteht er das denn nicht?

»Ich … ich will, dass du meine Küche verlässt. Sofort!«

Ich starre in seine blauen Augen, die in diesem Moment nichts mehr in mir auslösen. Kein Kribbeln, kein Hochgefühl, kein atemberaubender Salto meines Herzens. Sie sind einfach nur blau. Wie so viele andere auch.

Er zögert noch kurz, dann nickt er.

»Okay.« Es ist nicht mehr als ein Flüstern. Er steht auf, lässt seinen Blick sekundenlang auf mir ruhen und geht hinaus. Die Tür zu seinem Zimmer fällt hinter ihm ins Schloss.

Erst jetzt kann ich die Luft ausatmen, die ich nach meiner Aufforderung angehalten habe. Es schmerzt immer mehr in meiner Brust. Ich stelle das halb leere Häferl in die Abwasch und flüchte in mein Zimmer. Sofort verkrieche ich mich ins Bett und ziehe die Decke bis übers Kinn. Kurz danach höre ich, wie Rene sich im Vorzimmer von der Frau verabschiedet und sie zur Tür begleitet.

Etwas Dumpfes in der Magengegend lässt mich an meiner Entscheidung zweifeln, doch mein Verstand pocht darauf, dass sie richtig ist. Früher oder später wird sich das bestätigen. Davon bin ich überzeugt.

* * *

Für ein Freundschaftsspiel mitten im Sommer ist die Eishalle gut besucht. Eine Münchner Amateurmannschaft, die ihr Sommertraining in Österreich stationiert hat, hat die Steelheads um ein Testspiel gebeten. Wie gewohnt stehen die Steelhead-Anhänger in ihrer Kurve und feuern das Team mit Transparenten und Gesängen an. Ihnen gegenüber steht eine Gruppe gegnerischer Fans, die den Weg von München nach Wien auf sich genommen haben.

Auch wenn es nicht um Punkte oder einen Pokal geht, merkt man den Hunger der Spieler. Die Sommerpause war lang, und sie können es nicht erwarten, endlich wieder Eis unter den Kufen zu spüren.

Klara hat keine Zeit, mich hierher zu begleiten. Ihr Rollschuhladen spannt sie so sehr ein, dass sie abgesagt hat. Jedenfalls versteht sie jetzt, was es bedeutet, selbstständig zu sein. Das Ende der Öffnungszeiten heißt noch lange nicht Feierabend. Doch es stört sie nicht. Klara ist als Unternehmerin voll in ihrem Element, auch wenn sie damit liebäugelt, schon bald eine Teilzeitkraft anzustellen. Ein Grund dafür scheint auch Lukas zu sein, mit dem sie gerne mehr Zeit verbringen würde. Offenbar verlief die spontane Verabredung nach der Eröffnung besser als gedacht.

Als Ersatz für Klara hat sich Marçel angeboten, mich zu dem Spiel zu begleiten. Also gut, weniger angeboten als nachgegeben. Ich habe ihn nämlich daran erinnert, dass ich auch zu seinem faden Schachturnier mitgegangen bin.

Schon im ersten Drittel geht es ordentlich zur Sache. Dass es sich um ein Freundschaftsspiel handelt, merkt man nicht. Die Emotionen auf dem Eis sind genauso heiß wie während der Saison.

»Ich muss gestehen, ich habe die Spiele ein bisschen vermisst.«

Grinsend sehe ich Marcel an, der sich weit in seinen

Sitz zurückgelehnt hat. Schnell schiebt er sein Smartphone in die Hosentasche. Ich kann es ihm nicht mal verübeln. Bei seinem Schachturnier ging es mir nicht anders, und ich habe mich sogar davongestohlen, um mit Klara ein paar Runden auf Rollschuhen zu drehen.

»Was hältst du davon, wenn wir nach dem Spiel zu dir fahren?« Ich finde, das ist ein fairer Vorschlag, nachdem er noch mehr als zwei Drittel hier ausharren muss.

»Gerne.«

Marcel legt seinen Arm um meine Schultern und drückt mir einen Kuss auf die Schläfe.

»Ich finde sowieso, dass du öfter bei mir übernachten könntest. Gerne auch jeden Tag.«

Überrumpelt von seinen Worten verspanne ich mich in seiner Umarmung. Ich will mir nichts anmerken lassen, aber ich weiß nicht, was ich dazu sagen soll.

»Ich denke, es ist an der Zeit, dass wir zusammenziehen. Wir könnten uns öfter sehen und ersparen uns die ganze Fahrerei.«

Marcel wartet auf eine Antwort, aber um ehrlich zu sein, habe ich noch nicht darüber nachgedacht. Ich spüre seinen erwartungsvollen Blick von der Seite.

»Na ja, dir würde die Fahrerei erspart bleiben«, sage ich leise. Ich will es nicht wie einen Vorwurf klingen lassen, fürchte jedoch, es hört sich so an. »Ich müsste jeden Morgen extra ins Geschäft fahren.«

Hoffentlich nimmt er diese Worte nicht falsch auf. Ich will uns nicht den Abend vermiesen.

»Wäre es dir lieber, wenn ich zu dir ziehe?«, fragt er. Sein Vorschlag überrascht mich, doch ich muss

259

gestehen, er erleichtert mich auch. Ich habe nicht angenommen, dass er das überhaupt in Betracht zieht. Automatisch huscht mir ein Lächeln übers Gesicht. Wir sollten es versuchen. Immerhin sind wir schon eine Weile zusammen, und da ich mich für ihn entschieden habe, ist es doch naheliegend, auch über die nächsten Schritte nachzudenken.

»Ich werde noch mit Clemens sprechen, aber ich kann mir nicht vorstellen, dass es ein Problem ist«, sage ich, froh über die Wendung unseres Gesprächs. »Aber ich muss dich warnen. Clemens ist ein gewöhnungsbedürftiger Mitbewohner.«

»Warum Mitbewohner? Wir würden doch nicht zusammen mit ihm dort wohnen.«

»Nicht?«

Du lieber Himmel, was bin ich naiv. Am liebsten würde ich in den Erdboden versinken.

Marcel schüttelt langsam den Kopf.

»Habt ihr denn nie darüber gesprochen, wer von euch die Wohnung behält?« Mein Schweigen scheint ihm Antwort genug zu sein. »Du glaubst doch wohl nicht ernsthaft, dass ich mit deinem Bruder unter einem Dach leben will.« Er lacht, als sei diese Vorstellung vollkommen absurd. Doch dann wird er wieder ernst. »Nichts gegen Clemens, aber Männer in seinem Alter sollten einen anderen Lebensstil pflegen.«

Dagegen kann ich beim besten Willen nichts einwenden. Es sind ja meine eigenen Worte. Aber deswegen kann ich meinen Bruder doch nicht einfach aus unserer Wohnung werfen. Sie gehört ihm genauso wie mir.

»Ich bezweifle, dass Clemens freiwillig auszieht.«

Ich hasse solche Konfrontationen. Sowohl mit meinem Bruder als auch mit Marcel. Ich hätte mir schon viel eher Gedanken darüber machen sollen. Vielleicht sind es aber auch unnötige Sorgen, und ich muss nur mal mit Clemens reden, um eine Lösung zu finden. Möglicherweise hat er sich im Gegensatz zu mir ja schon Gedanken gemacht.

Ich schaue wieder auf das Spielfeld, wo mein Bruder gerade den Puck vor sich herschiebt. Ein Gegner folgt ihm, kann aber nicht mithalten. Mein Bruder passt zu Rene, der einen Gegenspieler austrickst und zurück zu Clemens schießt. Nur wenige Meter vor dem Tor holt Clemens mit dem Schläger aus und knallt den Puck erbarmungslos zwischen den Füßen des gegnerischen Tormanns durch. Der Puck landet im Netz, ein Signalton erklingt, und die Fans springen jubelnd von ihren Plätzen auf.

Auch ich klatsche und freue mich für meinen Bruder.

Vom ersten Tor des Spiels überwältigt fällt es kaum jemandem auf, dass derselbe Gegner, der Clemens verfolgt hat, ihm nach dem Schuss einen harten Bodycheck versetzt. Der Sturz sieht nicht sehr spektakulär aus, doch Clemens rührt sich nicht. Statt aufzuspringen und das Foul zu reklamieren, bleibt er auf dem Spielfeld liegen.

Mir ist sofort klar, dass hier was nicht stimmt. Erst als der Pfiff des Schiedsrichters durch die Halle schrillt, bestätigt sich meine Vermutung. Binnen Sekunden bildet sich eine Traube von Spielern um Clemens, die mir die Sicht auf ihn versperrt.

Von der Seite höre ich Marcel, der immer noch beim Thema Wohnung ist, wie ich den Wortfetzen entnehme, die zu mir durchdringen. Offenbar will er eine Wohnung für uns beide suchen. Er hat überhaupt nicht mitbekommen, dass auf dem Eis etwas passiert ist.

Ich höre ihm jedoch nicht mehr zu. Meine Aufmerksamkeit gilt jetzt einzig und allein meinem Bruder. Bis zum Ende des zweiten Drittels dauert es nur noch Sekunden. Der Führungstreffer kam genau rechtzeitig. Doch als ich den Mannschaftsarzt mit seinem Koffer aufs Spielfeld rennen sehe, springe ich auf. Das dauert viel zu lange. Hier stimmt etwas ganz gewaltig nicht.

Während der Arzt sich einen Weg zu Clemens bahnt, entwickelt sich unmittelbar daneben ein Streit zwischen Rene und einem Gegenspieler. Ich weiß nicht, ob es derselbe Spieler ist, der Clemens gestoßen hat. Plötzlich reißt Rene sich den Helm vom Kopf, lässt seine Handschuhe aufs Eis fallen und wirft sich auf den Gegner. Sie stürzen auf den Boden und schlagen aufeinander ein, während ihre Teamkollegen versuchen, sie auseinanderzuzerren. Erstmals in all den Jahren kann ich diese Reaktion nachvollziehen. Das Foul war so unnötig! Am liebsten würde ich selbst aufs Feld rennen, um meine Wut rauszulassen.

Es dauert eine Weile, bis der Streit geschlichtet ist und der Tumult sich gelegt hat. Der Schiedsrichter verweist sowohl Rene als auch den Gegenspieler vom Eis. Ich kann jetzt erkennen, dass Clemens seinen Helm abgenommen hat und versucht, mit Unterstützung von zwei Kollegen aufzustehen. Mein Bruder kann wirklich viel einstecken. Er verlässt das Spielfeld erst dann freiwillig, wenn es gar nicht mehr anders geht. Die Arme auf die Schultern seiner Mitspieler gelegt, humpelt er in ihrer Mitte an die Bande. Dort wartet bereits unser Vater, mit vor Wut knallrotem Kopf, wild gestikulierend und brüllend Richtung gegnerische Strafbank.

Mir rutscht das Herz in die Hose. Clemens hatte schon oft Verletzungen. Bänderzerrungen, Rissquetschwunden und sogar Brüche. Er hat immer die Zähne zusammengebissen und Schmerzen weggesteckt. Aber jetzt sehe ich die Verzweiflung in seinem Gesicht. Das ist mehr als nur eine Bänderzerrung.

»Ich muss da runter.«

Ohne noch einmal nach Marcel zu sehen, sprinte ich die Stufen hinunter, während der Schiedsrichter das Drittel fertigspielen lässt. Ich eile zum Spielerkabinenzugang und sehe in dem Moment, dass mein Vater vom Spielfeld auf mich zuläuft.

»Du gehst da nicht rein!«, ruft er mir schon entgegen.

Ich sehe ihn erschrocken an. Er ist sonst immer der knallharte Typ, den so schnell nichts aus der Fassung bringt. Doch im Moment sieht er aus, als wäre ihm speiübel, seine Lippen sind blass und er ist völlig aufgelöst.

»Wie geht es ihm?«, frage ich mit zitternder Stimme, nicht sicher, ob ich die Antwort überhaupt wissen will.

»Ich weiß es noch nicht.«

Damit lässt Papa mich stehen und verschwindet hinter der Tür zu den Kabinen.

Meine Kehle schnürt sich zu. Einen Moment lang erwäge ich, trotzdem hineinzugehen und nach Clemens zu schauen. Dann entscheide ich mich dagegen. Es ist grässlich, hilflos und in der Ungewissheit hier zu stehen und zu warten.

Die anderen Spieler kommen ebenfalls zu den Kabinen. Manche nicken mir stumm zu, aber niemand sagt etwas. Sie eilen an mir vorbei und verschwinden hinter der Tür. Ihre Mienen verraten nichts Gutes. Statt sich über die Führung freuen zu können, sind sie alle genauso besorgt wie ich.

Auch Rene kommt jetzt, seinen Helm unter den Arm geklemmt. In den Eislaufschuhen und der Montur sieht er größer und bulliger aus, als er ist. Sein Blick ist finster, der Ausdruck hart, angespannt, die Lippen nur ein schmaler Strich. Ich wünschte, er würde etwas zu mir sagen. Etwas, das mich beruhigt, aber er würdigt mich keines Blickes. Der Ärmel seines Trikots streift meinen Arm, und dann ist er hinter der Tür verschwunden.

* * *

Der Geruch nach Desinfektionsmittel, Reinigungsmittel und Krankenhaus raubt mir fast den Atem. Ich laufe alleine durch die Gänge des Unfallkrankenhauses. Der Portier hat mir den Weg erklärt, doch ich konnte mich kaum auf seine Worte konzentrieren.

Noch vor Beginn des zweiten Drittels hat mein Vater Clemens ins Spital gebracht. Er wollte nicht, dass ich mitkomme, sondern versprach, sich zu melden, sobald er Genaueres wüsste.

Von dem Spiel habe ich nichts mehr mitbekommen. Als das letzte Drittel abgepfiffen wurde, wusste ich nicht mal, wie der Endstand war. Kurz danach rief Papa mich an und sagte, Clemens' linkes Knie sei kaputt. Marcel hat mich auf meine Bitte ins Krankenhaus gebracht und ist dann nach Hause gefahren. Ich wollte ihm nicht zumuten, den Rest des Abends im Spital zu verbringen.

Endlich finde ich die Zimmernummer. Ich reiße, ohne anzuklopfen, die Tür auf und stürme einfach hinein. Es gibt nur ein einziges Bett in dem Raum. Da mein Vater selbst wegen einer Sportverletzung seine Karriere beenden musste, hat er für Clemens bereits im Kindesalter eine Sportversicherung abgeschlossen. Dadurch hat er nicht nur ein Einzelzimmer, sondern auch einen privaten Sportarzt, der in Ordnung bringen soll, was noch in Ordnung zu bringen ist.

Ein Blick in sein Gesicht bricht mir fast das Herz, und gleichzeitig bestätigt es meine schlimmste Befürchtung: Mein Bruder wird nicht mehr aufs Eis zurückkehren. Die Verletzung ist zu schwer. Meine Hand liegt noch auf der Türklinke, als ich leise frage: »Wie geht es dir?«, auch wenn ich die Antwort kenne. Ich hoffe, dass er starke Schmerzmittel bekommt. Der psychische Schock ist schon schlimm genug.

»Scheiße.« Er richtet sich mühevoll auf. »Komm rein und mach die Tür zu.«

Als ich mich zu Clemens auf die Bettkante setze, sehe ich den Beutel an einem Infusionsständer, von dem aus ein Schlauch direkt in seinen Handrücken führt.

»Was ist das?«

Clemens zuckt mit den Schultern.

»Schmerzmittel, vermute ich, denn ich spüre das Knie kaum noch. Nur mein Schädel dröhnt, als hätte mich ein Laster überfahren. Ich habe die Schwester gebeten, mir einen Schuss Wodka dazuzugeben, aber sie fand es nicht witzig.«

Ich finde das im Moment allerdings auch nicht witzig. Ich sehe auf sein Bein, das höher gebettet worden ist. Kühlmanschetten bedecken die Schwellung, die bestimmt furchtbar aussieht.

»Was ist mit deinem Knie?«, frage ich vorsichtig.

»Alles hin«, presst Clemens zwischen zusammengebissenen Zähnen hervor. »Seitenband, Kreuzband, Meniskus. Man könnte meinen, dass der Unterschenkel nur noch an der Haut hängt.«

Bei dieser Vorstellung wird mir schlecht.

»Das Knie ist aufs Doppelte angeschwollen. Willst du's sehen?«

Mit schmerzverzerrtem Gesicht macht Clemens Anstalten, sich vorzubeugen, doch ich winke sofort ab.

»Nein, wirklich nicht.«

Sonst können sie gleich noch ein Bett hier reinstellen, weil ich umfallen werde wie ein Brett.

»Das wird doch wieder, oder?«, frage ich schwach.

»Es muss operiert werden, aber …«

Clemens stockt. Es fällt ihm schwer auszusprechen, was uns beiden klar ist.

Ich kann mir meinen Bruder ohne Eishockey nicht vorstellen. Er ist seit Jahren der Kapitän der Steelheads. Sein Leben lang ist er ein Teil dieser

Mannschaft. Sein Herz und seine Seele gehören dem Verein. Bis vor Kurzem hat er noch davon geträumt, eines Tages den Sprung in eine Profimannschaft und sogar ins Ausland zu schaffen. Plötzlich ist alles wie ein Kartenhaus in sich zusammengefallen. Es wird Monate dauern, bis man sagen kann, ob er jemals wieder Eislaufschuhe anziehen kann.

Was soll er denn jetzt tun?

»Musst du die Nacht hier verbringen?«, frage ich.

Wegen einer Knieverletzung wird man doch nicht stationär aufgenommen. Soweit ich weiß, kann erst operiert werden, wenn die Schwellung zurückgegangen ist. Außerdem würde es mich wundern, wenn Clemens freiwillig über Nacht hierbleibt.

»Offenbar war ich nach dem Sturz kurz bewusstlos«, erklärt mein Bruder. »Ich habe eine Gehirnerschütterung und muss zur Beobachtung über Nacht bleiben.«

Davon habe ich in der Halle nichts mitbekommen, was vermutlich gut war, denn sonst wäre ich vollkommen durchgedreht. Ich kann mir gar nicht vorstellen, wie mein Bruder sich im Moment fühlen muss. Es tut weh, ihn so zu sehen.

»Gibt es irgendetwas, das ich für dich tun kann?«

Ein müdes Lächeln huscht über Clemens' Gesicht.

»Mach, dass das alles nur ein schlechter Traum ist.«

Tränen steigen ihm in die Augen.

Ich hatte gehofft, er würde mich darum bitten, ihm einen Hamburger zu besorgen. Verdammt, ich würde sogar Alkohol oder eine Frau in sein Zimmer schmuggeln. Seine Antwort reißt mir jedoch ein Loch in die Brust.

Ein Klopfen an der Tür lässt mich hochschrecken. Schnell wische ich eine Träne von der Wange, die ich nicht zurückhalten kann. Auch mein Bruder versucht, einen gefassten Eindruck zu machen. Er räuspert sich und setzt sich noch ein Stück auf, wobei er darauf achtet, sein Bein möglichst wenig zu bewegen.

Rene steckt seinen Kopf zur Tür herein. Sein linkes Auge ist von der Schlägerei auf dem Eis leicht geschwollen und von einem dunklen Schatten umrandet. Unsere Blicke treffen sich kurz, dann sieht er Clemens an.

»Was machst du denn für Sachen?«, fragt er und kommt kopfschüttelnd näher.

Er stellt sich an das Fußende des Bettes und verschränkt die Arme vor der Brust. »Ich habe deinen Vater beim Kaffeeautomaten getroffen. Er hat mir gesagt, wie es aussieht.«

Renes Blick fällt auf Clemens' verletztes Bein. Auch wenn man das Knie unter der Kühlmanschette nicht sehen kann, verzieht er mitleidig sein Gesicht.

»Er wartet auf den Rückruf des Sportarztes.«

»Er will die Operation so schnell wie möglich durchziehen«, sagt Clemens, »er denkt, so sind die Chancen höher, dass ich wieder spielen kann, dabei wissen wir alle, dass es praktisch unmöglich ist.«

»Gibt es denn noch eine Chance?«, frage ich vorsichtig und fühle mich dabei sehr naiv. Das ist vermutlich das Einzige, was meinen Bruder im Moment aufbaut. Der Funke Hoffnung, dass doch noch nicht alles vorbei ist. Er ist ehrgeizig, das weiß ich.

Wenn es jemand schafft, sich nach so einer Verletzung zurückzukämpfen in die Arena, dann er.

»Die Frage ist, ob ich das überhaupt noch will.«

Ich spüre, wie sich meine Kehle zuschnürt. Mein Bruder gibt auf? Das Eishockeyspielen? Das aus seinem Mund zu hören hätte ich nie erwartet. Eher noch hätte ich ihn als Vierzigjährigen gesehen, der Hockey spielt und glaubt, damit die zwanzigjährigen Fans, vor allem die weiblichen, zu beeindrucken. Verdammt, was ist nur passiert?

»Ich werde nie wieder so gut spielen wie bis jetzt«, sagt Clemens weiter, offensichtlich schwer geplagt von dieser Einsicht. »Wofür soll ich mich die nächsten Monate also quälen? Nur um noch einmal einen Schläger in die Hand nehmen zu können? Um noch einmal einem Arschloch die Möglichkeit zu geben, mir sämtliche Knochen zu brechen?« Er zuckt mit den Schultern. »Das ist es nicht wert.«

Ich schaue hilflos zu Rene, doch er versucht nicht, Clemens diese Entscheidung auszureden. Warum nicht? Wenn jemand versteht, wie wichtig Clemens der Sport ist, dann Rene. Sein Leben besteht aus nichts anderem. Von klein auf zieht er in der Freizeit seine Eishockeyschuhe an, schnappt sich den Schläger und jagt den Puck über das Feld. Das soll jetzt alles einfach vorbei sein?

»Wenigstens konntest du mit einem Treffer abdanken«, sagt Rene und entlockt Clemens damit ein stolzes Lächeln.

Abdanken? Das klingt, als hätte Clemens freiwillig diesen Schritt getan. Doch die Entscheidung ist ihm abgenommen worden. Er hat doch in Wahrheit gar keine andere Wahl.

Die Tür schwingt erneut auf, und mein Vater betritt mit seinem Smartphone in der Hand das Zimmer. Er schluckt, als er Rene und mich sieht. Dann wendet er sich Clemens zu.

»Morgen Vormittag kommt der Sportarzt und wird sich dein Knie und die Befunde ansehen.«

Er erzählt von einem Spieler, der eine ähnliche Verletzung hatte. Als er beschreibt, wie sie eine Sehne aus dem hinteren Bereich des Gelenks mit einer Art Häkelnadel hervorholen, um die verletzten Bänder zu ersetzen, springe ich auf.

»Ich hole mir etwas zu trinken.«

Auf eine detaillierte Beschreibung der Operationstechniken kann ich getrost verzichten. Dafür sind meine Nerven nicht stark genug. Allein die Vorstellung, dass durch die Kraft des Zusammenpralls alle Bänder reißen, lässt mir das Blut in den Adern gefrieren. Ich stürme hinaus und verharre reglos vor dem Zimmer. Mir wird schwarz vor Augen, aber schon nach einigen tiefen Atemzügen geht es wieder. Nur nicht genauer über diese Verletzung und schon gar nicht über die Operation nachdenken.

Meine Kehle ist ganz trocken, ich brauche wirklich etwas zu trinken. Da höre ich hinter mir das Türschloss klicken.

»Alles in Ordnung?«

Rene sieht mich besorgt an. Im grellen Licht der Deckenlampen zeichnet sich der Schatten unter seinem linken Auge leicht bläulich ab.

»Du siehst blass aus.«

Ich nicke und habe schon vergessen, dass mir gerade noch übel war. Ohne lange nachzudenken, hebe ich meine Hand und berühre mit den Fingerspitzen seinen geschwollenen Wangenknochen. Er fühlt sich heiß an.

»Hast du das einem Arzt gezeigt?«, frage ich besorgt.

Rene wendet seinen Kopf ein Stück zur Seite und schließt die Augen. Vielleicht ist es nicht der Schmerz, der ihn wegsehen lässt, sondern meine Berührung.

Schnell ziehe ich die Hand zurück.

»Das ist nicht weiter schlimm«, sagt er tapfer und sieht mich wieder an. »In ein paar Tagen sieht man nichts mehr davon.«

Eine Leere breitet sich in meinem Inneren aus. Liegt es nur an dem heutigen Abend oder daran, dass Rene nicht von mir berührt werden will? Ich könnte es ihm noch nicht einmal verübeln. Ich habe ihn verletzt, nach allem, was zwischen uns war.

Doch beim Blick in seine blauen Augen spüre ich sie wieder, diese Anziehung, gegen die ich mich nicht wehren kann.

Ich versuche, meine konfusen Gedanken beiseitezuschieben. Hier geht es nicht um Rene und mich, sondern um meinen Bruder.

»Clemens wird nie wieder spielen können«, sage ich.

Es ist weniger eine Feststellung als eine Frage. Immer noch kann ich mich mit dieser Vorstellung nicht anfreunden. Wie muss es da erst Clemens und meinem Vater gehen?

»Das ist das Risiko eines jeden Sportlers«, sagt Rene ziemlich gefasst.

Ein Risiko, das auch er jedes Mal einzugehen bereit ist. Er zeigt den Flur hinunter. »Dort gibt es einen Automaten«, sagt er. »Lass uns etwas zu trinken holen.«

Ich nicke und gehe neben ihm her. Eine Weile sagen wir beide nichts, bis Rene das Schweigen bricht.

»Ich habe dich in der Halle mit deinem Freund gesehen. Ist er auch hier?«

»Nein.«

»Musste er wieder mal arbeiten?«

Der gehässige Unterton ist nicht zu überhören. Ich halte es für besser, nicht darauf zu antworten. Es ist weder der passende Ort noch die passende Zeit, um darüber zu streiten.

»Ein Wunder, dass er heute Abend nichts Besseres zu tun hatte, als dich in die Halle zu begleiten.«

Das klingt herablassend, sogar provozierend.

»Worauf willst du hinaus, Rene?«, frage ich.

Ist er nur deshalb gekommen? Um mich zu provozieren? Um über meine Beziehung zu Marcel zu lästern?

»Ich will wissen, warum du mir keine Chance gibst.«

Offenbar hat er nur darauf gewartet, mir das zu sagen. Warum kann er nicht einfach loslassen? Warum kann er meine Entscheidung nicht akzeptieren?

»Weil ich die Beziehung mit Marcel nicht aufs Spiel setzen will«, ist meine einzige und ehrliche Antwort. Ich habe Angst, es eines Tages zu bereuen, mich gegen ihn entschieden zu haben.

»Weil ich es nicht wert bin, oder weil du einfach nur Schiss hast?«

Ja. Ja, ich habe Schiss. Riesenschiss sogar. Ich stehe kurz vor meinem Dreißiger und will endlich den Mann fürs Leben, um eine Familie zu gründen, Kinder in die Welt zu setzen, ein Leben, das meine Mutter sich für mich gewünscht hätte. Woher soll ich wissen, wer der Richtige ist? Marcel oder Rene? Sie sind beide toll, doch bei Marcel habe ich das Gefühl, kein Risiko einzugehen. Er ist erfahren und hat ähnliche Vorstellungen wie ich. Rene ist jünger und ungebunden. Was, wenn er über kurz oder lang erkennt, dass wir doch zu unterschiedliche Zukunftsideen haben? Ich kann und will mich von ihm nicht verunsichern lassen.

Ich antworte: »Am Samstag hast du mir gezeigt, warum meine Entscheidung richtig war.«

Rene wirft den Kopf in den Nacken und lacht auf. Dann sammelt er sich, offensichtlich, um seine Emotionen wieder in den Griff zu bekommen.

»Weil ich ein Mal etwas mit einer Frau hatte? Einmal in vier Monaten? Glaub mir, dein Freund ist auch kein Heiliger.«

Ich starre ihn an und warte auf eine Erklärung. Rene kennt Marcel doch gar nicht, also woher will er das wissen?

»Du hast kein Recht, das zu behaupten«, sage ich schließlich, weil keine Erklärung von ihm kommt.

»Nicht?«

Rene lächelt, auch wenn es nichts mit seinem unwiderstehlichen Lächeln zu tun hat, das mir an ihm so gefallen hat. Dieses hier ist kampflustig, fast böswillig.

»Erinnerst du dich, als ich ihn das erste Mal getroffen habe? In Schönbrunn?«

Nicht ahnend, worauf er hinauswill, warte ich ab. Natürlich kann ich mich daran erinnern.

»Erinnerst du dich auch, dass ich gemeint habe, ich würde ihn von irgendwoher kennen?«

Auch daran erinnere ich mich.

»Glaub mir, das war keine Frage von mir. Ich weiß ganz genau, woher ich ihn kenne, und Marcel weiß das auch.«

Wieder ist da dieser Kloß in meinem Hals.

»Woher?«

»Ich habe dir doch von meiner Schwester erzählt, die mit einem Architekten zusammen war. Ein Vollidiot.«

Ich halte die Luft an, und meine Hände beginnen zu zittern. Schnell presse ich sie gegen meine Oberschenkel, damit Rene es nicht merkt.

»Dieser Vollidiot war dein Marcel.«

Das kann nicht wahr sein. Das darf nicht wahr sein! In meinem Kopf dreht sich alles. Als ich damals von der Geschichte hörte, habe ich gar nicht weiter darüber nachgedacht. Wie viele Architekten gibt es in Österreich? Alleine in Wien? Tausende? Woher hätte ich wissen sollen, dass er ausgerechnet von Marcel spricht?

Auch wenn es mir schwerfällt, sehe ich Rene an. In seinen Augen ist eine Kälte, die mir Angst macht. Es interessiert ihn nicht, wie sehr mich die Wahrheit schockiert und verletzt.

»Warum hast du mir nichts gesagt?«

»Er hat mich darum gebeten. Damals, als wir die Bank für Klara gestrichen haben und du uns einen Moment alleine gelassen hast. Ich war so sicher, dass du ihn für mich verlassen würdest, dass ich dachte, es ist besser, wenn du nie davon erfährst. Ich wusste, dass es dich verletzen würde.«

Wie konnte ich denn nur so blind sein? Die Wahrheit tut genauso weh wie die Erkenntnis, dass Rene die ganze Zeit Bescheid wusste.

»Du hättest es mir sagen sollen.«

»Nein. *Er* hätte es dir sagen sollen.«

Damit hat Rene recht. Ich schließe die Augen. Es ist unglaublich. Marcel war schon einmal verheiratet.

Scheiße!

*** Rose ***

Weltweit gibt es schätzungsweise über 30 000 Rosensorten. Im Gegensatz zur Wildrose ist für die Floristik die Kulturrose von großer Bedeutung. Seit der Antike als »Königin der Blumen« bezeichnet, gilt sie als das Symbol für die Liebe schlechthin und eignet sich für nahezu jeden feierlichen Anlass.

Je nach Anzahl und Farbe hat das Verschenken von Rosen eine besondere Bedeutung. So steht eine einzelne Rose für die Liebe auf den ersten Blick, während drei Rosen »Ich liebe dich« sagen. Vorsicht ist geboten bei einer geraden Anzahl, da diese Unglück bringen soll, sowie bei gelben Rosen, die den Verdacht auf Untreue signalisieren.

Kaum irgendetwas kann mich von meinem Gefühlschaos ablenken. Ich bin wütend und traurig zugleich, will mich in mein Bett verkriechen und meinen Frust in Alkohol ertränken. Etwas, das ich sonst nie tue.

Es ist Freitagnachmittag, als ich im hinteren Bereich von *Ritas Blütenzauber* stehe und die Gestecke für Charlies und Daniels Hochzeit vorbereite. In vierundzwanzig Stunden werde ich an ihrer Hochzeitsfeier teilnehmen. Bis dahin muss alles vorbereitet sein. Schon heute fertige ich die Gestecke an, damit ich morgen nur noch die frischen und auf den Brautstrauß abgestimmten Blumen hinzuzufügen brauche.

Ich muss mir noch eine Erklärung ausdenken, warum ich ohne Begleitung erscheine. Charlie und Daniel glauben, dass ich mit einem Mann zusammen komme. Vor knapp zwei Wochen habe ich Charlie das am Telefon noch einmal bestätigt. So schnell können die Dinge sich ändern …

Vor genau einer Woche habe ich all meinen Mut zusammengenommen und bin spontan zu Marcel ins Büro gefahren. Renes Worte lagen mir seit dem Abend im Krankenhaus schwer im Magen. Ich konnte nicht glauben, was er mir erzählt hat.

Eigentlich hatte Marcel keine Zeit für mich, weil ein Kundenmeeting bevorstand, aber ich bin sofort mit der Tür ins Haus gefallen. Ihm blieb also nichts anderes übrig, als sich bei dem Kunden zu entschuldigen und mit mir in sein Büro zu gehen. Während sein Kollege nervös vor der Glastür auf- und abging, erzählte Marcel mir seine Version der Geschichte.

Er lernte Renes Schwester kennen, als er noch studierte. Sie waren fünf Jahre lang ein Paar, auch noch zu der Zeit, als er sein Architekturbüro eröffnete. Für ihn lief alles wie am Schnürchen, doch dann gab es immer mehr Streit, weil er immer weniger Zeit für die Beziehung hatte. Nach der Trennung von Renes Schwester lernte er eine Frau kennen, der das nichts auszumachen schien. Nur zwei Monate später heirateten sie, ließen sich jedoch noch im selben Jahr scheiden, nachdem er herausfand, dass sie eine Affäre nebenher hatte.

Ich kann Marcel nicht mehr in die Augen schauen. Plötzlich ist er wie ein fremder Mensch für mich. Warum hat er mir das alles nicht früher erzählt? Warum musste er erst Gefühle in mir wecken, ehe ich die Wahrheit erfuhr? Es ist, als hätte mir jemand den Boden unter den Füßen weggezogen.

Marcel hat mehrfach versucht, mich anzurufen, und mir auch Blumen schicken lassen. Doch abgesehen davon, dass ich ihn im Moment nicht sehen will, habe ich ihm nichts zu sagen gehabt. Das war am Dienstag. Seitdem lässt er mich in Ruhe. Ich weiß nicht, wie es weitergehen soll. Ich bin enttäuscht von Marcel und wütend auf mich selbst. Wie konnte ich mich nur so in einem Menschen täuschen? Ich fühle mich gedemütigt und hintergangen. Und ausgerechnet Rene hat von alldem gewusst.

Es wird noch dauern, bis ich weiß, ob ich Marcel noch eine Chance geben kann.

Mir ist bewusst, dass jeder Mensch sein Päckchen trägt. Auch Renes Vergangenheit ist nicht rosig, aber er kann nichts dafür, dass seine Kindheit schwierig war. Marcel hingegen war längst alt genug, um die Tragweite seiner Entscheidung ermessen zu können. Ich will ja nicht einmal abstreiten, dass er aus seinen Fehlern gelernt hat, aber im Moment brauche ich einfach nur Abstand zu ihm.

Während ich korallenfarbige Schleifen um runde Glasvasen binde, in denen gleichfarbige Kerzen in einem weißen Sandbett stehen, höre ich vorne die Eingangstür ins Schloss fallen. Kurz darauf dringt Klaras Stimme durchs Geschäft. Sie begrüßt Erik, der am Verkaufstisch steht und einen Strauß bindet, ehe sie zu mir nach hinten kommt.

»Hallo!«

Meine Freundin lässt sich auf einem der Stühle nieder und seufzt laut. Sie schaut auf all die Gestecke, die ich für die Hochzeit vorbereite und auf dem großen Tisch ausgebreitet habe. In einem Weidenkorb liegen die Anstecksträußchen für hundert Gäste. Es fehlen nur noch die weißen Orchideen, die morgen Früh frisch geliefert und in die Sträußchen eingearbeitet werden.

»Sieht gut aus«, sagt sie.

Sie zieht aus ihrer Handtasche ein Säckchen mit Schokoladenkugeln, wirft es auf den Tisch und sieht mich mitfühlend an.

»Ich habe dir Rumkugeln mitgebracht. Die haben eine doppelte Wirkung bei Frust. Schokolade und Alkohol.«

Ohne zu zögern, fasst sie in die raschelnde Packung und steckt sich eine Rumkugel in den Mund.

Während sie genussvoll darauf herumkaut, grinst sie mich an.

»Eine großartige Erfindung, findest du nicht?«

Ich überlege, was ich von den Rumkugeln als Erstes bekomme, einen Rausch oder einen Zuckerschock. Wie auch immer, beides kommt mir im Moment nicht ungelegen. Ich schiebe meine Hand in das Säckchen und stelle fest, dass es fast leer ist. Warum überrascht mich das nicht?

»Du hast schon unterwegs hierher zu essen begonnen, gib's zu.«

Wenn es um den Transport von Süßigkeiten geht, ist Klara nicht besonders zuverlässig. Sie schafft es keine fünfzig Meter, ohne zumindest zu kosten. Ein Wunder, dass sie so schlank ist. Sie hat wirklich gute Gene.

»Ich musste mit dem Bus fahren«, erklärt sie. »Da habe ich ein oder zwei gegessen.«

Ein oder zwei? Schmunzelnd wende ich mich wieder den Glasvasen zu und frage nebenbei: »Warum musstest du denn mit dem Bus fahren?«

Von Klaras Wohnung aus fährt kein Bus zu meinem Geschäft.

»Ich war bei Lukas.«

Aha! Daran hätte ich auch denken können. Offenbar entwickelt sich zwischen den beiden wirklich etwas Ernstes.

»Und wer passt auf die Rollschuhe auf, während du hier bist?«

Hoffentlich hat sie das Interesse daran nur wegen Lukas nicht schon wieder verloren.

»Oh, kein Problem«, antwortet Klara, amüsiert über meinen besorgten Gesichtsausdruck. »Ich habe eine Mittagspause eingeführt. Von zwölf bis zwei Uhr ist der Laden zu.« Sie wirft einen Blick auf ihre pinkfarbene Armbanduhr und verzieht das Gesicht. »Das heißt leider auch, dass ich gleich gehen muss.«

»Tja, so ist das als Unternehmerin.«

Früher oder später wird Klara sich daran gewöhnen.

»Und läuft es gut zwischen dir und Lukas?«

Aufgrund meiner eigenen Beziehungsprobleme habe ich in letzter Zeit ganz vergessen, mich nach Klaras Liebesleben zu erkundigen. Ich hoffe, sie nimmt mir das nicht übel.

»Ich denke schon. Gestern hat er mich sogar zu meiner Tanzstunde begleitet, weil er wissen wollte, was Ausdruckstanz ist.«

»Oh, wow.« Da wusste einer nicht, was ihn erwartet. »Und? Wie findet er es?«

»Vollkommen bescheuert, aber es stört ihn nicht, dass ich das mache.«

Klara scheint diese Ansicht gelassen hinzunehmen. Sie lässt sich selten von der Meinung anderer beeinflussen und scheint auch bei Lukas keine Ausnahme zu machen.

»Sieh es mal so: Du kannst mit Eishockey schließlich auch nichts anfangen.«

Ich zwinkere ihr zu, stelle jedoch fest, dass sie meinem Blick ausweicht.

»Also, um ehrlich zu sein«, sagt sie, »finde ich es schon cool, mit dem Torhüter der Steelheads auszugehen. Wer kann das schon von sich behaupten?«

Ups, da hat es aber jemanden ordentlich erwischt! Ich freue mich aufrichtig für sie.

»Sag, hast du wieder etwas von Marcel gehört?«

Sie sieht unsicher aus, fast so, als wüsste sie nicht, ob sie mich das fragen darf.

»Seit Dienstag lässt er mich in Ruhe.«

»Und was machst du mit der Hochzeit morgen? Alleine hingehen?«

Es bleibt mir wohl nichts anderes übrig. Es gibt Schlimmeres, rede ich mir ein.

»Vielleicht haben sie ja Erbarmen und setzen mich nicht an den Singletisch. Nur bitte nicht die mitleidigen Blicke der Vergebenen und die hungrigen Blicke der Singles.«

»Oder du nimmst einfach jemand anders mit«, schlägt Klara vor. »Die wissen ja eh nicht, wer Marcel ist. Frag doch Rene oder einen anderen Spieler.«

Rene. Als ich seinen Namen höre, zucke ich sofort zusammen. Seit Tagen bemühe ich mich, ihn aus meinen Gedanken zu verbannen. Mehr oder weniger erfolgreich. Mehr, solange ich mich mit Arbeit eindecke.

Klara weiß nichts von Rene und mir. Ich wusste einfach nie, wie ich es ihr sagen sollte, und halte auch jetzt den Moment nicht für geeignet.

»Ich denke, es ist besser, wenn ich alleine da hingehe«, sage ich, auch wenn das nicht ganz stimmt. »Also mit Clemens. Der ist ja auch eingeladen.«

»Ja, nur dass sie den nicht an einen Singletisch setzen«, meint Klara und spricht das Wort »Singletisch« angewidert aus.

»Vermutlich zum Schutz der ledigen Damen.«

Wir müssen lachen.

»Hast du eigentlich noch mal etwas von Rene gehört?«

»Nein.«

Klara weiß, dass Rene einen Tag nach Clemens' »Unfall« aus unserer Wohnung ausgezogen ist. Er hat sich weder verabschiedet noch gesagt, wohin er geht. Ich wollte es auch gar nicht wissen. Ich war froh, dass ich kein Wort mehr mit ihm reden musste. Nachdem ich von Marcels Vergangenheit erfuhr, war ich so durch den Wind, dass ich Rene vermutlich um eine zweite Chance gebeten hätte, wenn er noch bei uns gewohnt hätte. Das wäre jedoch nur ein verzweifelter, frustrierter Versuch gewesen, mich über die Enttäuschung durch Marcel hinwegzutrösten. Ich hätte Rene am Ende erneut verletzt.

»Also gut.« Klara steht auf. »Ich muss zurück ins Geschäft. Telefonieren wir am Wochenende?«

Sie schiebt ihre Hand in das Plastiksäckchen und holt sich Proviant für den Weg zu ihrem Rollschuhladen heraus.

»Dann kannst du mir von der Hochzeit erzählen«, sagt sie, genüsslich schmatzend.

»Das mache ich.«

Klara verabschiedet sich und lässt mich wieder alleine.

* * *

Als ich am Abend nach Hause komme, bin ich fix und fertig. Den ganzen Nachmittag habe ich damit verbracht, das Blumenarrangement für die Hochzeit vorzubereiten. Dann habe ich noch einmal beim Lieferanten nachgefragt, ob die Lieferung der Hochzeitsblumen für morgen in Ordnung geht. Weiße Orchideen und Lilien, korallenfarbige Callas und Brautmyrte. Aus der Myrte muss ich morgen noch zwei Haarkränze für die Brautjungfern flechten. Bei den korallenfarbigen Callas hat der Lieferant geseufzt und bedauert, die seien momentan schwer erhältlich. Da ich noch nie einen Brautstrauß anders als gewünscht geliefert habe, habe ich ihm ziemlichen Dampf gemacht. Er solle es ja nicht wagen, morgen ohne die bestellten Callas zu kommen. Und wenn er dafür bis Afrika reisen muss. Hauptsache, ich habe morgen um Punkt acht Uhr sämtliche Blumen in bester Qualität, um Charlies Brautstrauß fertigstellen zu können.

»Hast du Hunger?«, rufe ich quer durch die Wohnung und stelle die Einkäufe, die ich schnell noch getätigt habe, auf den Küchentisch.

Clemens ist auf Krücken angewiesen. Während er auf seinen Operationstermin wartet, kann er nichts machen. Weder arbeiten noch trainieren noch fortgehen. Die meiste Zeit lungert er also in der Wohnung herum und bedauert sich selbst.

Ich verstaue die frischen Sachen im Kühlschrank und den Rest in den entsprechenden Küchenschränken. Dann höre ich das Geräusch der Krückenlaufgummis auf den Vorzimmerfliesen, und Clemens steckt seinen Kopf durch die Tür. Anders als in den vergangenen Tagen schaut er heute munterer drein.

»Willst du was essen? Ich kann uns Thunfischsalat machen.«

Ich will seine gute Laune ausnutzen, bevor er sich wieder in sein Zimmer verkriecht und Pizza bestellt. Seit er aus dem Spital raus ist, legt er keinen Wert mehr auf vernünftige Ernährung. Er bestellt Pizza, Chinesisch, Burger oder stopft sich mit Chips und Popcorn voll. Durch das fette Essen und den Bewegungsmangel hat er schon ein ordentliches Bäuchlein angesetzt.

»Thunfischsalat klingt gut.«

Er humpelt zum Küchentisch und lässt sich auf die Bank fallen.

Überrascht sehe ich ihn an. Mit dieser Antwort habe ich nicht gerechnet. Jetzt muss ich erst einmal nachschauen, ob wir eine zweite Dose Thunfisch auf Vorrat haben.

»Du siehst gut aus.« Ich lächle ihm zu.

Dann hole ich das Schneidbrett und eine Salatschüssel aus dem Schrank.

»Haben die Schmerzen endlich nachgelassen?«

Obwohl die Schwellung zurückgegangen ist, hat er noch starke Schmerzen und muss sein Bein immer wieder hochlagern.

»Papa und der Geschäftsführer der Steelheads waren heute hier«, erklärt Clemens und schiebt mühsam die Krücken unter die Bank.

Ich rupfe den Vogerlsalat auseinander und verteile ihn in der Schüssel. Es freut mich für Clemens, dass er Abwechslung hatte und seine Laune jetzt besser ist. Während ich Paprika in Streifen schneide, erzählt er weiter:

»Der Trainer der Jugendmannschaft legt sein Amt nieder und sie suchen einen Nachfolger. Rate mal, wer das werden soll!«

Ich lege das Messer beiseite und drehe mich zu ihm um. Mein Bruder soll sich um eine Horde Kinder kümmern? Er, der noch nie mit Kindern zu tun hatte? Ich will ihn schon fragen, ob er das wirklich für eine gute Idee hält, aber dann sehe ich das Leuchten in seinen Augen. Erstmals seit mehr als einer Woche scheint er sich wieder über etwas zu freuen. Die Herausforderung macht ihm offensichtlich Mut und lässt ihn wieder hoffen.

»Das ist eine große Verantwortung«, sage ich, auch wenn ich ihn damit nicht von dieser Idee abbringen will.

»Ja, und damit muss ich mich nicht für immer vom Eishockey verabschieden«, sagt Clemens. »Als Zuschauer danebenzusitzen ist nichts für mich. Aber als Trainer für den Erfolg einer Mannschaft verantwortlich zu sein würde mir, glaube ich, gefallen.«

Damit würde er in die Fußstapfen unseres Vaters steigen. Wieder einmal.

Ich finde, auch ohne Profikarriere war Clemens ein erfolgreicher Spieler. Immerhin war er fast zehn Jahre der Kapitän der Steelheads. Es gab bessere und schlechtere Saisonen, doch Clemens war immer mit Herzblut und vollem Einsatz bei der Sache.

»So eine Bande Kinder kann bestimmt ganz schön anstrengend werden«, sage ich, um ihn noch einmal auf die Verantwortung hinzuweisen. Ich traue ihm diese Aufgabe absolut zu, aber er soll sich bewusst sein, worauf er sich einlässt, denke ich.

Clemens macht eine Handbewegung, als sei das halb so wild.

»Ich bekomme einen erfahrenen Assistenztrainer zur Seite gestellt.«

»Das ist bestimmt gut am Anfang.«

»Er heißt Stefanie«, fügt er mit einem breiten Grinsen hinzu.

»Ah, verstehe.«

Daher weht der Wind. Ich verdrehe die Augen und wende mich wieder dem Gemüse zu. Ich schiebe die Paprikastücke zu dem Vogerlsalat und nehme eine Handvoll Cocktailtomaten aus dem Gemüsekorb neben dem Kühlschrank.

»Rene hat heute angerufen«, sagt Clemens so plötzlich, dass mir mehrere Paradeiser aus der Hand fallen und über den Küchenboden rollen.

»Er hat sich nach dir erkundigt.«

Ohne mir etwas anmerken zu lassen, hebe ich schnell die Paradeiser auf und lege sie wieder auf das Brett.

»Und was hast du geantwortet?«, frage ich so unbekümmert, wie ich kann. Er soll bloß nicht merken, dass mir das Herz bis zum Hals schlägt.

»Dass du dich momentan in Arbeit stürzt.«

Ich stürze mich nicht in Arbeit. Es gibt momentan einfach viel zu tun. Charlies Hochzeit ist ein Großauftrag, der mir sehr am Herzen liegt. Immerhin lenkt mich das ein wenig von Rene und Marcel ab.

»Ich frage mich, warum Rene sich dafür interessiert, wie es *dir* geht.«

Ich erstarre und blicke auf die zum Teil geschnittenen Paradeiser hinunter. Ich darf mich nicht umdrehen. Clemens würde sofort merken, dass etwas nicht stimmt. Mit angehaltenem Atem verharre ich in dieser Position.

»Wo ich doch derjenige bin, der verletzt ist.«

* * *

Charlie und Daniel haben die Kaasgrabenkirche im Wiener Stadtteil Grinzing für ihre Trauung gewählt. Ich war hier schon einmal zu einer Hochzeit geladen, und schon damals war ich begeistert. Der hufeisenförmige Stufenaufgang, der zur Kirche führt, ist eine traumhafte Kulisse für romantische Hochzeitsfotos.

Auch Charlies und Daniels Fotograf nutzt diesen atemberaubenden Hintergrund und lässt die Gäste und das Brautpaar auf der Treppe posieren. Wegen meines türkisfarbenen Kleides werde ich zwischen Herren in schwarzen Anzügen platziert. Die heiße Augustsonne prallt uns direkt ins Gesicht und macht es schwer, die Augen offen zu halten. Ich habe Mitleid mit den Männern in ihren dunklen Sakkos, denn es dauert eine Weile, bis der Fotograf sämtliche Gäste in Szene gesetzt hat.

Clemens steht ziemlich weit oben auf der Treppe, wo er seine Krücken gut in der Menge verstecken kann. Als ich zu ihm rübersehe, entdecke ich eine blonde Frau an seiner Seite. Eh klar! Es konnte ja auch nicht lange dauern, bis er auch hier einen Aufriss macht. Es war nicht leicht, ihn mit der Schiene in eine Anzughose zu quetschen, doch die Mühe hat sich gelohnt. Er sieht in dem Anzug wirklich gut aus, so wie meiner Meinung nach eigentlich jeder Mann.

Etwas weiter vor mir steht Charlie in einem Traum in Weiß und strahlt ihren Daniel überglücklich an. Hinter ihnen stehen Charlies Brautjungfern, eine große Brünette mit dunkler Haut und eine kleinere Blonde. Der Myrtenkranz in Kombination mit ihren gewellten, offenen Haaren verleiht den beiden Frauen eine zauberhafte Natürlichkeit.

Charlies Mutter, eine große schlanke Frau in einem rostbraunen Kostüm, das gut zu ihren wilden roten Locken passt, hält einen mit weißen Spitzen besetzten Sonnenschirm über den Kopf ihrer Tochter. Mit der freien Hand kramt sie einen kleinen Fotoapparat aus ihrer Handtasche und gibt ihn dem Mann neben ihr.

»Bitte mach ein Foto von uns. Ich brauche das für mein Album.«

Sie stellt sich näher zu Charlie und Daniel, die das geduldig über sich ergehen lassen und zufrieden in die Kamera lächeln.

»Eines noch, zur Sicherheit.«

»Mama, du weißt doch, du bekommst die offiziellen Fotos als Erste. Noch vor uns«, sagt Charlie jetzt doch leicht genervt.

Daniel lässt sich davon nicht aus der Ruhe bringen. Er legt behutsam seinen Arm um Charlie und streichelt mit dem Daumen über ihren Oberarm. In seinem maßgeschneiderten, dunkelgrauen Anzug sieht er aus wie ein Model. Er küsst seine frisch angetraute Ehefrau liebevoll auf die Wange und stupst sie mit seiner Nasenspitze neckisch an. Dann flüstert er ihr etwas ins Ohr, und ein Grinsen macht sich auf Charlies Gesicht breit. Sie schmiegt sich an ihn.

Die beiden sehen fantastisch aus, sie könnten ohne Weiteres Werbung für einen Brautkatalog machen. Charlies Haar ist zu einem seitlichen Dutt gesteckt. An ihrem Oberkopf ist ein langer weißer Schleier befestigt, passend zu dem mit Pailletten und Perlen bestickten Kleid. Nach unten verläuft das Brautkleid zu einem buschigen, mit Spitze benähten Rock. Man könnte glauben, sie sei einem Märchenbuch entsprungen: die Prinzessin mit dem Prinzen an ihrer Seite.

Ich habe mir vorgenommen, den heutigen Tag zu genießen, dabei ist mir nur zum Heulen zumute. Zum Glück hilft der Sekt, den ich bei der Agape getrunken habe, meinem Vorsatz nachzukommen.

Hinter dem Fotografen steht ein weißer Oldtimer, den Daniel für den heutigen Tag gemietet hat. Charlie hatte ja konkrete Vorstellungen für den Blumenschmuck der Motorhaube. Mein Gesteck aus weißen Lilien und korallenfarbigen Calla in Kombination mit Bindegrün ziert die linke obere Ecke. Von dort aus breiten sich fächerartig weiße und korallenfarbige Bänder aus. Zwei weitere, kleine Blumenarrangements zieren die Seitenspiegel.

»Die Brautmutter kann den Schirm jetzt wegstecken.«

Der Fotograf hebt die Hand, um die Aufmerksamkeit aller Gäste auf sich zu lenken. Er lugt durch das Objektiv und schießt dann etliche Fotos.

Die Sonne blendet, und ich versuche angestrengt, nicht zu blinzeln. Als der Fotograf das Shooting für beendet erklärt, schließe ich für einen Moment die Augen. Die Gäste werden gebeten, noch stehenzubleiben, während das Brautpaar zu dem Oldtimer schreitet. Vor dem Wagen schlingt Daniel seine Arme um Charlie und gibt ihr vor den Augen aller Anwesenden einen filmreifen Kuss. Die Gäste applaudieren, und der Fotograf hält mit seiner Kamera alles fest.

Dann steigt das Brautpaar ins Auto ein und fährt, den Fotografen im Gefolge, davon.

»Liebe Gäste!«, ruft Charlies Mutter und wedelt mit den Armen durch die Luft, um die Aufmerksamkeit auf sich zu lenken. »Während die beiden die offiziellen Fotos machen, bitte ich euch, in das Lokal zu fahren. Dort gibt es Getränke und Snacks.«

Der Lärmpegel übertönt zwar ihre Stimme, aber die Leute begeben sich nach und nach zu ihren Autos.

»Hey, Schwesterherz!«

Clemens humpelt die Stufen hinunter, links und rechts von sich je eine Krücke und je eine Frau.

»Können wir die beiden Damen mitnehmen?«

Eigentlich habe ich keine Lust, mich um die Eroberungen meines Bruders zu kümmern, doch es ist sein Auto, und ich wurde auserkoren, heute die Fahrerin zu sein.

»Klar doch.«

Ich deute mit meiner Handtasche zum Auto, das ich nicht weit von hier entfernt geparkt habe. Wie sich während der Fahrt herausstellt, sind die beiden Blondinen Daniels Cousinen zweiten Grades und von Beruf Krankenschwestern. Clemens fühlt sich in ihrer Obhut sehr wohl, wie er betont, er bedauere es, sagt er, dass er sich nicht mit einem Tanz bei ihnen revanchieren kann. Ha! Als ob er ohne Schiene und Krücken tanzen würde! Auf dem Eis ist er geschickt, aber sein Rhythmusgefühl beim Tanzen lässt zu wünschen übrig.

In einem Konvoi schlängeln sich die Autos der Gäste hupend in Richtung Wiener Stadtgrenze und weiter bis zum Schloss Wilhelminenberg, das mittlerweile als Hotel genutzt wird und für Veranstaltungen gebucht werden kann. Am Eingang begrüßen zwei adrett gekleidete Kellnerinnen die Gäste und verteilen Getränke. Obwohl ich mir nur zu gerne noch ein Gläschen Sekt genehmigen würde, darf ich nicht vergessen, dass ich heute noch fahren muss.

Schon am Vormittag habe ich den Blumenschmuck für den Festsaal hierhergebracht. Es gibt mehrere runde Tische, alle mit edlen, weißen Leintüchern, silbernem Besteck und korallenfarbenen Stoffservietten gedeckt. Auf jeden Tisch habe ich eine Vase mit einer Kerze und ein Blumengesteck gestellt, passend zu den Hochzeitsblumen. Ein länglicher Tisch am Ende des Saals ist für das Brautpaar und die Brauteltern reserviert. Für diesen Tisch habe ich ein besonders schickes Gesteck gestaltet und es vor Charlies und Daniels Sitzplätzen arrangiert.

Überall sind kleine weiße Platzkärtchen verteilt. Ich frage mich, ob es komisch aussieht, wenn der Platz neben mir frei bleibt. Man könnte denken, ich sei versetzt worden, oder womöglich, ich hätte die Begleitung nur erfunden, um dem Singletisch zu entgehen. Ich könnte behaupten, dass mein Freund krank geworden sei, aber ich war schon immer eine schlechte Lügnerin.

Ich werfe einen Blick zum Singletisch, wo eine kleine Rothaarige sitzt und sich mit einem großen, schlaksigen Mann unterhält, der mich an mein Blind Date Tristan erinnert. Die Rothaarige wirkt nicht besonders glücklich mit ihrem Gesprächspartner und nippt immer wieder an ihrem Sektglas. Wenn ich sie wäre, würde ich meinen Alkoholpegel möglichst schnell auf ein erhöhtes Level bringen. Ich habe zwar ehrliches Mitleid mit ihr, werde aber den Teufel tun und mich freiwillig zu ihr an diesen Tisch setzen.

Vielleicht hätte ich Marcel ja doch bitten sollen, mich zu begleiten? Dann würde ich mir jetzt nicht ganz so verloren vorkommen.

Clemens steht mit den beiden Krankenschwestern vor der Bühne und macht ihnen schöne Augen. Die beiden lachen und tätscheln ihm ständig den Arm. Ich sehe mich jetzt schon mit der feuchtfröhlichen Dreier-Partie auf der Rückbank nach Hause fahren. Das kann ja heiter werden!

Da entdecke ich Alex und Fridolin, Charlies Kollegen aus der Patisserie, und ich geselle mich zu ihnen. Ich kenne sie von der Petit-Four-Messe, die im März im Eppensteiner Hotel stattfand. Sie stellen mir ihre Begleitungen vor, die in demselben Hotel arbeiten. Wir unterhalten uns über Charlies Kleid, die Kirche und den Saal, der die ganze Nacht hindurch für die Hochzeitsgesellschaft reserviert ist.

Charlies Mutter kommt auf mich zu, um mir für die Blumen zu danken. Sie fotografiert mich und sagt, sie brauche diese Fotos für ein Album. Charlie hat mich schon davor gewarnt, deshalb lasse ich die kleine Fotosession über mich ergehen.

Kurz darauf trudeln das Brautpaar und der Fotograf ein. Sie werden von den Gästen herzlich empfangen und beglückwünscht. Noch während die Gratulanten versuchen, sich einen Weg zu den frisch Vermählten zu bahnen, weist Charlies Mutter alle an, sich vor der Bühne zu versammeln. Sie scheucht die Menge auseinander, sodass in der Mitte ein Freiraum entsteht. Anschließend fordert sie die nicht verheirateten Frauen auf, sich nach vorne zu begeben.

Jetzt kommt einer meiner Lieblingsbräuche. Die Braut wirft ihren Strauß über die Schulter, und die Frau, die ihn fängt, tritt als Nächste vor den Altar. So sagt es zumindest der Brauch. Schon unzählige Male habe ich bei dieser Tradition mitgemacht, aber ich habe noch nie den Brautstrauß gefangen. Dieses Mal will ich sie lieber auslassen. Ich bleibe hinter zwei älteren Herren stehen, die interessiert beobachten, wie die Frauen kichernd zusammenkommen. Auch Charlies Brautjungfern sind dabei. Die kleine Blonde nimmt ihre Position ein und sieht aus, als wollte sie gleich ihre nicht vorhandenen Ärmel hochkrempeln und mit ausgebreiteten Ellenbogen um den Strauß kämpfen.

Charlie steht etwas weiter weg und grinst hinüber zu den Junggesellinnen. Ich frage mich, ob sie gut werfen kann. Nicht nur einmal habe ich miterlebt, wie eine Braut den Strauß auf die Deckenlampe geworfen hat – und einmal blieb er dort sogar hängen.

Manchmal werfen die Bräute ihn zu steil in die Höhe, sodass er anschließend auf ihrem eigenen Kopf landet. Schade um die schönen Blumen … Aber auch die Fängerinnen sind mitunter nicht sehr rücksichtsvoll und reißen dem Strauß im Kampf die Blüten aus.

»Alle bereit?«, fragt Charlie und dreht sich um. Sie blickt kurz über ihre Schulter zu den Frauen, die schon ungeduldig warten.

»Rita muss auch noch dazu!«

Plötzlich steht Clemens hinter mir und schubst mich unsanft zwischen den beiden älteren Herren hindurch. Seine Stimme erregt die Aufmerksamkeit der anderen Gäste, die ihre Köpfe sofort in meine Richtung drehen.

»Ja! Komm noch dazu!«, sagt Charlie jetzt und winkt mich in die Mitte.

Widerwillig schiebe ich mich unter den Blicken der Gäste zu dem guten Dutzend lediger Frauen, darunter auch Clemens' Eroberungen. Deshalb hat er also Zeit und Lust, sich dieses kleine Schauspiel anzusehen. Ich bleibe an der Seite, denn ich will mich nicht direkt in den Tumult begeben.

Die blonde Brautjungfer geht wieder in Kampfstellung und ruft: »Komm schon, Charlie, das haben wir geübt!«

Dann wirft sie mir einen Blick zu, als wäre sie auch bereit, mich mit einem Bodycheck beiseitezurammen, um als Siegerin vom Feld zu gehen. So ähnlich wie bei einem Eishockeyspiel, nur dass es nicht um einen Puck, sondern um einen zauberhaften Brautstrauß geht.

Charlie dreht sich wieder um, schwingt den Strauß zwei Mal und wirft ihn dann in hohem Bogen quer durch den Raum. Eine Frau kreischt auf, eine andere stolpert aus der Menge. Ich will eigentlich nur in Deckung gehen, als der Strauß plötzlich gegen meine Brust schlägt. Ich kann gar nicht anders, als ihn zu fangen. Irritiert stehe ich mit dem Bukett in der Hand im Raum und starre in die verdutzten Gesichter der anderen Frauen.

»Echt jetzt?«, ruft die blonde Brautjungfer entsetzt, wobei ihr Blick Charlie trifft, die genauso überrascht dreinschaut. »Die drei Wochen Wurftraining waren vollkommen umsonst.« Mit diesen Worten stapft sie davon.

Die anderen Gäste applaudieren, und Charlies Mutter drängt sich erneut an meine Seite. Sie winkt ihre Tochter heran.

»Ein Foto für mein Album«, sagt sie und schiebt uns nebeneinander.

Charlie legt freundschaftlich ihren Arm um meine Taille und beglückwünscht mich. Kaum hat ihre Mutter das Foto gemacht, zieht Daniel seine Braut an sich, als wollte er sie an diesem Tag keine Sekunde zu lange mit jemandem teilen.

Die Schar um uns löst sich langsam auf, und plötzlich stehe ich ganz alleine mit dem bunten Brautstrauß in der Hand mitten im Saal. Zum Glück haben die Blüten den Wurf gut überstanden. Nur eine Calla sieht ein bisschen ramponiert aus.

Zwei ältere Damen kommen auf mich zu, um den Strauß zu begutachten.

»Wirklich hübsche Blumen«, sagt die eine.

»Hängen Sie den Strauß verkehrt herum auf. Das trocknet die Blüten, und Sie können den Strauß mehrere Jahre aufheben«, rät die andere mir.

Als wüsste ich nicht, wie man Blumen trocknet … Aber auf diese Weise verlieren sie ihre Farbkraft und die Duftnote, das, was ich an Blumen so besonders liebe. Aber ich bedanke mich höflich, schließlich können sie ja nicht wissen, dass ich Floristin bin und diesen Strauß selber gestaltet habe.

»Und?«, fragt die Erste jetzt neugierig. »Wer ist denn der Glückliche, der Sie heiraten darf?«

Mir klappt der Mund auf, aber ich weiß nicht, was ich antworten soll. Die Damen sehen mich so gespannt an, dass ich mich nicht traue, ihnen die Wahrheit zu sagen. Spätestens wenn ich am Tisch sitze, werden sie und auch alle anderen den leeren Platz an meiner Seite sehen.

»Ob wir heiraten, steht noch nicht fest«, sagt plötzlich eine tiefe, warme Stimme hinter mir. »Aber glücklich bin ich auf jeden Fall.«

Auch ohne mich umzudrehen, weiß ich, wer hinter mir steht. Ich kenne die Stimme, die ein vertrautes Kribbeln auf meiner Haut auslöst. Den Duft, der mich automatisch tief einatmen lässt. Seine warme Hand legt sich um meinen Bauch und zieht mich an seinen starken Körper. Ganz von allein legt sich ein zufriedenes Lächeln über meine Lippen. Ich habe nicht vor, es zu unterdrücken.

Die beiden Frauen zwinkern mir zu und gehen weiter, als wollten sie uns nicht länger stören.

Ich lasse die Hand mit dem Brautstrauß sinken und drehe mich in seinen Armen um. Ein Blick in seine blauen Augen lässt mich die vergangenen Tage vergessen, den Schmerz, den Kummer, sogar den peinlichen Umstand, alleine hier aufgetaucht zu sein.

»Rene? Was machst du denn hier?«, frage ich leise, obwohl ich die Antwort gar nicht wissen muss. Hauptsache, er ist da!

Mein Herz schlägt Purzelbäume. Sein Lächeln lässt meine Knie weich werden. Am liebsten würde ich mich einfach in seine Arme werfen, die Augen schließen und mich in dieser Umarmung verlieren.

Etwas Kaltes, Hartes stößt mehrmals gegen meine Schulter. Als ich mich umdrehe, erkenne ich Clemens, der von einem Ohr bis zum anderen grinst. Und er hat mich anscheinend mit einer der Krücken angestupst.

»Ein vorgezogenes Geburtstagsgeschenk«, erklärt er.

Ich verstehe nur Bahnhof.

Mein Geburtstag ist in drei Wochen, aber das ist es gar nicht, was mich verwundert.

Clemens ist dafür verantwortlich, dass Rene hier ist? Das kann ich nicht glauben.

»Du machst Witze, oder?«

»Nein, gar nicht.« Er stemmt sich wieder auf die Krücken. »Du bekommst wirklich nichts anderes mehr.« Dann humpelt er davon zu dem Tisch, wo seine beiden Eroberungen warten.

Ich drehe mich zu Rene um, der nur Augen für mich hat. Die Hände in die Vordertaschen seiner schwarzen Anzughose gesteckt, lächelt er mich strahlend an.

Ich finde ja, dass jeder Mann in einem Anzug gut aussieht, aber Rene steht er einfach umwerfend. Seine breiten Schultern füllen das sauber gebügelte Sakko passgenau aus. Die Lackschuhe sind glänzend poliert, und sein blondes Haar hat er elegant zur Seite gekämmt. Nur der Krawattenknoten sitzt etwas schief. Ich greife hoch und rücke die Krawatte gerade. Es scheint ihn überhaupt nicht zu kümmern, denn er strahlt mich weiterhin an.

»Begleitest du mich auf die Terrasse?«, fragt er schließlich.

Im Moment würde ich ihn überall hinbegleiten. Ich nicke und gehe voraus.

Auch die Terrasse ist festlich geschmückt. Mehrere Gäste sind hier, manche rauchen, während andere nur die laue Abendluft genießen. Wir stellen uns an einen Stehtisch, der mit einem weißen Tischtuch bezogen und mit einer Schleife zusammengebunden ist. Ich lege den Brautstrauß ab und versuche unauffällig, meine Haare mit den Fingern durchzukämmen.

Ein Kellner bietet uns im Vorbeigehen Sekt an, doch wir lehnen beide dankend ab. Nicht nur weil ich noch fahren muss, will ich jetzt lieber nüchtern bleiben.

»Du siehst einfach bezaubernd aus«, sagt Rene und lässt seinen Blick über mich gleiten.

Ich klammere mich an mein Handtäschchen, als würde es mich davor bewahren umzukippen. Meine Knie sind immer noch weich wie Butter.

»Das ist das erste Mal, dass ich dich in einem Anzug sehe.«

Wenn ich es nicht wüsste, würde ich nicht glauben,

dass er in seiner Freizeit Eishockey spielt. Aber je mehr ich darüber nachdenke, desto klarer wird mir, dass das eine das andere nicht ausschließt. Und letzten Endes ist es unwichtig.

»Dein Auge sieht auch schon wieder besser aus.«

Am liebsten würde ich jetzt mit den Fingern darüberstreichen, doch ich lasse es lieber. Ich weiß nicht, was sein plötzliches Erscheinen bedeutet und wie wir dadurch zueinander stehen.

»Warum bist du hier?«

Verdammt, das hört sich an, als würde es mir nicht gefallen.

»Ich meine ... es ist schön ...«

Rene unterbricht mein Stammeln:

»Clemens hat mich angerufen«, antwortet er, »und mir erzählt, dass er die Jugendmannschaft trainieren wird, sobald er wieder fit ist. Er meinte, dass sein Status als Spieler den Erwartungen, die er an sich selber hat, schon längst nicht mehr entsprach. Aber als Trainer stehen ihm noch alle Wege offen, und Nachwuchsarbeit ist die ideale Möglichkeit, um erste Erfahrungen zu sammeln.«

Ich sehe mit großen Augen zu ihm hoch. Was will er mir damit sagen? Von Clemens' Plänen weiß ich doch schon, und um ehrlich zu sein, ist es im Augenblick das Letzte, worüber ich mit Rene sprechen will.

»Jedenfalls«, fährt er fort, als hätte er meine Gedanken gelesen, »sagte er, auch du sollest endlich erkennen, dass du falschen Vorstellungen hinterherrennst.«

Ich wage zu bezweifeln, dass mein Bruder zu so tiefgründigen Überlegungen imstande ist.

»Er hat befürchtet, dass du am Singletisch wieder irgendeinen Idioten kennenlernst. Einen Architekten oder so.« Rene zuckt mit den Schultern. »Also hat Clemens mich gebeten, dich heute zu begleiten.«

»Du bist spät dran«, sage ich und bemühe mich, dabei ernst zu bleiben.

»Ich dachte, so ist das Ganze theatralischer.«

»Tatsächlich?«

»Nein, die Reinigung wurde erst am Nachmittag mit meinem Anzug fertig.«

Er verdreht die Augen, und ich weiß nicht, was nun stimmt und was nicht. Aber es ist mir auch ganz egal.

»Ich muss mich noch bei dir entschuldigen. Ich hätte …«

Ich lege ihm meinen Zeigefinger auf die Lippen, um ihn vom Weitersprechen abzuhalten. Soweit es meine Pumps zulassen, stelle ich mich auf die Zehenspitzen und küsse ihn auf den Mund. Sofort schlingt Rene seine Arme um mich und zieht mich an sich.

Es fühlt sich unbeschreiblich gut an, endlich wieder seine Lippen auf meinen zu spüren. Ich hatte verdrängt, wie überwältigend dieses Gefühl ist. Mein Körper sehnt sich nach seinen Berührungen, seiner Nähe, seiner Wärme. Ich schiebe meine Hand unter sein Sakko und lege sie auf seine Brust. Sein Herzschlag ist mindestens so schnell wie meiner. Es tut gut zu wissen, dass in ihm das gleiche Feuer lodert wie in mir.

Einerseits wäre ich jetzt gern mit ihm alleine, doch andererseits freue ich mich einfach darauf, den ganzen restlichen Abend mit ihm zu verbringen. Und nicht nur diesen einen, sondern noch viele mehr. Warum habe ich mich bloß so lange dagegen gewehrt? Ich war zu stolz zuzugeben, dass ich mich geirrt habe und mich für den falschen Mann entschieden habe. Mein Verstand wollte nicht akzeptieren, was mein Herz von Anfang an wusste. Vielleicht schon auf Parkers Fest, als Rene mich mit dem blöden Eisbären-Spruch rumkriegen wollte. Ich wollte mich selbst davon überzeugen, dass meine Gefühle für Rene oberflächlich und ohne größere Bedeutung waren. Aber jetzt weiß ich endlich, für wen mein Herz schlägt. Ich spüre es mit jeder Faser meines Körpers. Und ich schwebe auf Wolke sieben.

Mein Vater hat mal gemeint, ich sei meiner Mutter in vielen Dingen sehr ähnlich, deshalb glaube er, dass ich mit einem Sportler – so wie Papa selber einer war und ist – glücklich werden könne. Insofern war er Marcel gegenüber auch eher reserviert.

Plötzlich schiebt Rene mich sanft von sich. Sein Blick verrät, dass er mich am liebsten sofort wieder küssen würde, doch er will mir offenbar etwas sagen.

»Ich habe etwas für dich.«

Er greift in die Innentasche seines Sakkos und zieht vorsichtig eine Blume heraus. Der Stiel ist höchstens zwanzig Zentimeter lang. An der Spitze sitzt eine Rosenknospe, die noch geschlossen ist. Nur die grünen Kelchblätter wölben ihre Enden nach Außen und geben den Blick auf die dunkelroten Blütenblätter frei.

»Du kennst die Symbolik einer roten Rosenknospe?«

Er zieht fragend die Augenbrauen hoch.

Ich muss lachen.

»Na was glaubst du wohl?«, antworte ich und küsse ihn erneut.

Die Rosenknospe symbolisiert den Beginn einer Liebe.

*** Epilog ***

Ich weiß nicht, wie lange das Verliebtsein anhält.
  Doch wie es sich anfühlt, das weiß ich jetzt.
  Wie ein Traum.
  Als wäre ich in ein Meer von Blüten gebettet. Veilchen, Margeriten, Rosen, Nelken, Ranunkeln ...
  Als würde ich durch die unendliche Reinheit und Zartheit der Blumen schweben. Maiglöckchen, Myrte, Mohn ...

Der Sommer ist zu Ende gegangen, und die Blätter der Bäume färben sich in warme Rot- und Brauntöne. Die Kraft der Sonne hat schon spürbar nachgelassen, und in den Stadtbeeten weichen die bunten Farben der Sommerblüher den Herbstfarben. Gelbe, orangene und rote Dahlien, Zinnien, Chrysanthemen, Astern ...

Nicht nur in der Natur, auch in meinem Leben hat sich einiges verändert. Zwar wohne ich nach wie vor mit Rene zusammen, aber mein Bruder ist ausgezogen. Er hat die Wohnung übernommen, in die Rene eigentlich eingezogen wäre, zentral gelegen und in der Nähe der Eishalle. Zwei Mal wöchentlich trainiert Clemens nun gemeinsam mit Stefanie die

Jugendmannschaft der Steelheads. Und obwohl die beiden ihr stürmisches Verhältnis keinesfalls als Beziehung deklarieren wollen, dürfte es nach zwei Monaten doch so innig sein, dass Clemens sie zu Papas Geburtstagsfeier mitnimmt.

Das Zusammenleben mit Rene gestaltet sich eigentlich vollkommen unkompliziert, sicher nicht zuletzt dank unserer Vorlaufzeit in den letzten Monaten.

»Wir hätten Tiefkühlkroketten kaufen sollen«, stöhne ich, als ich die wenig ansehnlichen Versuche meiner Pommes Duchesse, auch Herzoginkartoffeln genannt, betrachte. Die ganze Arbeit umsonst, dabei habe ich mir mehrmals die Finger verbrannt, als ich die gekochten Erdäpfel geschält und heiß durch die Kartoffelpresse gedrückt habe.

»Ach Unsinn! Die sehen doch fantastisch aus«, sagt Rene, der gar nicht hersieht, sondern seine Nase ans Fenster drückt und Ausschau nach unseren Gästen hält. Er hat es sich leicht gemacht, indem er ein großes Stück Hirschrücken scharf angebraten hat, das seit zwei Stunden im Backrohr schmort. Die Kerntemperatur ist fast erreicht, pünktlich, bevor alle um zwölf Uhr erscheinen sollen. Keine Minute früher, das habe ich am Telefon extra betont. Ich hatte schon geahnt, dass die Zubereitung des von Rene und mir geplanten Festessens stressig werden würde.

Ich weiß gar nicht mehr genau, wie wir auf die Idee gekommen sind, Papas Geburtstag hier bei uns zu feiern. Rene hat gesagt, er kümmere sich um das Fleisch, was auch gelungen sein dürfte, und ich bin für Beilage und Dessert zuständig. Der Topfenstrudel ist zwar gut geworden, was allerdings daran liegt, dass der Teig gekauft und das Rezept dazu von Charlie ist. Ich bin heilfroh, dass ich es ihr doch noch habe abringen können. Aber die Beilage kann leider nicht mithalten.

»Siehst du sie schon?«, frage ich nervös und forme mit dem Spritzbeutel den Rest Püree zu kleinen Rosetten. Kein Vergleich mit den hübschen Krönchen auf dem Foto im Kochbuch! Aber die Zeit, noch mal von vorn anzufangen, habe ich jetzt einfach nicht.

»Ja. Sie gehen schon zum zweiten Mal um den Block«, sagt Rene.

Also gut, ab mit diesen trostlosen Häufchen Püree ins Backrohr, damit sie wenigstens rechtzeitig fertig sind. Ich hole Renes wirklich köstlich duftendes Hirschfleisch heraus, drehe die Temperatur höher und schiebe das Backblech hinein.

»Zwölf Minuten!«

Rene bleibt gelassen. Er wickelt den Wildbraten in Folie, damit er rasten kann.

»Alles kein Problem!«

Dann beugt er sich zu mir und küsst mich auf den Mund.

Ich ringe mir ein Lächeln ab. Zwar habe ich mich schon umgezogen, doch meine Haare sind ein Desaster, vom Make-up ganz zu schweigen.

»Nächstes Mal gehen wir in ein Restaurant«, sagt Rene.

»Oder wir halsen Clemens und Stefanie das Mittagessen auf«, füge ich ein klein wenig böswillig hinzu.

In dem Moment läutet es an der Wohnungstür.

»Ich dachte, sie gehen noch um den Block«, stammle ich.

Nicht einmal der Tisch ist fertig gedeckt. Die Servietten liegen noch in der Lade, und meine Haare ... um Himmels willen, meine Haare!

»Sah auch so aus. Aber geh nur, ich empfange sie derweil und decke den Tisch fertig.«

Dankbar drücke ich Rene einen Kuss auf den Mund und eile ins Bad. Noch bevor ich auch nur meine Haare fertiggekämmt habe, ruft Rene nach mir.

»Was ist denn?«, rufe ich zurück und stecke den Kopf aus der Badezimmertür.

Da sehe ich auch schon, was ist. Es ist nämlich eine Mischung aus gelber Stoffhose und türkisblauem T-Shirt in Leopardenmuster und heißt ...

»Klara?«

Habe ich jetzt etwas verpasst? Sie hatte uns doch abgesagt, weil heute der Tag ist, an dem sie erstmals Lukas' Eltern treffen soll.

»Du glaubst nicht, was ich dir jetzt sage«, schimpft meine Freundin und stampft einfach an mir vorbei in Renes und mein Schlafzimmer.

Bei der Wohnungstür stehen Rene und Lukas. Sie wirken etwas verloren, so wie sie mich anschauen.

Aus dem Schlafzimmer dringt lautes Gerumpel. Mit einem Satz bin ich in dem Zimmer und erschrecke bei dem Anblick, der sich mir bietet. Die letzten Tage haben Rene und ich nämlich penibelst aufgeräumt, und Klara wirft gerade mein ganzes Gewand in hohem Bogen durch die Luft. Es sieht jetzt schon einigermaßen chaotisch aus.

»Kann ich dir vielleicht helfen?«, frage ich, bemüht ruhig, um sie und auch mich nicht noch nervöser zu machen.

»Ha! Willst du etwas Lustiges hören?«

Unbedingt, denke ich.

Klara hält eine dunkelblaue Bluse vor ihren Oberkörper und betrachtet sich damit im Spiegel.

»Gerade eben, wir sitzen schon im Auto, erzählt Lukas, wie konservativ seine Eltern eigentlich seien.«

Ihre Stimme überschlägt sich fast. Dann wirft sie die Bluse beiseite und schnappt sich einen beigen Pullover aus Kaschmirwolle. Ein sündteures Stück, das ich wirklich heiß liebe. Ich hechte sofort hin und schnappe es mir, bevor sie ähnlich unachtsam damit umgeht.

»Nicht, dass er das erwähnt hätte, als wir noch zu Hause waren, wo ich die Möglichkeit gehabt hätte, etwas Dezenteres anzuziehen«, schnaubt sie und schnappt sich eine rote Bluse mit Spitzenkragen.

»Passt nicht zu meinen Haaren. Scheiße!«

Das Stück Stoff fliegt über meinen Kopf hinweg.

»Du hast doch ohnehin nichts, was nicht schrill, knallig oder durchgeknallt ist«, sagt Lukas, der mit Rene in der Tür steht und uns beobachtet.

Klara stößt einen wütenden Schrei aus. Jetzt tut sie mir leid. Ich kenne ihre Garderobe. Ein schlichtes Outfit sucht man darin vergeblich.

»Es wird ihnen letzten Endes sowieso egal sein«, sagt Lukas mit beschwichtigender Stimme.

»Mir aber nicht!«

Klara greift nach einem dunkelblauen Pullover, der biederer nicht hätte sein können.

»Perfekt«, sage ich. »Dazu passt auch die gelbe Hose sehr gut!«

Ich schiele unauffällig auf die Uhr. Zwei Minuten nach zwölf. Die Pommes Duchesse müssen raus aus dem Ofen. Verzweifelt sehe ich Rene an, der meinen Blick richtig deutet und in die Küche eilt.

Klara streift ihr Leopardenshirt ab und zieht sich stattdessen meinen Pullover an.

»Eine Bürste?«

»Im Bad.«

Sie stürmt ins Badezimmer, um ihre wilde Mähne zu bändigen.

Lukas lächelt, wenn auch etwas gequält.

»Das erste Treffen mit deinen Eltern also?«, frage ich.

Er nickt.

»Klara macht sich viel zu sehr den Kopf.«

»Das wird schon.« Ich klopfe ihm zuversichtlich auf die Schulter.

Lukas ist wirklich ein netter Mann. Ein ruhiges Gemüt, etwas stur, wenn es um Musik geht, mit einem ebenso flippigen Geschmack wie seine Liebste.

Klara kommt aus dem Bad, die Haare mit einer meiner Haarspangen zusammengezwickt, als es an unserer Wohnungstür läutet.

Rene kommt aus der Küche geschossen und hält beide Daumen in die Höhe. Soll heißen, dass die Pommes Duchesse gelungen sind. Was ich erst glaube, wenn sie auf dem Tisch stehen.

Rene reißt die Wohnungstür auf.

»Alles Gute zum Geburtstag«, flötet Klara und

drückt meinem Papa einen Kuss auf die Wange. Dann nimmt sie Lukas an die Hand und zieht ihn hinter sich her aus der Wohnung ins Stiegenhaus.

»Was war das denn jetzt?«, fragt mein Vater ganz verdattert und betritt den Vorraum, mit Tanja, meiner Oma, Clemens und Stefanie im Schlepptau.

»Nichts. Nur ein kleiner Nervenzusammenbruch«, antworte ich und helfe Papa aus der Jacke.

»Alles Gute zum Geburtstag, Papa.«

Dann begrüße ich alle anderen und eile in die Küche, um die letzten Vorbereitungen zu treffen.

Aber dann stelle ich fest ... wow, ist alles fertig! Der Tisch gedeckt, die Servietten gefaltet neben den Tellern. Keine Ahnung, wann Rene das gemacht hat. Der Hirschrücken liegt auf der Porzellanplatte, während die Pommes Duchesse in einer Glasschüssel gleich daneben auf dem Tisch stehen.

»Das sieht ja fantastisch aus«, sagt meine Oma begeistert und setzt sich stirnseitig an den Tisch, der gerade groß genug für uns ist.

Mir entgeht Tanjas leicht verunsicherter Blick nicht.

»Für dich hat Rene eine vegane Rosmarin-Roulade gemacht«, sage ich schnell, auch wenn er sie nur aufwärmen musste.

»Du bist ein Schatz!«, sagt Tanja zu Rene und rutscht neben meinem Vater auf die Sitzbank.

Ich sehe zu Rene, der eine Flasche Rotwein entkorkt, die er sich extra für dieses Mittagessen von Oliver hat empfehlen lassen. Er schenkt vier Gläser ein und reicht sie den Frauen, während er für die Männer Bier aus dem Kühlschrank holt.

Mein Vater nimmt sichtlich zufrieden eines entgegen.

Mit einem Lächeln beobachte ich, wie Rene sich geschickt durch die Küche bewegt und alles im Griff hat.

Wie gut er hierher passt.

In diese Wohnung.

Zu dieser Familie.

Zu mir …

Danksagung

Es war nur eine Idee, damals bei dem Treffen mit meinem Agenten in einem Wiener Kaffeehaus. Aber Ritas Geschichte hatte mich sofort gepackt, und ich habe seitdem viel Zeit mit ihr verbracht. Habe mit ihr gelacht, geträumt und mich ein bisschen verliebt.

Die Arbeit an diesem Roman war so erfrischend, herausfordernd und unterhaltsam, dass ich heute mit großer Freude auf das Ergebnis blicken darf, eingepackt in einen schönen Umschlag.

An dieser Stelle möchte ich denjenigen Menschen meinen Dank aussprechen, die mich auf diesem Weg begleitet haben.

Allen voran Barbara Heinzius, einer Verlagslektorin, wie ich sie mir nicht besser hätte wünschen können. Danke für dein Vertrauen in mich, deine Begeisterung für Wien und deine aufbauenden und motivierenden Worte.

Danke dem gesamten Team des Goldmann Verlags in München.

Danke auch an die Lektorin Karin Ballauff in Wien, die bereits »Frühlingsglück und Mandelküsse« übernommen und auch in diesem Roman ihre Fragen und den Rotstift an den richtigen Stellen angesetzt hat.

Danke meinen Testleserinnen Michaela und Regine, Begleiterin der ersten Stunde, meinem Agenten Peter Molden und seiner Frau Regina für ihre tatkräftige Unterstützung, ihre bereichernden Ideen und das Wiener Herz, das in ihnen schlägt.

Danke meiner Oma und meiner Schwiegermutter, die meine Liebe zu Gartenblumen geweckt haben. Meinem Mann, der sich um die Pflanzen im Haus kümmert, für die ich wahrlich keinen grünen Daumen habe. Danke ihm und meinem Sohn dafür, dass sie mir die Zeit geben, die ich zum Schreiben brauche, und immer für mich da sind, wenn ich aus meinen Buchwelten zurück in die Realität komme.

Und dann sind da meine wunderbaren LeserInnen! Danke, dass ihr mich durch Wien begleitet, dass ich viele von euch kennenlernen durfte, und dafür, dass ihr mir die Schreibtage mit so wundervollen Nachrichten versüßt.

Glossar

Österreichisch	Deutsch
Abwasch	Spülbecken, Spüle
Agape	Sektempfang
Backrohr	Backofen
Bassena	Wasserbecken; in alten Mietshäusern auf dem Gang
Eislaufen	Schlittschuhlaufen
Erdäpfel	Kartoffeln
fad	langweilig
Faschiertes	Hackfleisch
Gehsteig	Bürgersteig, Gehweg

Gelse	Mücke, Stechmücke (Die österreichische »Mücke« wiederum entspricht der deutschen »Fruchtfliege«.)
Genierer	Scheu, Skrupel
Geschäft	Laden
Gewand	Kleidung, Klamotten
Grammelschmalz	Aufstrich aus Schweineschmalz und den knusprigen Rückständen aus ausgelassenem Speck
heurig	diesjährig
Holler	Holunder
Häferl	Tasse
Kasten	Schrank
Masche	Schleife
Mistkübel	Mülleimer
Paradeiser	Tomaten

schlichten	ordentlich und platzsparend ein- bzw. aufräumen, stapeln
Schweinsbraten	Schweinebraten
Schweinsmedaillons	Schweinemedaillons
Spital	Krankenhaus
Soda Zitron(e)	Mineralwasser mit dem Saft ausgepresster Zitronen
Stiegenhaus	Treppenhaus
Topfenstrudel	Strudel- oder Blätterteig mit einer Fülle aus Quark, saurer Sahne und Rosinen
Vogerlsalat	Feldsalat
Würstelstand	Imbissbude

Emilia Schilling

ist Ende zwanzig und lebt mit ihrem Mann und ihrem Sohn in einem kleinen Ort in Niederösterreich. Bereits mit ihrem ersten Roman »Frühlingsglück und Mandelküsse« ist ihr ein Erfolg geglückt. Weitere Titel der Autorin sind bei Goldmann in Vorbereitung.

Emilia Schilling im Goldmann Verlag:

Frühlingsglück und Mandelküsse. Roman
Sommerglück und Blütenzauber. Roman
(📖 beide auch als E-Book erhältlich)

Unsere Leseempfehlung

352 Seiten
Auch als E-Book
erhältlich

Die junge Wienerin Charlie hat einen Traumjob als Patissière und mit ihrem Freund Eddie einen Traumgatten in spe. Die Zukunft scheint süß wie Zuckerguss. Doch dann erhält Charlie einen neuen Chef, und gleich beim ersten Zusammentreffen gerät sie mit ihm aneinander. Auch privat kriselt es, nachdem sich der fesche Eddie immer mehr als Albtraummann entpuppt. Als Charlie dann noch gegen den Willen ihres Chefs eine Petit-Fours-Messe ausrichten will, ist das Chaos perfekt. Das Leben hält aber nicht nur böse Überraschungen für Charlie bereit. Manchmal kommt auch das Glück ganz unverhofft …

www.goldmann-verlag.de
www.facebook.com/goldmannverlag

GOLDMANN
Lesen erleben